보이스

옮긴이 **이수현**

1977년 생. 서울대학교 인류학과를 졸업하고 현재 소설가 겸 번역가로 활동하고 있다. 환상문학웹진 (http://mirror.pe.kr)의 필진이며, 《패러노말 마스터》로 제4회 한국판타지문학상을 받았다. 옮긴 책으로 《빼앗긴 자들》, 《로캐넌의 세계》, 《유배 행성》, 《환영의 도시》, 《멋진 징조들》, 《디스크월드》, 《크립토노미콘》, 《21세기 SF도서관》, 《마라코트 심해》, 《브라운 신부의 스캔들》, 《겨울의 죽음》, 《천국의 데이트》 등이 있다.

보이스

2009년 1월 28일 | 초판 1쇄 발행
2009년 2월 10일 | 초판 2쇄 발행

지은이 | 어슐러 K. 르귄
옮긴이 | 이수현
발행인 | 전재국

본부장 | 이광자
주간 | 이동은
편집팀장 | 정은미
미술 | 진승태
마케팅실장 | 정유한
마케팅 | 조용호
제작 | 박순이

발행처 | (주)시공사
출판등록 | 1989년 5월 10일(제3-248호)

주소 | 서울특별시 서초구 서초동 1628-1(우편번호 137-879)
전화 | 편집(02)2046-2852 · 영업(02)2046-2800
팩스 | 편집(02)585-1755 · 영업(02)588-0835
홈페이지 | www.sigongsa.com

ISBN 978-89-527-5449-3 04840
       978-89-527-5447-9 (세트)

값은 뒤표지에 있습니다.
파본이나 잘못된 책은 구입하신 서점에서 교환해드립니다.

보이스

URSULA K. LE GUIN

어슐러 K. 르귄 지음 | **이수현** 옮김

시공사

VOICES by Ursula K. Le Guin

Copyright ⓒ 2006 by The Inter-Vivos Trust for the Le Guin Children
All rights reserved.

Korean translation copyright ⓒ 2009 by Sigongsa Co., Ltd.
Korean translation rights arranged with VIRGINIA KIDD AGENCY, INC.
through EYA(Eric Yang Agency).

이 책의 한국어판 저작권은 EYA(에릭양 에이전시)를 통한 VIRGINIA KIDD AGENCY,
INC. 사와의 독점 계약으로 (주)시공사가 소유합니다.

저작권법에 의하여 한국 내에서 보호를 받는 저작물이므로 무단 전재와 복제를 금합니다.

안술 시

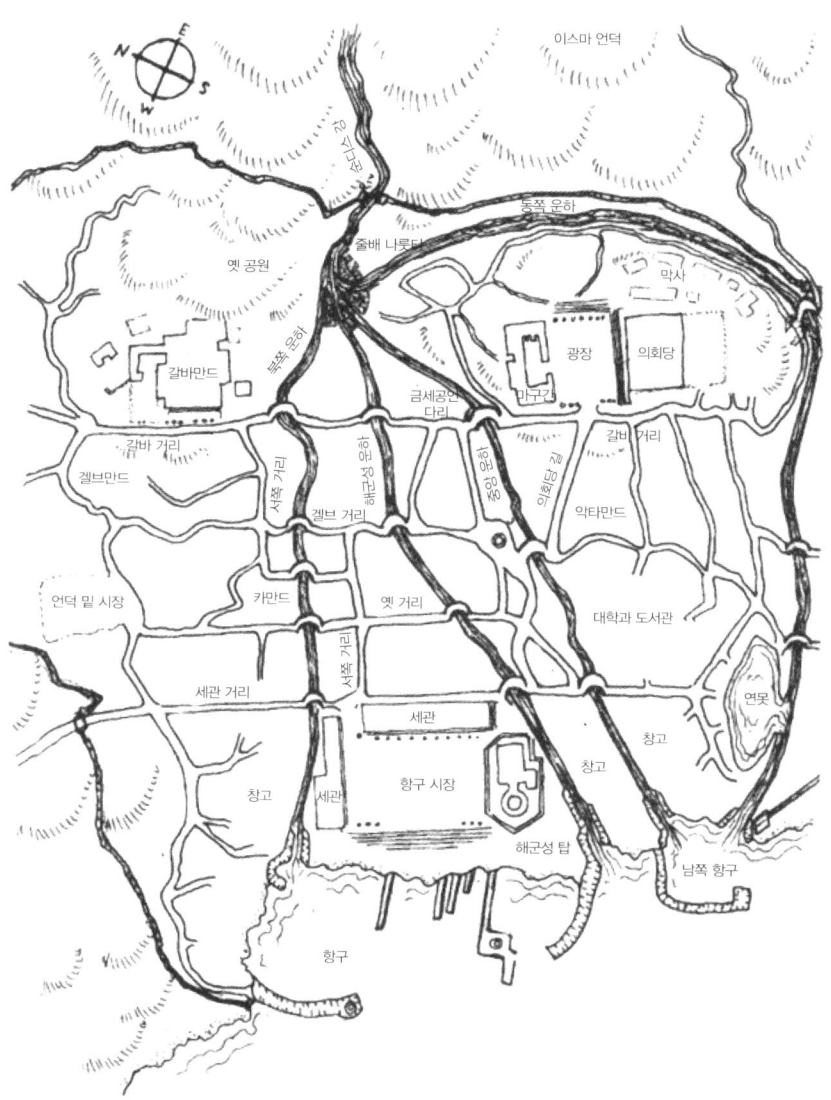

카스프로의 찬가

겨울밤의 어둠 속에서 우리 눈이 새벽을 구하듯
모진 추위의 굴레 속에서 심장이 태양을 갈망하듯
눈멀고 속박당한 영혼이 너를 소리쳐 부르노라
우리의 빛이여, 불이여, 생명이여
자유여!

1

 내가 또렷이 떠올릴 수 있는 첫 기억은 암호를 써서 비밀방으로 들어가는 순간이다.
 키가 너무 작아서, 복도 벽 위 정확한 자리에 기호를 적으려면 팔을 한껏 뻗어야 한다. 벽에는 두꺼운 회색 회반죽이 발려 있는데, 군데군데 갈라지고 떨어져서 돌이 드러나 있다. 복도 안은 거의 깜깜하다. 대지와 세월의 냄새가 나고, 고요하다. 그러나 나는 무섭지 않다. 한 번도 무서웠던 적이 없다. 나는 팔을 뻗어서 정확한 자리에, 회반죽 표면을 건드리지 않고 허공에 내가 아는 동작대로 손가락을 움직인다. 벽이 열리고, 안으로 들어간다.

방 안의 빛은 밝고 차분하다. 높은 천장에 무수히 난 작고 두꺼운 유리 천창들에서 떨어지는 빛이다. 방은 무척 길고, 양쪽 벽에 책장이 늘어서 있고 책장마다 책이 꽂혀 있다. 그곳은 내 방이다. 나는 언제나 그것을 알았다. 이스타와 소스타와 구딧은 몰랐다. 세 사람은 이런 방이 있다는 것조차 알지 못한다. 세 사람은 이렇게 깊숙한 뒤쪽 복도까지 와본 적이 없다. 이 방에 오기 위해서는 수장 어른의 방문 앞을 지나야 하지만, 병들고 다리를 저는 그분은 방 안에만 머무른다. 비밀방은 나의 비밀이고, 내가 혼자 있을 수 있는 곳, 잔소리를 듣지도 않고 방해받지도 않고 두려워할 것도 없는 장소다.

기억은 한 번이 아니라 여러 번 찾아간 때의 기억이다. 그때 독서용 탁자가 얼마나 커 보였는지, 책장이 얼마나 높아 보였는지 기억한다. 나는 탁자 밑에 들어가서 책으로 벽이나 피난처를 쌓는 것을 좋아했다. 동굴 속에 있는 새끼 곰 흉내를 냈다. 그곳에서 안전하다고 느꼈다. 책은 언제나 원래 있던 자리에 정확히 꽂았다. 중요한 부분이었다. 나는 방 안에서 밝은 쪽, 그러니까 문 아닌 문에 가까운 쪽에만 머물렀다. 문에서 먼 쪽은, 어둠이 짙어지고 천장이 낮아지는 쪽은 좋아하지 않았다. 나는 속으로 그곳을 '그림자 쪽'이라고 불렀고, 대개 그쪽에서 멀리 떨어져 있었다. 그러나 그림자 쪽에 대한 두려움까지도 내 비밀, 내 고독한 왕국의 일부였다. 오로지 나만의 것이었다…… 아홉 살의 어느 날까지만 해도.

소스타가 내 잘못도 아닌 바보 같은 일로 잔소리를 했고, 내가 대들자 나를 '양털 머리'라고 불렀다. 나는 분노에 휩싸였다. 소스타가 팔이 더 길어서 나를 밀어낼 수 있었기 때문에 때릴 수가 없었다. 그래서 소스타의 손을 물었다. 그러자 소스타의 어머니이자 내 대모인 이스타가 나를 꾸짖고 때렸다. 나는 격분해서 집 뒤쪽으로, 어두운 복도로 달려가서 문을 열고 비밀방으로 들어갔다. 이스타와 소스타가 내가 달아났다가 노예로 잡혀서 영영 사라진 줄 알 때까지, 그래서 그토록 부당하게 꾸짖고 때리고 욕한 것을 안타까워할 때까지 그 방에 있을 작정이었다. 흥분하고 분노해서 눈물범벅으로 비밀방에 달려 들어갔을 때 그곳에, 그 방의 이상하게 투명한 빛 속에 수장 어른이 책을 들고 서 있었다.

수장 어른 역시 깜짝 놀랐다. 그는 때리려는 것처럼 팔을 들어 올리고 사납게 내게 다가왔다. 나는 돌처럼 서 있었다. 숨을 쉴 수가 없었다.

수장 어른이 흠칫 멈춰 섰다. "메메르! 여기에는 어떻게 온 거냐?"

그는 열릴 때면 문이 되는 곳을 쳐다보았지만, 물론 지금 그

자리에는 벽밖에 없었다.

나는 여전히 숨을 쉴 수도, 말을 할 수도 없었다.

"내가 열어 두었나 보구나." 수장 어른은 자신도 믿지 않는 말을 했다.

나는 고개를 저었다.

한참 만에 소곤거릴 수 있었다. "방법을 알아요."

수장 어른은 놀라고 경악한 얼굴이었지만, 잠시 후에 달라진 얼굴로 말했다. "데칼로가."

나는 고개를 끄덕였다.

데칼로 갈바가 내 어머니의 이름이었다.

어머니에 대해 이야기하고 싶지만, 기억할 수가 없다. 또는 기억은 하지만 그 기억이 언어가 되어 나오지 않는다. 꼭 안겨서 밀려가던 순간, 캄캄한 침대 속에서 맡은 좋은 냄새, 거칠거칠한 붉은 천, 들을 수 없지만 들릴 것만 같은 목소리. 나는 숨을 죽이고 열심히 귀를 기울이면 어머니의 목소리를 들을 수 있을 거라고 생각하곤 했다.

어머니는 혈통도, 속한 곳도 갈바였다. 안술 수장 술터 갈바의 우두머리 가정부였다. 영예롭고 책임 있는 지위였다. 그 당시 안술에는 노예가 없었다. 우리는 시민이자 가장이며 자유민이었다. 어머니 데칼로는 갈바만드에서 일하는 모든 사람을 지휘했다. 요리사인 대모 이스타는 예전에 우리 집안이 얼마나 컸는지, 데칼로가 얼마나 많은 사람을 돌보아야 했는지 말하기를 즐겼다. 이스타 본인도 매일 두 명의 부엌 조수를 부렸고 명사들이 방문해서 열리는 만찬에 사람 셋을 썼다. 청소부가 네 명에 잡역부가 한 명, 마구간지기 겸 하인이 있었고 마구간에는 말이 여덟 마리 있었다. 일부는 타기 위한 말이었고 일부는 마차를 끌었다. 친척들과 노인 몇 분도 함께 살았다. 이스타의 어머니는 부엌 위에 살았고, 수장 어머님은 위층 상방에 살았다. 수장 어른은 언제나 안술 해안을 따라 이 도시 저 도시로 여행을 다니며 다른 수장을 만났다. 말을 타고 갈 때도 있었고, 수행원이 딸린 마차를 탈 때도 있었다. 그 시절에는 서쪽 뜰에 대장간이 있었고, 차고 위층에 마부와 우편배달부가 살면서 언제든 수장 어른의 순방에 따라나설 채비를 갖추고 있었다. "아, 그때는 늘 바쁘고 정신없었지." 이스타는 말한다. "옛 시절! 좋았던 시절!"

나는 황폐해진 방들을 지나고 고요한 복도를 뛰어다니면서 그 시절을, 좋았던 시절을 상상해보려 했다. 현관을 쓸 때면 멋진 옷을 입고 좋은 신발을 신은 손님들을 맞아 청소를 하는 척했다. 위층 상방에 올라가서 그 방이 얼마나 깨끗하고 따뜻하고 잘 꾸며져 있었을지 상상하곤 했다. 창턱 아래 의자에 무릎을 꿇고 앉아서 작고 투명한 유리를 끼운 창 너머로 도시의 지붕들을 넘어 산을 바라보곤 했다.

나의 도시와 그 북쪽 해안 지역 전체를 가리키는 이름 '안술'은 '술을 바라본다'는 뜻이다. 술은 '위대한 산'이고 해협 너머 만바의 다섯 봉우리 중에서 마지막이자 제일 높은 봉우리다. 해안에서, 그리고 도시 안 서쪽을 향하는 모든 창문에서 물 위로 솟아오른 하얀 술과, 술이 주위에 꿈처럼 거느린 구름을 볼 수 있다.

나는 이 도시가 대학과 도서관, 지붕 있는 안뜰과 탑, 운하와 아치형 다리, 거리 신들을 모신 천 개의 작은 대리석 신전으로 인하여 '지혜롭고 아름다운 안술'이라고 불렸다는 것을 안다. 그러나 어린 시절의 안술은 폐허와 굶주림과 두려움으로 망가진 도시였다.

안술은 순드라만의 보호령이었지만, 이 대국은 로아만과 국경을 두고 싸우는 데 바빴고 우리를 방어할 군대를 주둔시키지 않았다. 상품과 농지로 부유하기는 했어도 안술은 전쟁을 하지 않은 지 오래였다. 든든하게 무장한 상인 함대는 남쪽에서 해안을 약탈하는 해적들을 막았고, 오래전 순드라만이 동맹을 강요한 이후로 육지 방면의 적은 없었다. 그래서 아수다르 사막의 알드 군대가 침략해 왔을 때, 그들은 들불처럼 안술의 언덕을 휩쓸었다. 군대가 도시로 침입해서 거리를 통과하며 죽이고, 약탈하고, 강간했다. 어머니는 시장에서 돌아오다가 거리에서 병사들에게 붙잡혀서 강간당했다. 그 후에 어머니를 잡고 있던 병사들은 시민들의 공격을 받았고, 어머니는 그 와중에 도망쳐서 갈바만드로 돌아올 수 있었다.

우리 도시의 사람들은 거리에서 침략자들과 싸웠고 그들을 몰아냈다. 군대는 성벽 밖에 진을 쳤다. 안술은 1년 동안 포위를 견뎠다. 나는 그 농성 기간에 태어났다. 그 후에 동쪽 사막에서 더 큰 군대가 와서 도시를 공격했고, 정복했다.

사제들이 군인을 이끌고 이 집으로, 자기들이 '악마의 집'이라 부르는 곳으로 왔다. 그들은 수장 어른을 죄수로 끌고 갔다. 집 안에서 저항하는 사람은 누구든 노인들까지 죽였다. 이스타는 용케 도망쳐서 어머니와 딸과 함께 이웃집에 숨었지만, 수장의 어머님은 살해당했고 그 시신은 운하에 던져졌다. 젊은 여자들은 군인들이 쓸 노예로 잡혀갔다. 어머니는 나와 함께 비밀방에 숨어서 그 손을 피했다.

이 이야기도 그 방에서 쓰고 있다.

어머니가 이 방에 얼마나 오래 숨어 있었는지는 모른다. 먹을 것은 가지고 들어온 게 분명하다. 물은 이 안에 있다. 알드는 집을 샅샅이 뒤지고 약탈했으며 태울 수 있는 것은 다 태웠다. 군인과 사제들이 날마다 와서 방을 부수고 책이나 전리품이나 악마의 물건을 찾았다. 결국에는 어머니도 나가야 했다. 어머니는 밤에 몰래 나가서 카만드의 지하실에 숨어 있던 다른 여자들과 합류했다. 그리고 어디에서, 어떻게인지는 몰라도 알드가 약탈과 파괴를 멈추고 도시의 주인으로 자리 잡을 때까지 나를 데리고 목숨을 부지했다. 그 후에 어머니는 집으로, 갈바만드로 돌아왔다.

나무로 지은 바깥채는 모두 타서 없어졌고, 가구는 부서지거나 도난당했고, 나무 바닥마저 뜯겨 나갔다. 그러나 주요 부분은 기와지붕과 돌벽이었기에 많이 상하지 않았다. 갈바만드는 도시에서 가장 큰 집이었지만, 어떤 알드도 이곳에서 살고자 하지 않았다. 그들은 이 집에 악마와 사악한 정령이 가득하다고 여겼다. 데칼로는 할 수 있는 만큼 집을 조금씩 정돈해 나갔고, 이스타가 딸인 소스타를 데리고 숨어 있던 곳에서 돌아왔으며, 늙은 곱사등이 마부인 구딧이 나타났다. 이곳은 그들의 집이었고, 그들은 이 집과 서로에게 충성스러웠다. 그들의 신은 이곳에 있었고, 그들에게 꿈을 준 조상도 이곳에 있었고, 그들의 축복도 이곳에 있었다.

1년이 지나고 수장 어른이 간드의 감옥에서 풀려났다. 알드는 그를 알몸으로 거리에 팽개쳤다. 고문으로 다리가 부러진 수장 어른은 걸을 수 없었다. 그는 의회당에서 갈바 거리를 따라 갈바만드까지 기어오려 했다. 도시 사람들이 그를 도와주었다. 이리로, 집으로 실어 왔다. 그리고 이곳에는 그를 돌볼 식구들이 있었다.

식구들은 몹시 가난했다. 알드에게 약탈당한 안술의 시민 모두가 헐벗고 가난했다. 그래도 그들은 어떻게든 살아냈고, 어머니의 보살핌으로 수장 어른도 건강을 되찾기 시작했다. 그러나 농성 이후 세 번째 겨울의 추위와 굶주림 속에서 데칼로는 열병에 걸렸고, 치료할 약이 없었다. 어머니는 그렇게 죽었다.

이스타는 내 대모가 되겠다고 자청하고 나를 돌봐주었다. 그녀는 엄하고 성미가 급했지만, 어머니를 사랑했고 나를 위해 최선을 다했다. 나는 일찍부터 집안일을 거들도록 배웠고 그 일을 꽤 좋아했다. 그 시간 동안 수장 어른은 부러진 팔다리 때문에, 그리고 그를 불구로 만든 고문 때문에 통증에 시달릴 때가 많았다. 그리고 나는 수장 어른의 시중을 들 수 있다는 것이 자랑스러웠다. 내가 아주 어렸을 때에도 수장 어른은 소스타보다 내가 시중드는 것을 좋아했다. 소스타는 어떤 종류의 일이든 싫어했고 늘 무언가를 엎질렀다.

나는 내가 살아 있는 것이 비밀방 덕분이라는 것, 그 방이 나와 어머니를 적으로부터 구해주었다는 것을 알고 있었다. 분명히 어머니가 그 사실을 말해주고, 문을 여는 방법을 알려주었을 것이다. 아니면 어머니가 문을 여는 장면을 보고 기억하는지도 모른다. 나는 그렇게 여겼다. 나는 글자를 쓴 손은 볼 수 없었지만, 허공에 쓰인 글자들의 형상을 볼 수 있었다. 그 형상을 따라 손을 움직이면 문이 열렸고, 나는 오직 나만 들어갈 수 있다고 생각하며 이 방으로 들어왔다.

수장 어른과 마주치고, 주먹을 들어 올린 그와 마주선 그 날까지는.

수장 어른이 팔을 내렸다.

"전에도 여기에 왔었니?" 그가 물었다.

나는 겁에 질렸다. 그래도 고개는 끄덕일 수 있었다.

수장 어른은 화를 내고 있는 게 아니었다. 그가 팔을 들어 올린 것은 침입자를, 적을 때리려 함이었지 나를 공격하려 함이 아니었다. 그는 나에게 분노나 짜증을 보인 적이 없었다. 그가 고통에 시달리는데 내가 서툴고 바보스럽게 시중을 들 때조차도 그랬다. 나는 수장 어른을 전적으로 믿었고 한 번도 두려워한 적이 없었지만, 경외심을 품고 있었다. 그리고 지금 그는 격한 상태였다. 그의 눈에 파괴자 삼파에 대한 찬가를 읊을 때와 같은 불길이 일렁였다. 어두운 눈동자였지만, 검은 바위에 박힌 오팔처럼 그 불길이 스며들어 있었다. 그는 나를 응시했다.

"네가 여기에 오는 것을 아는 사람이 있느냐?"

고개를 저었다.

"이 방에 대해 이야기한 적이 있느냐?"

고개를 저었다.

"이 방에 대해 절대 이야기해서는 안 된다는 것을 아느냐?"

끄덕임.

수장 어른은 기다렸다.

나는 소리 내어 말해야 한다는 것을 알았다. 숨을 들이마시고 말했다. "이 방에 대해 절대 말하지 않을 거예요. 이 집의 모든 신과 이 도시의 모든 신, 어머니의 영혼과 신탁의 집에 살았던 모든 영혼이 제 맹세의 증인입니다."

이 말에 수장 어른은 다시금 놀란 것 같았다. 그는 잠시 후에 다가와서 손가락으로 내 입술을 건드렸다. "이 맹세가 진정한 마음으로 행해졌음을 증거합니다." 그는 말하고 돌아서서 손가락으로 서가 사이에 있는 작은 신전 입구를 건드렸다. 나도 똑같이 했다. 그러자 그는 내 어깨에 가볍게 손을 얹고 나를 내려다보았다. "그런 맹세는 어디에서 배웠지?"

"제가 만들었어요. 언제나 알드를 미워하고, 놈들을 안술에서 몰아낼 것이며, 할 수 있다면 모두 죽이겠다고 맹세했을 때에요."

이 가장 비밀스러운 맹세, 아무에게도 말한 적 없는 내 마음의 소원이자 약속을 이야기하자 눈물이 터져 나왔다. 분노의 눈물이 아니라 갑작스럽고 끔찍하고 한없는 흐느낌이 나를 붙잡아 산산조각 내는 것 같았다.

수장 어른은 망가진 무릎으로도 어떻게인가 자세를 낮추고 나에게 팔을 둘렀다. 나는 그의 품에서 울었다. 그는 아무 말도 하지 않고, 내가 흐느낌을 멈출 때까지 꼭 안아주었다.

너무 지치고 부끄러워, 몸을 돌려 바닥에 주저앉아서 무릎 사이에 얼굴을 감췄다.

수장 어른이 일어나서 절뚝거리며 그림자 쪽으로 가는 소리가 들렸다. 그는 그 어둠 속을 흐르는 샘물로 손수건을 적셔서 돌아왔다. 젖은 손수건을 내 손에 쥐어주었고, 나는 뜨겁고 엉망이 된 얼굴에 수건을 댔다. 서늘하고 감미로웠다. 나는 손수건을 눈가에 대고 있다가 얼굴을 문질렀다.

"정말 죄송해요, 수장님." 내가 이 방에 있다는 사실로, 눈물로 그를 곤란하게 하다니 부끄러웠다. 나는 온 마음으로 그를 사랑하고 존경했고, 걱정시키고 방해하는 게 아니라 그를 돕고 소용이 됨으로써 내 애정을 보이고 싶었다.

"울 만한 일은 많이 있지." 올려다보자 내가 우는 동안 수장 어른도 울었음을 알 수 있었다. 눈물은 사람의 눈과 입을 바꿔 놓는다. 내가 그를 울렸다는 사실이 당황스러웠지만 부끄러움은 조금 가라앉았다.

잠시 후에 그가 말했다. "여긴 울기 좋은 곳이야."

"보통은 여기에서 울지 않아요." 내가 말했다.

"보통 너는 아예 울지 않지." 수장 어른이 말했다.

수장 어른이 그 점을 알아준 것이 뿌듯했다.

"넌 이 방에서 뭘 하지?" 그가 물었다.

대답하기 어려웠다. "그냥 견딜 수 없어질 때 여기 와요. 그리고 책들을 보는 게 좋아요. 제가 책을 봐도 괜찮나요? 책 안을 봐도?"

수장 어른은 잠시 사이를 두고 근엄하게 답했다. "그래. 넌 책 안에서 뭘 찾지?"

"문을 열 때 만드는 것들을 찾아봐요."

나는 '글자'라는 말을 몰랐다.

"보여다오." 그가 말했다.

문을 열 때 하는 것처럼 손가락으로 허공에 형태를 그릴 수도 있었지만, 그 대신 나는 일어서서 맨 아래 책꽂이에서 짙은 갈색 가죽으로 장정한 커다란 책을, 내가 '곰'이라고 부르던 책을 꺼냈다. 나는 말이 들어 있는 첫 장을 펼쳤다. (그때도 그것이 말이라는 것은 알았다고 생각하지만, 아닐지도 모른다.) 그리고 문을 연 것과 똑같이 생긴 형태를 가리켰다.

"이거랑, 이거요." 나는 소곤거렸다. 나는 책 안을 볼 때면 늘 그랬듯이 그 책을 조심스럽게 탁자 위에 내려놓았다. 수장 어른은 내 옆에 서서 내가 이름도 모르고 어떻게 소리 나는지도 모르지만 알아볼 수는 있는 글자들을 가리키는 것을 지켜보았다.

"그게 뭐지, 메메르?"

"글씨요."

"그러면 글씨가 문을 여는 건가?"

"그런 것 같아요. 하지만 문을 열려면 허공에 특별한 자리에 써야 해요."

"그게 무슨 말인지 아니?"

나는 수장 어른이 무엇을 묻고 있는지 제대로 이해하지 못했다. 그 당시에 내가, 써놓은 단어가 말하는 단어와 같다는 것, 글과 말이 똑같은 것의 다른 표현이라는 것을 알았을 것 같지는 않다. 나는 고개를 저었다.

"책으로 무엇을 하지?" 그가 물었다.

나는 아무 말도 하지 않았다. 나는 알지 못했다.

"읽는 거야." 수장 어른이 말했고, 그 말을 하면서 미소 지었다. 그의 얼굴이 내가 거의 본 적 없는 미소로 환해졌다.

이스타는 언제나 옛 시절에 수장 어른이 얼마나 행복하고 친절하고 상냥했는지, 만찬실에서 손님들이 얼마나 즐거워했는지, 수장 어른이 소스타의 배냇짓에 얼마나 웃었는지 말하곤 했다. 그러나 내가 아는 수장 어른은 강철 막대기에 무릎이 부서지고 팔이 뒤틀렸으며 가족은 살해당했고 자신을 따르는 사람들은 패배한 남자, 가난과 고통과 부끄러움 속에 사는 남자였다.

"전 읽을 줄 몰라요." 내가 말했다. 그러자 순식간에 수장 어른의 미소가 흐려지고 그림자 속으로 돌아갔기에 나는 다시 말했다. "배울 수 있을까요?"

이 말은 잠시 동안 그의 미소를 잡아두었다. 그러더니 그는 눈을 돌렸다.

"위험한 일이다, 메메르." 그는 말했다. 나를 어린아이로 보고 하는 말이 아니었다.

"알드가 두려워하니까 그런 거죠." 내가 말했다.

그는 나를 돌아보았다. "그래. 두려워하지. 그리고 두려워해야 마땅해."

"그건 악마도 흑마술도 아니에요. 그런 건 없어요." 내가 말했다.

수장 어른은 바로 대답하지 않았다. 그는 내 눈을 들여다보았다. 마흔의 남자가 아홉 살의 아이를 보는 눈이 아니라, 한 영혼이 다른 영혼을 가늠해보는 눈이었다.

"원한다면 내가 가르쳐주마." 그가 말했다.

2

 그래서 수장 어른은 나를 가르치기 시작했고, 나는 기다렸던 것처럼, 아니 기다린 정도가 아니라 굶주린 사람이 식사를 받은 것처럼 빠른 속도로 읽기를 익혔다.
 나는 글자가 무엇인지 이해하자마자 글자를 익혔고, 단어를 엮어 나가기 시작했다. 배움에 있어서 어쩔 줄 모르거나 오래 멈춘 기억이 없다…… 단 한 번을 빼고는. 그 날 나는 읽을 줄 알기 전에 제일 좋아하면서 '반짝이는 빨강'이라고 부르던 표지에 금색 문양이 들어간 커다란 붉은색 책을 꺼냈다. 그저 그 책이 무슨 내용을 다루는지 맛만 보고 싶었다. 그러나 읽어보려 하자 전혀 말이 되지 않았다. 글자가 있기는 했고, 단어를 이루기도 했지만, 그 단어들에는 의미가 없었다. 하나도 이해할 수 없었다. 말이 되지 않는 혼란, 쓰레기였다. 내가 그 책에 대해서나 스스로에 대해 화를 내고 있을 때 수장 어른이 들어왔다. "이 바보 같은 책은 뭐가 잘못된 거죠!" 내가 말했다.

수장 어른은 책을 보고 말했다. "잘못된 건 없단다. 무척 아름다운 책이지." 그리고 혼란스러운 말들을 큰 소리로 읽었다. 아름답게 들렸고, 뭔가 의미가 있는 것처럼 들렸다. 나는 얼굴을 찌푸렸다. "이건 아리탄이다. 오래전 세상에서 쓰던 언어지. 우리 언어는 이 말에서 생겨났단다. 많이 바뀌지 않은 단어들도 있어. 보이니, 여기? 그리고 여기?" 그리고 나는 그가 가리킨 단어들의 일부분을 알아볼 수 있었다.

"저도 배울 수 있어요?" 내가 물었다.

수장 어른은 종종 그러했듯 찬찬히 나를 보았다. 끈기 있게 판단하고, 승인했다. "그래."

그래서 나는 《샴한》을 우리말로 읽기 시작함과 동시에 그 고대어를 배우기 시작했다.

물론 비밀방에서 책을 들고 나갈 수는 없었다. 그랬다간 우리는 물론이고 갈바만드에 있는 모두가 위험해졌을 것이다. 알드의 붉은 모자 사제들이 병사들을 이끌고 책이 발견된 집으로 왔을 것이다. 책은 악마의 물건이므로 직접 만지지는 않겠지만, 노예들을 시켜서 운하나 바다로 실어내어 무거운 돌을 묶어서 가라앉혔을 것이다. 그리고 책을 소유하던 사람들도 똑같이 만들었을 것이다. 그들은 책이나 책을 읽은 사람들을 불태우지 않았다. 알드의 신은 불타는 신 아스였고 불에 의한 죽음은 훌륭한 죽음이었다. 그래서 그들은 책과 사람들을 물에 가라앉히거나, 바닷가 개펄에 데려가서 삽과 막대기로 밀어넣고 짓밟았다. 숨이 막혀 죽을 때까지, 축축한 진흙 속 깊이 가라앉을 때까지.

사람들은 밤을 틈타 몰래 갈바만드에 책을 가져오곤 했다. 감춰진 방에 대해 아는 사람은 없었다. 평생 이 집에 살아온 사람들도 알지 못했으니까. 그러나 도시 밖에 사는 사람들조차도 책을 수장 술터 갈바에게 가져가야 한다는 것은 알았다. 이제 책을 가지고 있는 것은 위험했고, 신탁의 집만이 책을 안전하게 둘 장소였다.

식구 중에 문을 두드린 후 답을 기다리지 않고 수장 어른의 방에 들어가는 사람은 없었고, 이제는 그도 병세가 심하지 않았기 때문에 답이 없으면 굳이 방해하지 않았다. 이스타와 소스타는 수장 어른이 혼자 무슨 일을 하는지, 어디에서 시간을 보내는지 묻는 법이 없었다. 아마 과거에 내가 그랬듯 그들도 수장 어른이 언제나 자기 방이나 안뜰 어딘가에 있다고 생각했을 것이다. 갈바만드는 워낙 커서 안에 있는 사람을 놓치기 쉬웠다. 그는 한 블록을 걷기도 힘들 만큼 심하게 다리를 절어서 집 밖으로 나가는 일이 없었지만, 많은 이들이 그를 보러 왔다. 사람들은 뒤 회랑이나, (여름이라면) 안뜰 어딘가에서 수장 어른과 이야기를 나누며 몇 시간을 보내곤 했다. 사람들은 낮이나 밤이나 어느 때건 주의를 끌지 않도록, 이제는 아무도 살지 않고 텅 비고 무너진 방들만 남아 있는 집 뒤편을 통해서 조용히 왔다가 조용히 떠났다.

낮 시간에 방문자가 있을 때는 내가 물이나, 차가 있을 경우에는 차를 대접했고 때로는 그 자리에 남아서 이야기를 들을 수도 있었다. 어떤 손님들은 내가 평생 알아온 이들이었다. 순드라만 사람인 데삭, 카만드의 캄 식구나 페르 악타모 같은 '4대 가문' 사람들. 페르는 알드가 도시를 점령했을 때 열 살 소년이었다. 악타만드 사람들은 거세게 싸웠고, 병사들은 그 집을 점령하고 나서 남자는 다 죽이고 여자는 노예로 끌고 갔다. 페르는 사흘 동안 안뜰에 있는 마른 우물 속에 숨어서 병사들을 피했다. 그는 우리와 마찬가지로 무너진 집에서 얼마 안 되는 이들과 같이 살았다. 그래도 그는 나에게 농담을 던졌고 상냥했으며, 대부분의 방문자들보다 젊었다. 나는 페르가 오는 것이 기뻤다. 데삭은 내가 그 자리에 남아서 이야기를 듣는 것이 달갑지 않음을 분명히 밝힌 유일한 방문자였다.

수장 어른을 보러 오는 사람 중에 내가 알지 못하는 이들은 대개 상인이었다. 개중에는 아직 좋은 옷을 입은 사람도 있었다. 길에서 오랜 시간을 보낸 것 같은 남자들도 자주 왔다. 안술의 다른 마을, 어쩌면 다른 수장에게서 온 방문자나 전령이었을 것이다. 여자가 혼자 시내를 돌아다니는 것은 위험한 일이었지만, 겨울 밤에는 여자들도 가끔 왔다. 자주 찾아오던 여자 하나는 회색 머리가 길었는데, 내 눈에는 약간 미친 사람으로 보였지만 수장 어른은 그 여자에게 경의를 표했다. 여자는 언제나 책을 가져왔다. 이름은 모른다. 다른 마을에서도 옷 속에, 또는 음식 꾸러미에 숨겨서 책을 가져오는 사람들이 있었다. 내가 비밀방에 들어갈 수 있다는 사실을 안 후부터 수장 어른은 그런 책들을 나에게 건네주곤 했다.

수장 어른은 대개 밤이 되어야 그 방에 갔다. 그동안 우리가 마주치지 않은 것도 그래서였다. 나는 자주 가지도 않았고, 밤에는 한 번도 간 적이 없었다. 나는 집 앞쪽에 있는 방에서 이스타와 소스타와 같은 방에서 잤고, 그냥 사라질 수는 없었다. 그리고 낮에는 바빴다. 집안일과 경배도 해야 했고, 장을 보는 것도 대부분 나였다. 장보기를 좋아하기도 했고, 소스타보다 훨씬 흥정을 잘했기 때문이다.

이스타는 언제나 소스타가 혼자 나갔다가 병사들과 마주쳐서 끌려가 강간당할까 두려워했다. 나를 두고는 걱정하지 않았다. 알드 놈들은 나를 거들떠보지 않을 거라고 말했다. 말인즉 놈들은 자기들과 비슷한 내 창백하고 여윈 얼굴과 양털 같은 머리를 좋아하지 않으며, 소스타처럼 동그란 갈색 볼과 까맣고 매끄러운 머리털을 지닌 안술 여자를 원한다는 것이다. "넌 그렇게 생겨서 운 좋은 거다." 이스타는 늘 그렇게 말했다. 나는 오랫동안 상당히 작고 가냘픈 편이기도 했는데, 그건 진짜 행운이었다. 알드의 간드가 내린 명에 따라 여자는 남자를 대동해야 거리와 시장에 갈 수 있었다. 길거리에 혼자 나다니는 여자는 창녀이며 유혹의 마귀였고 병사라면 누구나 그 여자를 강간하거나 노예로 삼거나 죽일 수 있었다. 그러나 알드 놈들은 늙은 여자는 여자로 치지 않는 것 같았고, 아이들은 언제나는 아니라도 대개 무시했다. 그래서 주로 장을 보고 흥정을 하는 것은 할머니와 아이들, 대개 나처럼 피가 섞인 '농성의 아이들'이자 남자애처럼 차린 여자애들이었다.

우리가 가진 돈이라곤 먼 옛날 해적 함대가 안술을 위협했을 때 조상님이 숨겨두신 돈뿐이었다. 해적들은 쫓겨 갔지만 가족은 수장 어른이 '행운의 보고'라고 부르는 돈을 집 뒤편 숲에 그대로 묻어놓았고, 우리는 이제 그 돈으로 살았다. 그래서 나는 최대한 싸게 장을 보아야 했고, 그러자면 시간이 걸렸다. 시간이 걸리기는 경배도 집안일도 마찬가지였다. 이스타는 꼭두새벽에 일어나서 빵을 만들었다. 내가 없어진 티를 내지 않고, 호기심과 의문을 잔뜩 일으키지도 않고, 정기적으로 비밀방에 갈 수 있는 시간이라곤 다른 사람들이 잠든 밤뿐이었는데 말이다. 그래서 나는 이스타에게 어머니가 쓰던 방으로 침대를 옮기고 싶다고 말했다. 그 방은 다 함께 자던 방과 같은 복도에 있었고, 이스타는 신경 쓰지 않았다. 이스타와 소스타는 보통 저녁을 먹고 씻고 나서 오래지 않아 코를 골았다. 내가 방에 없음을 알아차릴 가능성은 낮았다. 그래서 밤마다 나는 조용히 어두운 저택의 복도와 통로들을 지나 비밀방으로 갔고, 그 안에 들어가서 사랑하는 스승에게 배우고 읽었다.

방문객이 있는 밤에는 수장 어른이 와서 아리탄을 가르쳐주거나 읽기를 도와줄 수 없었지만, 나는 혼자서도 잘해나갔다. 이야기나 역사에 푹 빠져서 수장 어른이 자러 가라고 한 후에도 한참 더 남아서 읽을 때도 많았다.

키가 더 크고 여자가 되어가면서 종종 끔찍하게 졸릴 때가 있었다. 밤이 아니라 아침에 그랬다. 침대에서 나올 수가 없었고, 하루 종일 납처럼 무겁고 쥐며느리처럼 멍청한 기분이었다. 나는 그러지 말라고 간청했지만, 수장 어른은 이스타에게 거리 아이인 보미를 고용해서 내가 하던 청소 일을 맡기라고 말했다. 나는 말했다. "청소는 괜찮아요! 시간을 다 잡아먹는 건 제단들이에요. 제단을 돌볼 아이를 고용할 수 있다면 시간이 훨씬 많아질 거예요."

실언이었다. 그는 나를 찬찬히 보았다. 끈기 있고 판단력 있는, 그러나 승인하지는 않는 눈빛이었다.

"네 어머니의 그림자는 이곳에 산다. 우리 조상의 그림자와 함께. 이 집의 신들은 네 어머니의 신들이야. 매일 그분들을 축복했지. 나는 남자로서 그분들을 기리고……." 사실이었다. 수장 어른은 하루도 빼먹지 않고 봉헌 의무를 다했다. "너는 우리 어머니들의 딸로서 그분들을 기리고 축복을 받는 거야." 그게 끝이었다.

나는 부끄러웠고, 언짢기도 했다. 속으로 모든 신소를 돌며 먼지를 털고, 이에네에게 생생한 잎사귀를 바치고, 아궁이를 지키는 신에게 향을 태우고, 과거 이 집에 살았던 조상들의 영혼과 그림자들을 축복하고, 그들의 축복을 받고, 에누에게 감사하고, 에누의 날이면 그 제단에 먹을 것과 물을 바치고, 문간마다 멈춰서 양쪽 방향을 보는 분을 찬양하고, 언제 데오리를 위한 기름등에 불을 붙일지 기억하는 등의 일에서 벗어날 수 있다고 생각하던 차였다. 이런 일들에 때로는 꼬박 한 시간이 걸렸다.

 아마 안술은 어느 곳의 다른 누구보다 많은 신을 모실 것이다. 더 많고, 더 가깝다. 우리 대지와 우리의 나날, 우리 피와 뼈의 신들이다. 물론 나는 집이 신들로 가득하다는 사실, 내가 신들의 축복에 대한 보답으로 어머니가 했던 일을 한다는 사실, 내 방의 신령이 문간 벽에 난 작은 벽감에 살면서 내가 방으로 돌아가기를 기다리고 내 잠을 지켜준다는 사실을 알아서 행복했다. 어렸을 때는 신들에게 경배하는 일이 자랑스러웠지만, 이제는 그 일을 너무 오래 했다. 신들에게 싫증이 났다. 신들은 너무 요구가 많았다.

 그러나 알드가 우리 신들을 사악한 정령이라고, 악마라고 부르고 두려워한다는 사실을 떠올리면 온 마음과 영혼으로 기쁘게 경배할 수 있었다.

 그리고 어머니가 집안에서 여성의 경배를 맡았음을 돌이키는 것은 좋은 일이었다. 수장 어른은 비밀방을 두고 어머니를 믿은 만큼 경배에 대해서도 신뢰했다. 어머니가 우리 혈통임을 알기 때문이었다. 이 점을 생각하자 처음으로 수장 어른과 내가 우리 혈통에 남은 마지막 자손들임을 깨달을 수 있었다. 지금 우리 식구로 남은 몇 사람은 갈바이기를 선택했지, 혈통이 갈바인 건 아니었다. 그 전까지는 그 차이를 별로 생각하지 않았다.

"어머니도 읽는 법을 아셨나요?" 나는 어느 날 밤, 아리탄 수업이 끝난 후에 물었다.

"물론이지." 수장 어른은 대답하고 나서 기억을 돌이켰다. "당시에는 금지된 일이 아니었어." 그는 등을 기대고 앉아서 눈을 문질렀다. 고문관들이 손가락을 늘이고 부러뜨려서 손가락이 다 옹이지고 비틀렸지만, 나는 그 손의 생김새에 익숙했다. 한때 아름다운 손이었음을 알아볼 수 있었다.

"여기 와서 읽었나요?" 방을 둘러보며, 그 방에 있음을 기뻐하며 물었다. 나는 밤의 비밀방을 가장 사랑하게 되었다. 등잔의 노란 반구에서 따뜻한 그림자가 뻗어 나오고, 책등의 금박 글자들이 높고 작은 천창으로 가끔 보이는 별처럼 깜박거리는 밤.

"읽을 시간이 많지는 않았지. 이 집의 모든 일을 감독했거든. 큰일이었어. 수장은 돈을 많이 써야 했다. 대접과 그 밖에 다른 일들에……. 네 어머니의 책은 주로 회계 장부였단다." 그는 과거를 돌아보듯, 기억하는 어머니의 모습과 비교하듯이 나를 보았다. "알드가 이스마 언덕에 군대를 보냈다는 소식을 처음 들었을 때 데칼로에게 이 방으로 통하는 문을 보여줬지. 어머니께서 재촉하셨어. 데칼로는 우리 핏줄이며 비밀을 알 권리가 있다고 하셨지. 상황이 나쁘게 돌아가면 데칼로가 비밀을 지킬 수 있을 것이고, 이 방이 데칼로의 피난처가 될 수도 있을 거라고."

"실제로 그랬어요."

수장 어른은 우리가 번역하던 아리탄 시 〈탑〉의 한 구절을 인용했다. "고난은 신들의 자비이니."

나는 같은 시의 뒷구절로 응수했다. "진정한 희생은 진정한 마음의 찬양이로다." 수장 어른은 내가 인용문으로 맞받아치는 것을 좋아했다.

"제가 아기였을 때, 엄마는 절 데리고 여기 숨어 있으면서 여기 책을 몇 권 읽었을지도 몰라요." 나는 말했다. 전에도 해본 생각이었다. 내 영혼에 기쁨과 활력을 주는 책을 읽을 때면 어머니도 비밀방에 있었을 때 그 책을 읽었을지 궁금했다. 수장 어른이 읽었다는 사실은 알았다. 그는 모든 책을 읽었다.

"그랬을지도 모르지." 그렇게 말하면서도 수장 어른의 얼굴은 슬펐다.

수장 어른은 마음속에 의문을 품고 살피는 듯한 얼굴로 나를 보았다. 그리고 마침내 결론을 내렸는지 말했다. "말해보렴, 메메르. 처음 혼자 이 방에 왔을 때, 읽을 수 있기 전에 너에게 책은 무엇이었지?"

대답하는 데 시간이 조금 걸렸다. "음, 몇 권에는 이름을 붙였어요." 나는 가죽으로 장정한 커다란 책《순드라만의 40번째 집정시대록》을 가리켰다. "저 책은 곰이라고 불렀어요.《로스탄》은 반짝이는 빨강이라고 불렀고요. 겉표지의 금박 때문에 좋아했죠……. 어떤 책으로는 집을 쌓기도 했어요. 하지만 언제나 원래 자리에 다시 꽂아 놨어요."

수장 어른은 고개를 끄덕였다.

"그리고 어떤 책은……" 말할 생각은 없었는데 말이 저절로 나왔다. "무서웠어요."

"무섭다니, 어째서?"

대답하고 싶지 않았지만, 이번에도 말이 나왔다. "소리를 내서요."

내 말에 그는 작은 소리를 냈다.

"어느 책이었지?"

"저쪽에 있는 책이었어요. 저쪽…… 반대쪽 끝에 있는 책이오. 신음 소리를 냈어요."

왜 그 책에 대해 이야기하고 있지? 전에는 말하기는커녕 생각도 한 적 없었고, 생각하고 싶지도 않았다.

비밀방에서 수장 어른과 함께 책 읽기를 사랑하고, 그곳에서는 내 것인 이야기와 시와 역사의 보물 속에서 크나큰 행복을 찾았음에도, 여전히 나는 바닥이 거칠고 잿빛인 돌로 변하고 천창도 없이 천장이 낮아져서 빛이 서서히 어둠 속으로 잦아드는 반대쪽 끝으로는 가지 않았다. 희미한 물소리가 들렸기 때문에 그쪽에 샘이나 분수가 있다는 사실은 알았지만, 눈으로 볼 만큼 들어가보지는 않았다. 때로는 그림자 쪽에서 방이 더 커질 거라고 생각했고, 때로는 동굴이나 굴처럼 점점 작아질 거라고 생각했다. 신음하는 책이 꽂혀 있던 책장 너머로는 한 번도 가보지 않았다.

"어느 책인지 보여줄 수 있겠느냐?"

나는 1분이 넘도록 책상 앞에 앉아 있다가 말했다. "전 어렸어요. 그런 이야기를 지어냈죠. 《시대록》이 곰이라고 생각했고요. 전 바보였어요."

수장 어른은 부드럽게 말했다. "두려워할 것 없다, 메메르. 누군가는 두려워할지 몰라도 너는 그럴 필요가 없어."

나는 아무 말도 하지 않았다. 속이 메스껍고 추웠다. 두려웠다. 하고 싶지 않은 말이 더 나오지 않게 입을 꼭 다물고 있겠다는 생각밖에 들지 않았다.

수장 어른은 다시금 앉아서 생각에 잠겼고, 다시금 어떤 결론에 도달했다. "나중에 다시 이야기할 시간이 있겠지. 자, 열 줄 더 읽을까, 아니면 잘까?"

"열 줄 더요." 그리고 우리는 다시 〈탑〉 위로 몸을 숙였다.

지금까지도 내 두려움을 인정하고 적기가 쉽지 않다. 열넷, 또는 열다섯이었던 그때는 그림자 속으로 잦아드는 방 끄트머리를 멀리한 것과 마찬가지로 그 일에서 생각을 멀리했다. 비밀방은 내가 두려움을 떨치는 유일한 장소가 아니었던가? 나는 오직 그러하기만을 원했다. 내 두려움을 이해하지 못했고, 그게 무엇인지 알고 싶지도 않았다. 그것은 알드 놈들이 악마라고, 사악한 정령이라고, 흑마술이라고 부르는 것과 너무 비슷했다. 그런 말은 놈들이 우리 신, 우리 책, 우리 방법을 이해하지 못하고 붙인 무지하고 악의에 찬 말에 지나지 않았다. 나는 악마는 없으며 수장 어른께 사악한 힘이 없다는 것을 확신했다. 놈들은 악한 기술을 고백하게 하고자 그분을 1년이나 고문하고서, 아무것도 고백할 것이 없기에 놓아주지 않았던가?

그런데 나는 무엇을 두려워했던가?

나는 내가 만졌을 때 책이 신음했음을 알았다. 당시 겨우 여섯 살이었지만, 기억했다. 나는 용감해지고 싶었다. 용기를 내어 그림자 쪽으로 갔다. 발 바로 앞 바닥만 보면서 타일이 거친 돌바닥에 자리를 내어줄 때까지 걸어갔다. 그리고 여전히 눈은 내리깐 채 옆걸음질로 책장에 다가갔고, 책장이 돌벽 안에 낮게 들어가 있음을 보고 손을 뻗어 낡은 갈색 장정본을 건드렸다. 내가 건드리자 그 책은 큰 소리로 신음했다.

나는 손을 거두고 그 자리에 서 있었다. 스스로에게 아무 소리도 듣지 못했다고 말했다. 나는 어른이 되어서 알드를 죽일 수 있게 용감해지고 싶었다. 용감해져야 했다.

나는 다섯 걸음을 더 가서 다른 책장에 맞닥뜨렸고, 잽싸게 눈을 들어 보았다. 선반에 책이 딱 한 권 있었다. 작은 책이었고 표지는 매끄러운 진줏빛이었다. 나는 표지가 예쁘니까 안전할 거라고 스스로를 타이르면서 오른손을 꼭 쥐고 왼손을 뻗어서 그 책을 선반에서 내렸다. 책이 열렸다. 책장에서 핏방울이 새어나왔다. 축축했다. 나는 피가 무엇인지 알았다. 책을 닫아서 다시 선반에 밀어넣고 뛰어가서 큰 탁자 밑 곰 굴에 숨었다.

나는 수장 어른에게 그 일을 이야기하지 않았다. 그게 사실이 아니기를 바랐다. 두 번 다시 그림자 쪽에 있는 책장에 가지 않았다.

지금은 열다섯 살 소녀가 여섯 살 아이만큼도 용감하지 못했다는 사실이 안타깝다. 두려운 대상에 맞설 용기와 힘, 강인함을 그토록 열망했는데…… 두려움은 침묵을 낳고, 침묵은 다시 두려움을 낳는다. 나는 두려움이 나를 지배하게 놓아두었다. 그곳에서마저, 세상에서 내가 누구인지 아는 유일한 장소인 그 방에서마저도 내가 무엇이 될지 추측하는 것을 허용하지 않았다.

3

　10년이 지나도 내가 어떻게 스스로를 속였는지 솔직하게 적기는 어렵다. 나의 용기에 대해 쓰기란 내 비겁함에 대해 쓰는 것만큼이나 어렵다. 그러나 나는 이 책이 되도록 진실하기를, '신탁의 집'의 기록으로 쓸모가 있기를 바라며 내 어머니 데칼로에게 헌정하여 그녀를 기리고 싶다. 나는 그 시기의 기억들을 가지런히 정리해서 그라이와 나의 첫 만남을 이야기할 수 있는 지점까지 도달하려고 애쓰고 있다. 그러나 열여섯, 열일곱 살 때 내 마음과 머리는 그리 질서정연하지 않았다. 무지와 격렬한 분노와 사랑뿐이었다.
　내게 존재한 평화와 이해는 오직 수장 어른에 대한 내 애정과 그분이 내게 베푼 애정, 그리고 책들로부터 나온 것뿐이었다. 지금 쓰는 이 책의 심장부에는 책들이 있다. 우리가 처했던 위험, 우리가 무릅쓴 모험의 원인도 책이었고 우리에게 힘을 준 것도 책이었다. 알드가 책을 두려워한 것은 옳았다. 만약 책의 신이 있다면 분명 창조자이자 파괴자인 삼파일 것이다.

수장 어른이 읽으라고 내어준 모든 책 중에서 가장 좋았던 것은 시 중에서는 《변형》, 줄거리가 있는 글 중에서는 《만바 군주들의 이야기》였다. 이야기가 역사가 아닌 설화라는 것은 알았지만, 그 글에는 내가 바라고 필요로 하는 진실이 담겨 있었다. 용기, 우정, 죽음을 무릅쓴 충정, 싸워서 동족의 적을 몰아내는 것까지. 열여섯 살의 겨울 내내 나는 비밀방에 가서 영웅 아디라와 마라의 우정 이야기를 읽었다. 나도 아디라 같은 친구와 동지를 갖고 싶은 마음이 절절했다. 아디라와 함께 술의 눈밭으로 내몰려 함께 고통받고, 그 후에는 그와 나란히 서서 독수리처럼 도르벤 무리를 엄습하여 저들의 선단으로 몰아내고 싶었다. 나는 그 이야기를 읽고 또 읽었다. 늙은 술의 군주 이야기를 읽을 때면 그 모습을 수장 어른처럼 그렸다―우울하고 몸은 불구지만 고귀하고 두려움을 모르는……. 도시에 사는 나와 내 삶은 온통 두려움과 불신뿐이었다. 매일 거리에서 보는 광경에 내 심장은 쪼그라들었다. 만바의 영웅을 향한 사랑은 내 심장의 피였다. 그 사람이 나에게 힘을 주었다.

그해에 우리는 거리를 떠돌던 소녀 보미를 식구로 받아들였고, 수장 어른은 집 안 제단에서 오래된 의식을 치르고 보미에게 갈바의 이름을 내렸다. 보미는 소스타와 같은 복도에 있는 방으로 들어갔다. 보미는 일을 열심히 잘해서 대개는 이스타마저 만족할 정도였고, 좋은 벗이기도 했다. 보미는 열세 살쯤이었고, 자기가 언제 태어났는지 어머니는 누구인지 하나도 몰랐다. 한동안 거지로 길거리를 떠돌아다녔는데, 늙은 구딧이 길고양이처럼 꾀었다. 보미를 안뜰 창고에서 자게 하는 데 성공하자 구딧은 자기를 도와 마구간 청소를 해서 밥벌이를 하게 만들었다. 마구간은 불탄 목재와 부서진 가구와 쓰레기로 가득했다. 구딧은 수장님이 다시 말을 구할 것이라고 믿어 의심치 않았다. "암, 도리가 그렇지. 수장님께서 어찌 말도 타지 않고 여행을 다니실 수 있나? 걸어가시겠어? 에산간이나 돔까지? 그렇게 안 좋은 다리로? 품위도 없이, 떠돌이 행상처럼? 그럴 순 없지. 수장에겐 말이 필요해. 암, 그렇고말고."

구딧에게는 맞장구치는 수밖에 없었다. 그는 늙고 미친 곱사등이였으며, 늘 쓸모 있는 일을 하는 건 아니라도 정말 열심히 일했다. 입은 험했지만 마음은 맑았다. 이스타가 보미를 고용해서 내 대신 청소를 하게 하자 구딧은 불같이 화를 냈다. 이스타가 아니라 그와 그의 소중한 마구간을 '저버린' 보미에게였다. 그는 몇 달 동안 보미를 볼 때마다 조상의 그림자를 두고 보미를 저주했지만, 보미는 조상 중 아무도 몰랐고 그들의 그림자가 어디에 있는지도 몰랐기에 괘념치 않았다. 이윽고 구딧도 분노를 극복했고, 보미는 집안일을 끝낸 후에 다시 구딧을 도와 마구간을 치우고 칸막이를 다시 세우는 끔찍한 일을 하러 갔다. 보미 역시 마음이 맑은 아이였기 때문이다. 보미는 구딧이 자기를 거둔 것처럼 고양이들을 거뒀다. 그해 여름 마구간 마당에는 새끼 고양이가 바글거렸다. 이스타는 보미가 여자애 열 명 몫을 먹는다고 말했지만, 나는 보미가 여자애 하나에 고양이 스무 마리 몫을 먹는다고 생각했다. 어쨌든 마구간은 마침내 깨끗해졌고, 그건 꼭 당연한 일은 아니라도 행운이었던 것으로 드러났다. 그리고 쥐도 없었다.

이스타는 수장 어른이 나를 따로 책임졌으며 내가 '교육받는다'는 사실을 오랜 시간이 걸려서 받아들였다. 이스타는 언제나 교육이라는 말을 무척 조심스럽게, 마치 다른 언어처럼 말했다. 읽기를 계획적인 악행이라고 생각하는 알드의 지배하에서는 실제로 조심스럽게 꺼내야 할 말이기도 했다. 그 행위가 내포한 위험 때문에, 그리고 본인은 어렸을 때 배운 긁적거림을 완전히 까먹었기 때문에("도대체 요리사한테 그게 무슨 쓸모가 있니? 펜과 잉크로 소스 만드는 법을 보여줘봐, 어디한번!") 이스타는 내가 교육받는 것을 그리 탐탁하게 여기지 않았다. 그러나 그런 이스타라도 나를 말리거나, 수장 어른의 판단이나 의지에 의문을 던진다는 생각은 떠올리지조차 않았다. 내가 충정을 그토록 끔찍이 사랑한 것은 이 집이 충정으로 축복받았음을 알아서였는지도 모른다.

어쨌든 나는 여전히 이스타를 도와서 힘든 부엌일을 했고 시장에 갔다. 보미가 가고 싶어 할 때는 같이, 아니면 혼자 갔다. 나는 계속 키가 작고 말랐으며 낡은 남자 옷을 줄여 입으면 여전히 어린아이로, 아니면 최소한 매력 없는 청년으로 보일 수 있었다. 때로는 길거리에 모인 패거리가 내가 여자애라는 것을 알아보고 돌을 던지기도 했다. 나와 같은 종족, 안술의 사내아이들이 더러운 알드처럼 굴었다. 나는 그 앞을 지나기가 싫어서 그들이 모이는 장소를 피해 다녔다. '질서를 유지하기 위해 시장 여기저기에 배치되어 거드름을 피우는 알드 위병도 싫었다. 질서 유지란 시민을 괴롭히고 행상인의 매대에서 돈 내지 않고 마음에 드는 물건을 집어 간다는 뜻이었다. 나는 그들 앞을 지날 때면 흠칫거리지 않으려고 애썼다. 그들을 무시하고 천천히 걸으려고 노력했다. 그들은 푸른색 망토와 가죽 흉갑을 걸치고 검과 곤봉을 들고 의기양양하게 서 있었다. 내

키만큼 낮은 곳을 내려다보는 일은 드물었다.

이제 중요한 아침에 다다랐다.

늦봄이었고, 내 열일곱 살 생일에서 나흘이 지난 날이었다. 소스타는 여름에 혼인하기로 되어 있었고 보미는 소스타를 도와서 혼례복을 바느질하고 있었다. 신부의 녹색 가운과 머리 장식, 신랑의 외투와 머리 장식까지. 이스타와 소스타는 4주 동안 그 얘기만 했다. 혼인 혼인 혼인, 바느질 바느질 바느질. 보미마저 허튼소리를 지껄여댔다. 나는 바느질을 배우려 해본 적도, 사랑에 빠져 혼인하고 싶었던 적도 없었다. 언젠가는, 언젠가는 그런 사랑에 대해 알 준비가 될지도 모르지만 아직은 때가 아니었다. 나는 내가 누구인지부터 알아내야 했다. 내겐 지켜야 할 약속과 경애하는 수장 어른이 있었고, 배울 것도 많았다. 그래서 그날 아침 나는 세 사람이 재잘거리게 놓아두고 혼자 시장으로 나갔다.

화창하고 기분 좋은 날이었다. 나는 계단을 내려가서 신탁의 분수로 걸어갔다. 크고 얕은 녹색 수반은 물이 말랐고 지저분했으며, 부서지고 더러워진 중앙 조각상에서 물이 솟아오르던 관만 뾰족하게 튀어나와 있었다. 그 분수는 내 평생은 물론이고 내가 태어나기 전에도 오랫동안 말라 있었지만, 나는 그 옆에 서서 샘과 물의 주인께 축복을 바쳤다. 새삼스럽게 왜 그

분수를 신탁의 분수라고 부르는지, 그리고 왜 갈바만드 자체도 때로는 신탁의 집이라고 불리는지 의아해졌다. 수장님께 물어봐야겠다고 생각했다.

 죽은 분수에서 눈을 들어 도시 너머를 보자, 해협 건너편에 돌과 눈으로 이루어진 거대한 흰 파도 같은 술이 보였다. 산꼭대기에서 북쪽으로 안개 깃발이 불어가고 있었다. 나는 음식도 불도 없이 얼음 봉우리로 쫓겨 간 아디라와 마라와 지친 병사들을 생각했다. 그들이 무릎을 꿇고 산신과 빙하의 정령들에게 기도를 올리자, 까마귀 한 마리가 부리에 잎사귀가 붙은 가지를 물고 날아와서 아디라 앞에 떨구었다. 그들은 까마귀에게 감사하고, 가지고 있던 얼마 안 되는 빵을 바쳤다. "검은색 강철 부리 속에 초록색 희망의 선물이." 내 생각은 언제나 영웅들과 함께였다.

 나는 술에게 기도하고, 곶 너머로 하얀 갈기를 볼 수 있는 세우네에게 기도했다. 걸음을 옮겨 '문지방 돌'에 말을 걸고, 모퉁이를 지나 왼쪽에 있는 '서쪽 거리'로 방향을 틀면서 길거리 신소를 만졌다. 항구 시장에 가기로 했다. 물건을 들고 집에 돌아오기에는 더 멀었지만 언덕 밑보다 그쪽이 더 좋은 시장이었다. 밖에 나가서 운하를 청록색으로 물들이는 햇살과 다리에 새겨진 조각들의 빛나는 그림자를 보니 기뻤다.

햇빛과 바닷바람은 기쁨 그 자체였다. 걸으면서 신들이 나와 함께 있다는 확신이 느껴졌다. 두려울 것이 없었다. 시장에서 보초 서는 알드 병사들을 나무 기둥 보듯 지나쳤다.

항구 시장은 대리석으로 포장한 넓은 광장으로, 북동쪽에는 세관소의 아케이드가 자리했고 남쪽에는 해군성 탑이 있었으며 서쪽은 항구와 바다를 향해 열려 있었다. 조각이 들어간 곡선 난간이 달린 길고 얕은 계단이 해군 배를 넣어 두는 창고와 자갈 해변으로 이어졌다. 그날 아침은 온통 태양과 바람과 흰 대리석과 푸른 바다였고, 근처에는 색색 차양과 시장 노점 우산과 시장의 유쾌한 소란이 가득했다. 나는 시장의 신이자 이 도시에서 제일 오래된 신 레로를 나타내는 둥근 돌 앞을 지났다. 레로라는 이름은 정의, 합의, 옳은 일을 뜻한다. 나는 알드 병사는 생각도 않고 공개적으로 레로에게 머리를 숙였다.

평생 해보지 않은 일이었다. 나는 열 살 때 병사들이 어느 노인을 두들겨 패고, 노인이 절을 올린 텅 빈 신의 대좌 밑 길거리에 피에 물들고 의식을 잃은 노인을 팽개치고 가는 광경을 보았다. 병사들이 남아 있는 동안에는 아무도 노인에게 다가가지 못했다. 나는 울면서 달아났고 노인이 죽었는지 살았는지 알지 못했다. 그 일을 잊지는 않았지만, 상관없었다. 이 날은 두려움이 없는 날이었다. 축복받은 날, 성스러운 날이었다.

나는 광장을 가로지르며 모든 것을 살폈다. 노점과 상품과 사람을 구슬리기도 하고 욕하기도 하는 행상인들이 좋았다. 그렇게 생선 시장으로 가다가, 해군성 탑 앞에 커다란 천막을 치는 광경을 보고 길에서 벗어났다. 지저분한 돌설탕을 파는 소년에게 무슨 천막이냐고 물었다. "고원지대 출신의 위대한 이야기꾼이래요. 엄청 유명하다던데. 제가 대신 자리를 잡아드릴 수도 있어요." 장터 아이들은 1페니에 비천해진다고들 한다.

"내 자리는 내가 잡을 수 있어." 내가 말하자 소년이 대꾸했다. "아, 금세 끔찍하게 북적일걸요. 종일 여기 있을 거래요. 끔찍하게 유명한 남자가요. 반 페니면 가깝고 좋은 자리를 맡아드린다니까요."

나는 웃고 계속 걸어갔다.

그래도 천막에 가보고픈 유혹은 느꼈다. 바보 같은 짓이지만 이야기꾼에게 귀를 기울여보고 싶었다. 알드는 이야기를 짓고 읊는 이에게 환장을 한다. 부유한 알드라면 누구나 수행원 중에 이야기꾼을 두고, 병단이라 해도 마찬가지라고 한다. 수장 어른은 알드가 오기 전에는 이야기꾼이 많지 않았지만, 책이 금지된 지금은 수가 늘었다고 했다. 우리 동족 중에도 길모퉁이에서 잔돈푼을 받고 이야기를 하는 사람들이 있었다. 몇 번 걸음을 멈추고 귀를 기울여봤지만, 그들은 대개 병사들에게 동전이라도 얻으려고 알드 이야기를 읊었다. 나는 알드의 이야기를 좋아하지 않았다. 온통 자기네 전쟁과 전사들, 나로서는 지푸라기만큼도 신경 쓸 이유가 없는 저들의 포악한 신에 대한 이야기뿐이었다.

나를 사로잡은 것은 '고원지대'라는 말이었다. 고원지대 출신이라면 알드일 리 없었다. 고원지대는 북쪽 먼 곳이었다. 나도 작년에 서부 해안 전체 지도가 실린 에론트의 《위대한 역사》를 읽기 전까지는 그 먼 땅에 대해 들어보지도 못했다. 장터 소년은 그저 들은 대로, 자기에게는 어딘가 먼 곳이라는 의미밖에 없는 고원지대라는 말을 되풀이했다. 에론트에게마저도 고원지대는 대부분 말로만 들은 곳이었다. 땜장이들을 지나 생선 장수들에게 가면서 에론트의 지도 중 고원지대 부분은 정확히 기억하기 힘든 이상한 이름을 지닌 큰 산밖에 떠오르지 않았다.

나는 오늘 온 식구에다 고양이까지 다 먹이고 내일 생선 머리로 수프를 끓일 만큼 큰 빨간점박이고기를 흥정했다. 그리고 노점을 돌면서 신선한 치즈와 상태가 괜찮아 보이는 거친 채소를 약간 샀다. 집으로 가기 전에 무슨 일이 있는지 보려고 큰 천막 쪽으로 걸어갔다. 인파가 빽빽했다. 사람들 머리 위로 말 탄 기수들과 위 아래로 흔들리는 말 머리가 보였다. 알드 장교가 둘이었다. 알드는 사막에서 여자는 하나도 데려오지 않았으나 예쁘고 훌륭한 말은 데려왔고, 거리에서 농담 삼아 '병사들의 마누라'라고 부를 만큼 애지중지했다.

모여든 사람들은 이제 두 마리 말 앞에서 비키려고 애쓰고 있었다. 뒤쪽이 소란스러워지더니 혼란이 일었다. 느닷없이 말 한 마리가 비명을 지르며 몸을 세우고 날뛰더니 망아지처럼 뻗정다리로 뛰기 시작했다. 내 앞에 있던 사람들은 말을 피해 물러섰다. 말은 똑바로 나에게 달려왔다. 나는 내 뒤로 몰려든 인파 때문에 움직일 수가 없었다. 말은 내 앞으로 왔다. 등에는 아무도 타지 않았고, 흔들리는 고삐가 마치 누군가가 던진 것처럼 내 손을 때렸다. 나는 고삐를 잡고 당겼다. 말 머리가 내 어깨 바로 옆으로 내려왔다. 눈을 거칠게 뒤룩거리고 있었다. 머리통이 거대했다. 세상을 다 채울 것 같았다. 그래도 말은 멈춰 섰다. 나는 달리 어떻게 해야 할지 몰라 고삐를 굴레 앞까지 바싹 쥐고 버텨 섰다. 말이 머리를 뒤채려 하자 땅에서 반쯤 발이 떨어졌지만, 순전히 공포 때문에 꽉 쥐고 버텼다. 말은 엄청난 콧김을 내뿜더니 가만히 섰다. 마치 보호하려는 것처럼 나에게 슬쩍 몸을 붙이기까지 했다.

사방에서 사람들이 고함치고 비명을 질렀고, 나는 그들이 또 말을 겁먹게 하지 못하게 해야 한다는 생각밖에 없었다.

"조용히들 해요. 조용히." 나는 고함치는 사람들에게 바보처럼 말했다. 그리고 내 말을 들은 것처럼 사람들이 물러서더니 말 뒤편에 빈 대리석 포장 바닥을 열기 시작했다. 태양이 내리쬐는 그 하얀 바닥에는 세게 내팽개쳐진 알드 장교가 기절해 누워 있었고, 그 옆에 한 여자와 사자 한 마리가 서 있었다.

여자와 사자는 나란히 서 있었다. 그들이 움직이자 바닥에 생긴 빈 공간도 함께 움직였다. 군중은 거의 아무 소리 없이 움직였다.

여자와 사자 뒤편으로 마차 꼭대기 같은 것이 보였다. 여자와 사자는 그쪽으로 몸을 돌렸다. 사람들이 물러서면서 마법처럼 그들 앞에 빈 바닥이 나타났다. 작은 포장마차였다. 마차에 매인 두 마리 말은 고개를 돌리고 차분히 서 있었다. 여자가 마차 뒷문을 열자 사자가 훌쩍 뛰어올랐고, 사자의 꼬리가 사랑스러운 곡선을 그리며 사라지자 여자가 문을 닫았다. 그녀는 다시 돌아왔고, 군중은 사자가 없어도 그녀 앞에서 뒷걸음질을 쳤다.

여자는 어지러운 듯 일어나 앉은 알드 장교 옆에 무릎을 대고 앉았다. 장교에게 몇 마디 하더니 일어서서 내가 선 자리로 다가왔다. 나는 감히 손을 놓을 수 없어서 여전히 말을 붙들고 있었다. 사람들이 서로를 밀고 찌르면서 물러나는 바람에 말이 다시 겁을 먹었다. 말은 내가 쥔 굴레를 잡아당겼고, 내 팔에 걸친 장바구니가 떨어져 열리면서 생선과 치즈와 채소가 날아갔다. 덕분에 말이 더 겁을 먹어 나는 더 이상 버틸 수 없었지만, 다음 순간 그 자리에 여자가 있었다. 그녀는 말 목에 손을 대고 말을 걸었다. 말은 가슴을 낮게 울리며 머리를 흔들더니 가만히 섰다.

여자는 손을 내밀었고 나는 고삐를 건넸다. "잘했다. 잘했어!" 그녀는 그렇게 말하더니 말의 귓가에 부드럽게 무슨 말인가를 하고, 콧구멍에 숨을 불어넣었다. 말은 한숨을 쉬고 머리를 숙였다. 나는 누가 짓밟거나 훔쳐가기 전에 우리의 이틀치 식량을 주우려고 허둥거렸다. 바닥에 떨어진 음식을 그러모으는 나를 본 여자는 말을 세게 한 대 치고 허리를 숙여 거들었다. 우리는 큰 생선과 채소들을 바구니에 쑤셔 넣었고, 인파 속에 있던 누군가가 치즈를 던져주었다.

"고마워요, 선량한 안술 사람들!" 여자는 목소리가 맑았고 억양이 이국적이었다. "이 아이는 보상을 받아 마땅해요!" 그리고 그녀는 이제 자기 말과 한참 떨어진 곳에서 후들거리며 일어선 장교에게 말했다. "이 소년이 당신 말을 잡았어요, 대장. 내 사자가 말을 놀라게 했네요. 용서하시길 바랍니다."

"사자, 그렇지." 알드는 아직 멍한 상태로 말했다. 그는 여자를 노려보고 나를 노려보더니 허리띠 지갑을 뒤져서 나에게 내밀었다. 페니 동전이었다.

나는 바구니를 꽉 쥐고 알드 장교와 그의 동전을 무시했다.

"아, 관대하기도 해라. 관대하기도 하셔라." 모여든 사람들이 웅얼거렸고, 누군가가 낮은 목소리로 말했다. "부의 샘물이시군!" 장교는 모든 사람을 쏘아보았다. 그는 마침내 자기 말고삐를 쥐고 앞에 선 여자에게 다시 초점을 맞췄다.

"내 말에서 손 떼! 너…… 여자…… 네가 그 짐승을…… 사자를……"

여자는 고삐를 그에게 던지고 암말을 찰싹 때리더니 군중 속으로 미끄러져 들어갔다. 이번에는 사람들이 그 주위로 몰려들었다. 곧 마차 지붕이 움직이는 모습이 보였다.

나는 눈에 띄지 않는 게 상책임을 알고 장교가 말에 다시 오르려고 낑낑대는 사이에 슬쩍 헌옷 시장으로 몸을 피했다.

'높은 모자'라는 헌옷 장수가 걸상 위에 서서 쇼를 지켜보고 있었다. 그녀는 내려와서 나에게 물었다. "말에 익숙한가 보구나?"

"아니요. 그거 사자였어요?"

"뭔지는 몰라도 이야기꾼이랑 같이 다녀. 이야기꾼의 마누라랑. 그렇다고들 하더라. 여기 남아서 들어보렴. 그 사람은 이야기꾼의 왕이라던데."

"생선을 집에 가져가야 해요."

"아, 생선은 기다리지 않지." 그녀는 사납고 심술궂은 작은 눈을 나에게 고정시켰다. "옜다." 그녀는 나에게 뭔가를 던졌고, 나는 반사적으로 그 물건을 잡았다. 1페니였다. 그녀는 이미 몸을 돌렸다.

나는 그녀에게 고맙다고 말하고 동전을 레로의 구멍에 넣었다. 사람들이 그 자리에 신의 선물을 넣어두면 더 가난한 사람이 찾곤 했다. 나는 여전히 경비병들 눈에 띌까 신경 쓰지 않았다. 그들은 보지 않을 터였다. 시장에서 세관의 높고 붉은 아케이드를 지나 막 서쪽 거리로 올라가기 시작하는데, 타각타각 소리와 바퀴 소리가 들렸다. 두 마리 말과 포장마차가 세관 거리를 따라 움직이고 있었다. 마부석에는 사자 여자가 앉았다.

"태워줄까?" 말이 걸음을 멈추고, 그녀가 물었다.

나는 머뭇거렸다. 고맙지만 됐다고 말할 뻔했다. 그것은 색다른 일이었고, 평생 색다른 일이라고는 일어난 적이 없었기에 어떻게 해야 할지 알 수 없었다. 나는 낯선 이와 쉽게 어울리지 못했다. 사람과 쉽게 어울리지 못했다. 그러나 그날은 축복받은 날이었고, 축복에 등을 돌리는 것은 나쁜 짓이었다. 나는 고맙다고 말하고 여자 옆자리로 기어올랐다.

무척 높았다.

"어디로?"

나는 서쪽 거리 위를 가리켰다.

여자는 아무것도 하지 않는 것 같았다. 마부들이 흔히 하는 것처럼 고삐를 흔들지도 혀를 차지도 않았는데 말이 움직이기 시작했다. 키가 더 큰 쪽은 《로스탄》 표지에 가깝게 붉은, 멋진 적갈색 말이었고, 작은 쪽은 밝은 갈색에 다리는 까맣고 갈기와 꼬리는 모래 빛이었으며 이마에 흰 별이 있었다. 둘 다 알드의 말보다도 더 컸고, 더 평온한 얼굴이었다. 그들은 계속 소리를 들으며 귀를 앞뒤로 쫑긋거렸다. 그 모습을 보고 있으니 즐거웠다.

우리는 말없이 몇 블록을 나아갔다. 그 높이에서 운하를 내려다보고 다리와 건물 앞면과 창문들을 보니 재미있었다. 말 탄 사람들이 그러는 것처럼 걸어가는 사람들을 내려다보는 것도 재미있었다. 우월감이 들었다.

나는 마침내 물었다. "마차 뒤에 있는 거…… 그건 사자인가요?"

"반사자야."

"아수다르 사막에 있는?" 그녀가 반사자라고 말하자마자 《위대한 역사》에 나온 설명과 그림이 떠올랐다.

"그래." 그녀는 나를 곁눈질했다. "그 말도 그래서 겁먹었겠지. 뭔지 아니까."

"하지만 당신은 알드가 아니죠." 갑자기 그럴까봐 두려웠다. 까만 피부에 까만 눈인 그녀가 알드일 리 없는데도.

"난 고원지대 출신이야."

"먼 북쪽 말이죠!" 말하자마자 내 혀를 깨물고 싶었다.

그녀는 나를 곁눈질했고, 나는 책을 읽느냐는 추궁이 나오기를 기다렸다. 그러나 그녀가 알아차린 건 그게 아니었다.

"넌 남자애가 아니구나. 나도 참 멍청하지."

"남자애처럼 입고 다니죠. 왜냐하면……." 나는 말을 멈췄다.

그녀는 설명할 필요 없다는 뜻으로 고개를 끄덕였다.

"그런데 말 다루는 법은 어떻게 배웠지?"

"배우지 않았어요. 전에는 말을 건드려본 적도 없어요."

그녀는 휘파람을 불었다. 작은 새처럼 작고 달콤한 휘파람이었다. "이야, 그렇다면 요령을 타고났든가 운이 좋았구나!"

그녀의 미소가 너무나 기분 좋았기에 행운이었다고, 레로와 눈먼 신 '행운' 본인이 나에게 성스러운 날을 선사한 거라고 말하고 싶었지만, 너무 많이 지껄일까 두려웠다.

"네가 이 두 마리를 좋은 마구간으로 데려다줄 수 있을 줄 알았지 뭐야. 네가 마구간지기나 마부인 줄 알았거든. 내가 본 어느 마부보다 빠르고 차분했으니 말이지."

"어, 말이 그냥 저한테 왔어요."

"말이 너에게 갔지."

우리는 다시 한 블록을 타각거리며 걸어갔다.

내가 말했다. "마구간이 있긴 해요."

그녀는 소리 내어 웃었다. "아하!"

"물어봐야 하지만요."

"물론이지."

"말은 한 마리도 없어요. 먹이도요. 한참 동안 그랬어요. 그래도 깨끗하긴 해요. 짚도 있어요. 고양이들을 위한." 입을 열 때마다 너무 많이 말하고 있었다. 나는 이를 꽉 물었다.

"정말 친절하구나. 형편이 좋지 않다면 신경 쓰지 않아도 돼. 따로 찾을 수 있어. 사실은 간드가 자기네 마구간을 쓰라고 했거든. 하지만 간드에게 신세지긴 싫어서." 말하고 그녀는 나를 슬쩍 보았다.

나는 그녀가 좋았다. 사자 옆에 선 모습을 본 순간부터 그녀가 좋았다. 그녀가 말하는 방식도, 말하는 내용도, 모든 것이 좋았다.

축복을 거부해선 안 된다.

"전 갈바만드 데칼로 갈바의 딸 메메르예요."

"난 로드만트의 그라이 바레란다."

소개를 하고 나서 부끄러워진 우리는 말없이 갈바 거리를 나아갔다.

"저 집이에요."

내 말에 그녀는 경외심이 담긴 목소리로 말했다. "아름다운 집이구나."

널찍한 뜰과 석조 아치와 높은 창문을 거느린 갈바만드는 무척 크고 당당한 저택이지만, 반은 무너지기도 했다. 그래서 나는 아주 먼 곳에서 왔고 수많은 건물을 본 누군가가 그 집의 아름다움을 알아보았다는 데 감동했다.

"신탁의 집이에요. 수장님 댁이죠."

그 말에 말이 딱 멈춰 섰다.

그라이는 잠시 멍청한 얼굴로 나를 보았다. "갈바…… 수장…… 이런, 정신 차려!" 그 말에 두 마리 말은 느긋이 걸어갔다. "이거 정말 예기치 못한 하루로구나."

"오늘은 레로의 날이에요." 내가 말했다. 우리는 거리로 난 대문 앞에 있었다. 나는 자리에서 미끄러져 내려가서 문지방 돌을 건드렸다. 그라이를 안으로 들이고, 큰 앞뜰에 있는 신탁 분수의 메마른 수반을 지나 집 옆을 돌아서 마구간 뜰로 이어지는 아치문으로 안내했다.

구딧이 못마땅한 얼굴로 마구간에서 나왔다. "멍청한 조상님들의 모든 영혼에 걸고 도대체 귀리를 어쩌라는 거냐?" 구딧은 소리를 지르더니 와서 붉은 말을 풀기 시작했다.

"잠깐, 잠깐만요. 수장님께 말씀드려야 해요." 내가 말했다.

"가서 말씀드려라. 그동안 이 녀석들이 물 좀 마셔도 되겠지? 자, 맡겨주시구려, 부인. 내가 알아서 하리다."

그라이는 구딧이 말을 풀어서 여물통 쪽으로 데려가게 놓아두었다. 그녀는 늙은 구딧이 꼭지를 틀자 깨끗한 물이 여물통에 쏟아지는 것을 지켜보았다. 흥미롭고 감탄스럽다는 얼굴이었다. "물을 어디에서 얻는 거죠?" 그라이가 묻자 구딧은 갈바만드의 샘물에 대해 설명하기 시작했다.

포장마차 옆을 지나는데 마차가 살짝 흔들렸다. 그 안에는 사자가 있었다. 구딧이 뭐라고 할지 궁금했다.

나는 집 안으로 뛰어 들어갔다.

4

 수장 어른은 뒤 회랑에서 데삭과 대화 중이었다. 데삭은 안술 태생이 아니라 순드라만 사람이었다. 예전에 순드라만의 군인이었다. 그는 책을 가져오는 법도 없었고 책에 대해 이야기하지도 않았다. 꼿꼿하게 섰고, 엄격하게 말했으며, 웃는 일이 별로 없었다. 나는 데삭이 많은 슬픔을 겪은 게 분명하다고 생각했다. 데삭과 수장 어른은 서로를 존경과 우정으로 대했다. 그들의 긴 대화는 언제나 다른 사람이 없는 자리에서 이루어졌다. 내가 걸어 들어가자 햇볕 드는 끄트머리 창 밑에 앉아 있던 두 분이 말없이, 엄한 눈길로 나를 보았다. 집 뒷부분, 가장 오래되었고 언덕 사면에 바로 돌을 쌓아올린 이 부분은 서늘했고, 우리에겐 방을 데울 장작이 별로 없었다.

나는 두 사람에게 인사했다. 수장 어른은 눈썹을 추켜올리며 내 전언을 기다렸다.

"먼 북쪽에서 온 여행자에게 말을 돌볼 마구간이 필요해요. 남자 분은 이야기꾼이고 여자 분은." 나는 말을 끊었다. "여자 분은 사자를 데리고 있습니다. 반사자요. 제가 말을 여기에 두어도 괜찮을지 물어보겠다고 했어요." 말하면서 나는《만바의 군주들》에 나오는 이야기 속 사람이 된 것 같았다. 고귀한 집주인에게 고귀한 방문객의 요청을 전하는…….

데삭이 말했다. "곡예단이로군. 유목민이야."

그의 오만한 말투에 분개해서 말했다. "아니에요!"

내 무례함에 수장 어른의 눈썹이 처졌다.

"고원지대 로드만트의 바레 그라이예요." 내가 말했다.

"그래, 그 고원지대는 어디지?" 데삭은 어린아이 대하듯 말했다.

"먼 북쪽이죠." 내가 말했다.

수장 어른이 말했다. "메메르, 조금 더 설명을 해주지 않겠니?" 아리탄 구절을 계속 번역시키거나 뭔가를 설명하게 할 때면 늘 하는 말이었다. 그는 내가 정연하게, 조리 있게 행동하는 것을 좋아했다. 나는 그러려고 했다.

"그라이의 남편은 이야기를 하려고 항구 시장에 왔어요. 그래서 둘 다 거기 있었어요. 그런데 사자 때문에 알드의 말이 겁을 먹었어요. 제가 그 말을 잡았어요. 그러고는 그라이가 진정시켰고요. 그다음에 집으로 오는 길에 마차를 탄 그라이를 만났고, 그라이가 절 집까지 태워다줬어요. 그라이는 마구간을 찾고 있었어요. 사자는 마차 안에 있고, 말들에게 구딧이 물을 주고 있어요."

나는 집에 오는 길을 언급하면서 그제야, 10파운드짜리 생선과 치즈와 채소가 든 장바구니가 아직도 내 팔을 무겁게 하고 있음을 깨달았다.

잠시 침묵이 흘렀다.

"네가 마구간을 쓰라고 했느냐?"

"여쭤보겠다고 했어요."

"그분을 이리 데려오겠니?"

"네." 나는 대답하고 얼른 나갔다.

바구니를 서늘한 저장고에 두고 마구간 뜰로 달려갔다. 이스타와 다른 두 사람은 아직도 작업실에서 바느질을 하고 있었다. 그라이와 구딧은 개에 대해 이야기하는 중이었다. 말인즉 구딧이 그라이에게 옛날 갈바만드에서 말과 같이 뛰고 문을 지켰던 훌륭한 수행견 이야기를 하고 있었다는 뜻이다. 구딧이

침을 튀기며 말했다. "이젠 온통 고양이뿐이지. 사방이 고양이야. 개에게 줄 고기도 없고 말이오. 당연한 일이지요. 농성하던 시기에는 이 개 자체가 고기였으니."

"수행견이 지금 없어서 다행인지도 몰라요. 우리 마차 안에 든 녀석을 보면 불안해할 테니까요."

내가 말했다. "수장 어른께서 괜찮으시다면 집 안으로 들어오셨으면 하세요. 직접 나오고 싶으시겠지만 멀리 걷기가 힘드시거든요." 나는 만바의 군주들이 낯선 이들을 집에 맞이할 때처럼 제대로, 훌륭하게, 관대하게 그녀를 맞이하고 싶은 마음이 너무도 간절했다.

그라이가 말했다. "기꺼이 들어가지. 하지만 우선……."

"말은 내게 맡겨두시구려." 구딧이 말했다. "둘 다 마구간 안에 넣어놓고 저쪽에 사는 보스치 네 가서 건초를 좀 빌려오리다."

"마차 안에 건초 다발과 귀리 통이 있어요." 그라이가 말하면서 보여주려 했지만 구딧은 손을 내저었다. "아니, 안 되지, 안 돼. 수장님 댁에 여물을 가지고 오는 사람은 없는 법이라오. 자, 그럼 이리 오너라, 녀석아."

"별이라고 해요. 이쪽은 브랜티고." 이름을 듣자 두 마리 모두 그라이를 돌아보았고 별무늬 쪽은 소리를 냈다.

"그리고 마차 안에 또 뭐가 있는지 아시는 게 좋겠는데요."
그라이는 낮고 부드럽게 말했지만, 그 목소리에 담긴 무엇인가가 구딧마저 고개를 돌리고 귀를 기울이게 했다.

"고양이예요. 다른 고양이죠. 하지만 좀 크답니다. 믿을 만은 하지만, 놀라게 하면 안 돼요. 부디 마차 문은 열지 마세요. 메메르, 그 아이를 마차 안에 두고 갈까, 집 안으로 데려가는 게 좋을까?"

운이 좋다면 그 운을 밀어붙여라. 나는 데삭이 그 '곡예단' 사자를 보고 놀라 자빠지게 하고 싶었다. "데려가고 싶으시다면······."

그라이는 잠시 나를 뜯어보았다.

"여기 두고 가는 게 좋겠구나." 그라이는 미소 지으며 말했다. 복도를 지나가는 사자를 보고 비명을 지르며 꽥꽥거릴 이스타와 소스타를 생각하니 옳은 결정이었다.

그라이는 나를 따라 안뜰을 지나서 현관으로 들어갔다. 문지방에 멈춰 서서 손님이 집의 신들에게 바치는 기도를 중얼거렸다.

"당신도 우리와 같은 신들을 믿나요?" 내가 물었다.

"고원지대는 신과 별로 관계가 없어. 하지만 여행자로서 당연히 어떤 신이나 정령에게든 경의를 바치고 축복을 청하도록 배웠지."

마음에 들었다.

"알드는 우리 신들에게 침을 뱉어요."

"뱃사람은 바람에 침을 뱉는 건 어리석은 짓이라고들 하지."

접견실과 큰 안뜰, 옛날 대학의 방들과 회랑과 안쪽 마당들로 이어지는 넓은 복도를 보여주고 싶어, 멀리 도는 길로 안내했다. 하나같이 텅 비고 가구가 없어지고 조각상은 부서지고 태피스트리는 도난당하고 바닥은 쓸지 않은 상태였다. 그라이에게 그런 모습을 보여주려니 한편으로는 자랑스럽고 한편으로는 부끄럽기 그지없었다.

그라이는 크고 날카롭게 눈을 뜨고 걸었다. 그녀에게는 조심성이 있었다. 편하고 개방적인 사람이었지만 독립적이었고 낯선 장소에 온 용감한 동물처럼 경계하고 있기도 했다.

뒤 회랑의 조각문을 두드리자 수장 어른이 우리를 안으로 들였다. 데삭은 가고 없었다. 수장 어른은 일어서서 방문객을 맞이했다. 그들은 격식을 갖추어 고개를 숙이고 이름을 말했다. "이 집에 오신 것을 환영합니다." 수장 어른이 말하자, 그라이가 말했다. "갈바 저택과 그 주민에게 인사를 전하며, 이 집의 신과 조상에게 경의를 바칩니다."

그들이 눈을 들어 서로를 보자, 수장 어른의 눈에는 호기심과 흥미가 가득하고 그라이의 눈은 흥분으로 반짝이는 것을 볼 수 있었다.

"인사를 전하려고 먼 길을 오셨군요." 수장 어른이 말했다.

"수장이신 술터 갈바를 만나기 위해서죠."

순간 수장 어른의 얼굴이 책이 닫히는 것처럼 닫혔다.

"안술에는 알드 외에 다른 지도자가 없습니다. 나는 중요하지 않은 사람이에요."

그라이는 지원을 바라는 것처럼 나를 보았지만, 나에겐 해 줄 것이 없었다. 그녀는 다시 말했다. "제가 잘못 말했다면 용서하시기 바랍니다. 하지만 저희가 왜 안술에 왔는지 말씀드려도 될까요? 제 남편 오렉 카스프로와 저는……."

그 이름이 나오자 수장 어른은 내가 그라이에게 수장이라는 호칭을 말했을 때만큼이나 놀라는 것 같았다.

"카스프로가 여기에? 오렉 카스프로가 말입니까?" 그는 깊이 숨을 들이마셨다. 자신을 추스르고는 제일 딱딱하고 격식을 갖춘 투로 말했다. "시인의 명성은 본인을 앞서 달리지요. 카스프로의 존재는 그 자체로 우리 도시에 대한 영예입니다. 메메르에게 어느 작가가 이야기를 하러 시장에 왔다고 듣기는 했으나 그게 누구인지는 몰랐습니다."

그라이가 말했다. "그이는 알드의 간드를 위해서도 낭송할 겁니다. 간드가 제 남편을 청했어요. 그러나 저희가 안술에 온 이유는 그게 아니에요."

이번 침묵은 무거웠다.

그라이가 말했다. "저희는 이 집을 찾아왔습니다. 그리고 따님께서 저를 이 집으로 데려왔지요. 저는 메메르가 이 집의 딸인 줄 몰랐고, 메메르는 제가 이 집을 찾는 줄 몰랐지만요."

그는 나를 보았다.

"사실이에요." 나는 말했다. 그리고 그가 여전히 믿을 수 없다는 눈으로 바라보았기에 다시 말했다. "하루 종일 신들이 함께하셨어요. 오늘은 레로의 날이에요."

이 말은 영향이 있었다. 수장 어른은 열심히 생각할 때면 늘 그렇듯 왼손 첫 번째 마디로 윗입술을 문질렀다. 그러더니 갑자기 결론을 내렸고, 불신은 사라졌다. "레로의 손에 인도받아 왔다면 이 집의 축복은 당신 것입니다. 이 집은 전부 당신 것입니다. 앉으시겠습니까, 그라이 바레?"

나는 그라이가 그가 갈고리발 의자를 내놓느라 움직이는 모습을 관찰하고, 안락의자에 앉는 그의 뒤틀린 손을 보는 모습을 보았다. 나는 탁자 옆에 놓인 키다리 걸상에 걸터앉았다.

그라이가 말했다. "카스프로의 명성이 여기까지 전해졌다면 저희에겐 안술의 도서관이 지닌 명성이 전해졌지요."

"바깥 분께선 그 도서관을 보려고 여기 온 겁니까?"
"그이는 책 속에서 예술과 영혼의 양식을 구해요."
그 순간 내 모든 마음을 그들에게 주고 싶어졌다.
수장 어른은 감정 없이 말했다. "그분은 안술의 책들이 파괴되었음을 알아야 할 겁니다. 책을 읽은 많은 이들과 함께요. 이 도시에선 어떤 도서관도 허용되지 않습니다. 글은 금지되어 있습니다. 언어는 유일신 아스의 숨결이며, 오직 호흡을 통해서만 나와야 합니다. 언어를 글에 가두는 것은 가증스러운 불경이지요."

나는 움찔했다. 수장 어른에게서 그런 말이 나오는 것을 듣기 싫었다. 그는 마치 그렇게 믿는 것처럼, 그게 자기 자신의 말인 것처럼 말했다.

그라이는 말이 없었다.

수장 어른은 말했다. "오렉 카스프로가 책을 가져오지 않았길 바랍니다."

"가져오지 않았어요. 책을 찾으러 왔지요."

"바다 속에서 모닥불을 찾는 게 나을 겁니다."

그라이는 바로 맞받아쳤다. "아니면 사막의 돌에서 우유를 찾거나요."

나는 그녀가 데니오스의 구절로 화답하자 수장 어른의 눈에 어른거린 빛을 보았다. 거의 감춰진 반짝임이었다.

그라이는 겸손하게 물었다. "그이가 여기 와도 될까요?"

나는 네! 네! 소리치고 싶었다. 수장 어른께서 말이 나오자마자 오라고, 환영한다고 따뜻하게 초대하지 않자 나는 놀랐고, 부끄럽기도 했다. 그는 망설이다가 말했다. "카스프로는 간드 이오라스의 손님입니까?"

"우르딜에 있을 때 안술 알드의 간드 이오라스로부터, 모든 작가의 간드인 오렉 카스프로가 와서 예술을 펼쳐준다면 환영하겠노라는 전언이 왔어요. 우린 간드 이오라스가 이야기와 시 듣기를 무척 좋아한다고 들었지요. 그의 부하들도요. 그래서 왔어요. 하지만 손님으로 온 건 아니에요. 우리 말을 둘 마구간은 제공했지만, 우리가 묵을 곳은 제공하지 않았거든요. 불신자가 지붕 아래 들어가면 그의 신이 불쾌해할 거라더군요. 오렉이 간드를 위해 공연하러 가더라도 건물 안이 아니라 바깥의 열린 하늘 아래가 될 거예요."

수장 어른은 아리탄으로 몇 마디를 중얼거렸다. 분명하지는 않지만 하늘에는 모든 별과 신이 들어갈 자리가 있다는 말이었던 것 같다. 그는 그라이가 이 구절을 이해하는지 보았다.

그라이는 고개를 살짝 기울이더니 온화하게 말했다. "전 무식한 여자랍니다."

그는 웃었다. "설마요!"

"아니, 정말이에요. 남편이 조금 가르쳐주긴 했지만, 제 지식은 언어와 무관해요. 제가 받은 선물은 말이 없는 이들의 소리를 듣는 것이라서요."

"메메르는 당신이 사자와 같이 다닌다고 하더군요."

"맞아요. 저희는 여행을 많이 다니고, 여행자는 공격받기 쉽지요. 충실한 개가 죽고 경비를 서줄 다른 동반자를 찾던 차에 유목민과 시인과 음악가 무리를 만났지요. 그들은 바달바 남쪽 황무지 언덕에서 반사자 어미와 새끼를 사로잡았어요. 어미는 자기네 공연을 위해 데려갔지만, 새끼는 저희에게 팔았답니다. 좋은 동반자고 믿을 만한 친구예요."

내가 가만히 물었다. "이름은 뭐죠?"

"셰타르."

수장 어른이 물었다. "지금은 어디 있습니까?"

"마구간 뜰에 세워둔 마차 안에요."

"셰타르를 보고 싶군요. 또한 믿음의 부담을 덜었으니 기꺼이 여러분에게 제 지붕 아래 안식처를 제공하겠습니다. 그라이 바레 당신과 당신 남편, 두 분의 말과 사자에게요."

수장 어른의 얼굴은 그라이의 남편 이름을 들은 후부터 밝아져 있었다.

"메메르, 어느 방을?"

나는 이미 결정을 내리고 생선으로 이스타가 스튜를 만들면 여덟 명을 먹일 수 있을지 계산하고 있었다. "동쪽 방으로 하죠."

"상방은 어떠냐?"

수장 어른의 말에 나는 조금 놀랐다. 나는 이 집에서 제일 오래된 부분에, 수장 어른의 방 위에 자리한 그 넓고 아름다운 큰 방에 그의 어머니가 기거했음을 알았다. 오래전 갈바만드에 안술의 대학과 도서관이 자리했을 때 그 방은 학장이자 도서관장인 이 집 주인이 쓰는 독립된 주거지였다. 그 방은 부서지지 않았고, 작은 유리를 끼운 창문들로 낮은 지붕들 너머 술 서쪽 면까지 내다보였다. 지금은 안에 침대를 말고는 아무것도 없었다. 하지만 동쪽 방에서 침대요를, 내 방에서 의자를 가져갈 수 있을 터였다.

"불을 지필게요." 쓰지 않은 방은 춥고 축축하기 마련이기에 나는 말했다.

수장 어른은 지극히 상냥한 눈으로 나를 보았다. 그는 그라이 바레에게 말했다. "메메르는 내 손이며 내 머리의 반이기도 하지요. 내 육신의 딸은 아니지만 내 집과 마음의 딸입니다. 이 아이의 신과 조상들이 곧 나의 신과 조상들이고."

나는 내가 갈바의 핏줄임을 잘 알았지만, 그래도 그에게 그런 말을 들으니 가슴 저리게 기뻤다.

그라이가 말했다. "시장에서 제 고양이를 보고 말이 날뛰었어요. 탄 사람을 팽개치고 곧장 메메르에게 달려갔죠. 메메르가 고삐를 쥐고 말을 멈춰 세웠답니다."

칭찬을 듣기가 무안해져서 말했다. "전 가서 방을 준비할게요."

그라이는 돕고 싶다며 수장 어른에게 실례하겠노라고 말하고 나와 같이 갔다. 일단 침대를 다 만들고 벽난로에 불을 피우자 더 할 일은 없었고, 그녀는 항구 시장에 가서 남편을 데려와야겠다고 말했다. 나는 그의 이야기를 듣고 싶었고, 그라이는 내 마음을 알아차렸다. "지금쯤은 이야기가 거의 끝났을 거야. 하지만 네가 같이 가주면 좋겠다. 셰타르는 마차 안에 두고 갈 거야. 괜찮겠지." 그녀는 나가면서 덧붙여 말했다. "사자는 하나면 충분하니까."

내가 어찌 그라이를 사랑하지 않을 수 있을까?

그래서 그라이 바레와 나는 걸어서 항구 시장으로 돌아갔다. 나는 그곳에서 처음으로 시인 오렉 카스프로의 목소리를 들었다.

천막은 꽉 찼고, 천막 바깥에 선 사람들 때문에 앞과 옆을 다 걸어 올린 상태였다. 사람들은 산사면에 자란 나무들처럼 꼼짝 않고 모여 서서 귀를 기울이고 있었다. 카스프로는 데니오스의 《변형》 중에서 불의 꼬리를 지닌 새 이야기를 읊고 있었다. 나는 그 이야기를 알았고, 안술의 나이 많은 사람들도 알았지만 대다수의 젊은이들과 천막 안 연단 가까운 좋은 자리에 모여 있던 상당수 알드 병사들에게는 새롭고 놀라운 이야기였다. 모두가 입술을 달싹이고 앞을 뚫어져라 바라보며 그 이야기-시에 빠져 있었다. 나 역시 그 이야기에 사로잡혀 이야기하는 사람의 고르고 낭랑한 목소리와 또렷한 북쪽 억양을 듣고 있으려니 카스프로 본인의 모습을 볼 수 없었다. 귀를 기울이자 이야기가 눈앞에 펼쳐졌다.

낭송이 끝나자 모여든 군중은 긴 숨을 뱉을 만큼 침묵에 잠겨 서 있다가 탄성을 뱉었다. "아!" 그러더니 모두가 갈채를 보내기 시작했다. 알드는 큰 소리로 손바닥을 두드렸고, 우리는 오래된 찬사를 외쳤다. "에호, 에호!" 그제야 그가 보였다. 모여든 사람들에게 지극히 공손하면서도 연단 위에 선 자세에는 도전적인 느낌이 서린, 잘생기고 마르고 꼿꼿하고 검은 남자.

우리는 한참 동안 그에게 가까이 가지도 못했다. "다른 사자도 데려올 걸 그랬나봐." 그라이는 연단에서 내려와서 선 카스프로를 에워싼 파란 외투와 양털 머리와 검과 석궁과 몽둥이를 지닌 병사와 장교들의 넓은 등판 사이로 안을 들여다보려 애쓰면서 말했다.

카스프로가 다시 연단 위로 뛰어올라 인파를 훑어보자 그라이는 새소리 같은 휘파람을 불었다. 이번에는 소리가 크고 날카로웠다. 그는 즉시 그라이를 알아보았고, 그녀는 우리 왼쪽으로 고갯짓을 했다. 몇 분 후에 카스프로는 세관 계단 옆에서 우리와 만났다.

이제 병사들이 흩어지자 많은 시민이 오렉 뒤를 따랐지만 그들은 소심했고 앞으로 나서려 하지 않았다. 나이 많은 아저씨 하나만 가까이 다가가더니, 신들에게 감사를 표할 때처럼 선물을 주고받는 양손을 펼친 채 깊숙이 허리를 굽혔다. "시인에게 찬양을." 노인은 속삭이고 허리를 펴더니 서둘러 걸어가 버렸다. 얼굴이 눈물투성이였다. 수장 어른에게 한 번 넘게 책을 가져왔던 사람이었다. 나는 그 노인의 이름을 몰랐다.

오렉 카스프로는 우리를 보고 성큼성큼 다가왔다. 그는 그라이의 양손을 잠시 잡고 있다가 말했다. "나 좀 꺼내줘! 셰타르는 어디 있어?"

"갈바만트에." 그라이는 북쪽 지방 식으로 발음했다. "'갈바만트 데칼로의 딸 메메르와 같이 왔어. 우린 그 집 손님이 될 거야."

오렉은 눈을 크게 떴다. 그는 나에게 정중하게 인사했고, 묻고 싶은 것이 있는 얼굴이었지만 아무 질문도 하지 않았다.

나는 급히 말했다. "전 좀 실례할게요. 오늘 아침 시장에서 뭘 빼먹고 갔어요. 길은 아시죠. 따라갈게요." 그리고 나는 그들 곁을 떠났다. 이스타가 8인분 스튜를 만들자면 채소가 더 필요했다.

나는 언제나 왜 시인들이 이야기 속에 가사와 요리를 넣지 않는지 의아했다. 모든 위대한 전쟁과 전투는 결국 그걸 위한 게 아닌가? 저녁이 되어 평화로운 집에서 온 가족이 함께 식사할 수 있도록 싸우는 게 아닌가. 설화는 만바의 군주들이 술 산기슭으로 쫓겨나서 야영을 할 때 어떻게 사냥을 하고 뿌리를 모으고 저녁거리를 요리했는지 이야기하지만, 그들의 아내와 아이들이 적에게 파괴되고 버려진 도시에서 어떻게 살았는지는 말하지 않는다. 우리가 농성 중에나 알드의 압제 속에서 그러하듯 그들도 어떻게든 먹을 것을 찾고 집을 치우고 신들을 경배했을 것이다. 영웅들은 산에서 도시로 돌아갔을 때 잔치로 환영받았다. 나는 도대체 그 잔치 음식이 무엇이었으며 여자들이 어떻게 그런 일을 해낼 수 있었는지 알고 싶었다.

겔브 다리에서 언덕으로 올라가면서 보니 그라이와 그녀의 남편은 서쪽 거리 끄트머리에 있었다. 부엌에 들어가니 소스타와 보미는 손님들을 만나보고 흥분해 있었고, 이스타는 화를 터뜨리기 직전이었다. "파괴자 삼파의 이름으로, 어떻게 생선 쪼가리와 케일 줄기만으로 손님을 먹인단 말이야?" 내가 가져온 채소와 셀러리 뿌리가 재앙을 막았다. 이스타는 작업에 착수해서 생강을 갈고 테소니를 썰고 보미는 물론이고 소스타에게까지 무자비하게 명령을 내렸다. 이스타가 할 수만 있다면 갈바만드는 손님에게 인색하게 굴거나 조상을 부끄럽게 하지 않을 터였다. 내가 집안일에 대해 한 말 뜻이 바로 이거다. 이런 일이 중요하지 않다면 무슨 일이 중요할까? 집안일이 영예롭게 이루어지지 않는다면 어디에 영예가 있을까?

이스타는 옛 시절에 큰 식당에 차렸던 40인분 만찬에 대해 말해줄 수 있었지만, 우리는 언제나 선반과 조리대가 가득한 식당과 부엌 사이 큰방에서 먹었다. 이스타는 이 방을 저장고라고 불렀다. 구딧이 소나무 조각으로 짠 식탁에, 우리가 여기저기에서 가져온 의자를 놓았다. 대개는 방에서 나와서 복도를 지나고 계단과 안뜰을 지나 저장고로 저녁을 먹으러 올 때가 수장 어른이 하루 중에 제일 오래 걷는 시간이었다. 오늘밤 수장 어른은 무겁고 뻣뻣한 회색 로브를 입었다. 단 한 벌 남은, 좋았던 시절의 훌륭한 옷이었다. 말 냄새가 풀풀 풍기는 구딧만 빼면 다들 평소보다 몸을 단정하게 했다. 그라이는 통이 좁은 비단 바지 위에 긴 붉은색 셔츠를 입었고, 남편은 흰 셔츠와 검은 외투에 무릎 아래가 드러나는 검은 킬트를 입었다. 검은 옷을 입으니 무척 멋있었고, 소스타는 시장판에 오른 물고기처럼 부릅뜬 눈으로 그를 쳐다보았다.

그러나 수장 어른 역시 불구의 몸으로도 잘생긴 남자였고 그가 오렉 카스프로에게 인사할 때 나는 영웅 아디라와 마라를 생각했다. 둘 다 무척 꼿꼿하게 서 있었다. 수장 어른 쪽은 그러기 위해 치를 대가가 컸겠지만…….

우리는 식탁에 둘러앉았다. 그라이는 수장 어른 오른쪽에, 카스프로는 왼쪽에 앉았고 소스타는 보미와 나란히 식탁 끄트머리에, 구딧은 내 옆에 앉았으며 끝자리 하나는 비었다. 이스타는 식사가 끝나갈 때까지 자리에 앉지 않았기 때문이다. "요리사가 식탁에 앉으면 식사가 타요." 이스타는 그렇게 말했다. 대접할 사람이 더 많고 태울 식사가 더 많았던 시절에는 그랬을 것이다. 이스타는 수장 어른이 남자 쪽 기도를 올리고 내가 여자 쪽 기도를 올리는 동안 서 있다가, 우리가 그녀의 훌륭한 빵과 생선 스튜를 먹는 동안 사라졌다. 음식이 훌륭하니 우리 집의 명예를 지킨 것 같아 기뻤다.

"안술에서도 저희가 고원지대에서 하는 것처럼 하시는군요." 카스프로가 말했다. 그에게 가장 아름다운 부분이 바로 그 목소리였다. 비올을 켜는 것 같았다. "식구들이 한 식탁에서 먹는 것 말입니다. 덕분에 집에 온 기분입니다."

"고원지대에 대해 말씀해주시지요." 수장 어른이 말했다.

카스프로는 어디에서 시작해야 할지 모르겠다는 듯, 웃는 얼굴로 우리를 둘러보았다. "그 지역에 대해 아시는 바가 있나요?"

아무도 말하지 않기에 내가 입을 열었다. "북쪽 멀리에 있죠. 험한 땅으로, 큰 산이 있는데……" 그 순간 에론트의 지도가 눈앞에 있는 것처럼 산의 이름이 떠올랐다. "카란타지라고 하던가요? 그리고 그곳 사람들은 마법을 행한다고 하지요. 하지만 그건 에론트의 말일 뿐이에요."

보미와 소스타는 내가 자기들이 모르는 말을 할 때마다 그랬듯이 나를 빤히 보았다. 나는 무척 바보스러운 반응이라고 생각했다. 그들이 삼각천을 감치는지 감천을 삼각치는지 하는 얘길 할 때마다 내가 그런 눈으로 보던가? 나는 언제나 그들의 말을 이해하지 못했지만, 그런 걸 알다니 제정신이 아니라는 눈으로 바라보지는 않았다. 카스프로가 나를 보고 말했다. "카란타지는 우리의 위대한 산이지요. 술이 여기에서 그런 것처럼 말입니다. 고원지대는 온통 언덕과 돌뿐이고, 농부들은 가난해요. 실제로 일부 사람에게는 능력이 있지만, 마법은 위험한 단어지요. 우리는 그걸 '선물'이라고 부릅니다."

"알드 사이에 있을 때는 아예 거론하지 않아요." 그라이가 건조하고 약간은 짓궂은 투로 말했다. "선물을 타고난 출신이라는 죄로 돌에 맞아 죽긴 싫거든요."

"그럼……." 보미가 입을 열었다가 멈췄다. 보미가 수줍어하는 모습은 처음이었다. 그라이가 기운을 북돋아주자 보미는 물었다. "그럼 두 분에게도 그런 선물이 있나요?"

"난 동물과 잘 어울리고, 동물도 나와 잘 어울리지요. 이 선물은 '부름'이라고 하지만, 사실은 듣기에 더 가까워요."

"제게는 타고난 선물이 없습니다." 카스프로가 미소 지으며 말했다.

"그렇게 고마움을 모르는 말씀을." 수장 어른이 말했다. 농담이 아니었다.

카스프로는 이 책망을 수긍했다. "옳은 말씀입니다, 수장 어른. 실제로 전 굉장한 선물을 받았지요. 하지만 그건…… 그건 잘못된 선물이었어요." 그는 얼굴을 찡그리고, 제대로 대답하는 것이 세상에서 제일 중요한 일이라는 듯 필사적으로 적절한 표현을 찾았다. "제게는 잘못된 선물이 아니지만, 제 집안 사람들에게는요. 덕분에 그들에게서, 고원지대에서 떠나야 했지요. 전 제 예술에서 크나큰 기쁨을 느낍니다. 하지만 때로는…… 고원지대의 돌과 습지와 고요함이 그리워 마음이 아플 때도 있어요."

수장 어른은 끈기 있고 비판하지 않으며 수긍하는 눈으로 그를 보았다. "사람은 자기 도시, 자기 집에서도 집을 그리워할 수 있습니다, 오렉 카스프로. 당신은 여기 추방자들 사이에 온 추방자로군요." 그는 잔을 들어 올렸다. 포도주가 없었기에 잔에는 물이 담겨 있었다. "우리의 귀가를 위해!" 수장 어른이 말했고, 우리 모두 함께 물을 마셨다.

"잘못된 선물을 타고나셨다면 올바른 선물은 뭐였나요?" 보미가 물었다. 한 번 사라진 수줍음은 다시 돌아오지 않는 모양이었다.

카스프로는 보미를 보았다. 그의 얼굴이 다시 변했다. 가벼운 질문에 가볍게 대답했더라도 보미는 만족했을 테지만, 카스프로에게 그런 일은 없었다.

"내 집안의 선물은 '되돌림'입니다." 그는 말하고 저도 모르게 두 눈 위에 손을 올렸다. 이상한 순간이었다. "하지만 실수로 전 부수는 재능이 아니라 만드는 재능을 받았지요." 그는 당황한 듯 눈을 들었다. 식탁 너머에서 그라이가 걱정스러운 눈으로 그를 지켜보고 있었다.

"실수일 리가 없지요." 수장 어른의 차분하고 온화한 권위가 이상한 분위기를 밝게 바꾸어주었다. "그리고 당신은 받은 선물을 다 우리에게 주시지요. 시를 통해서 말입니다. 저도 가서 들을 수 있다면 좋았을 텐데요."

그라이가 말했다. "부추기지 마세요. 이 사람은 암소가 집에 돌아올 때까지 시를 쏟아낼걸요."

소스타가 킥킥거렸다. 그 자리에서 소스타가 처음으로 이해한 말이었지 싶다. 그리고 소스타는 '암소가 집에 돌아올 때까지'라는 말이 우습다고 생각했다.

카스프로도 웃었고, 자기는 영원히라도 시를 읊을 수 있다고 했다. "제가 말하기보다 더 좋아하는 일은 듣기뿐입니다. 아니면 읽기나요." 수장 어른에게 던진 눈빛에는 말 자체보다 무거운 신호 내지는 도전이 담겨 있었다. 그러나 알드 밑에 놓인 우리 도시에서 '읽기'는 무거운 말이었다.

나의 주인은 말했다. "한때는 이곳이 시를 읊기에 좋은 집이었지요. 그라이 바레, 생선 좀 더 드시겠습니까? 이스타! 올 거요, 말 거요?"

이스타는 그가 언성을 높이고, 앉아서 식사를 하라고 명령할 때를 좋아했다. 이스타는 그 말이 떨어지기가 무섭게 달려와서 손님들에게 목례를 하더니, 빵에 축복을 내리자마자 물었다. "구딧이 계속 얘기하는 사자는 뭐죠?"

구딧이 말했다. "포장마차 안에 있어. 말했잖소, 이 신들도 모르는 바보 같으니. 그 마차를 쑤시지 말라고 했을 텐데. 건드리진 않았겠지?"

"물론 그런 짓은 안 했지요." 구딧의 거친 태도와 큰 목소리에 마음이 상한 이스타는 숙녀처럼 점잔을 뺐다. "사자가 나한테 뭐라고. 그럼 그 사자는 마차 안에 두는 건가요?"

"식구들을 방해하지만 않는다면 저희와 같이 머무는 게 좋지요." 그라이는 이 말이 소스타와 보미와 어쩌면 이스타에게까지 일으키는 반응을 보고 서둘러 덧붙였다. "하지만 마차 안에서 자는 게 나을지도 모르겠네요."

"그건 갑갑할 것 같군요. 우리 다른 손님을 만나볼까요?" 수장 어른이 말했다. 이렇게 온화하면서도 힘 있는 모습은 본 적이 없었다. 나는 이스타가 말하는 좋았던 시절의 수장 어른을 보고 있었다. "사자는 저녁을 먹었습니까? 부디 데리고 들어오세요."

"오오." 소스타가 힘없이 말했다.

이스타가 말했다. "널 먹진 않을 거야, 소스타. 그보다 생선 조각을 좋아할까요?" 이스타는 어떤 사자에게도 위압당하지 않을 사람이었다. "수프를 끓일까 하고 머리를 남겨뒀는데요. 사자가 먹어도 괜찮답니다."

그라이가 말했다. "고맙지만 셰타르는 오늘 아침에 식사를 했어요, 이스타. 그리고 내일은 굶는 날이에요. 뚱뚱한 사자만큼 보기 흉한 건 없거든요."

"그럴 테지요." 이스타는 점잔빼며 말했다.

그라이는 잠시 자리를 비웠다가 반사자에게 짧은 목줄을 매어 앞세우고 들어왔다. 몸집은 큰 개만 했지만 모양과 걸음걸이는 사뭇 달랐다. 고양이였다. 몸은 길지만 탄탄하고 유연하면서 매끄러웠고, 꼬리는 길었으며, 짧은 얼굴은 앞으로 튀어나온 편이었고, 고양이 특유의 보석 같은 눈동자에, 걸음걸이는 당당함과 어슬렁거림 사이를 오갔다. 모래 같은 황갈색이었다. 얼굴을 에워싼 털은 색이 더 밝고 길고 가늘었으며, 입 주위와 턱 아래를 두른 짧은 모피는 흰색이었다. 긴 꼬리 끝에는 작은 황갈색 술이 달렸다.

나는 반은 겁에 질렸고 반은 넋을 잃었다. 반사자는 엉덩이를 대고 앉더니 우리를 쭉 둘러보고 입을 벌려 커다란 분홍색 혀와 무서운 흰 이빨을 보이며 하품을 했고, 입을 닫으면서 커다란 황옥색 눈을 감고 그르렁거렸다. 크고 낮으면서 침착한 소리였다.

보미가 말했다. "와. 만져봐도 되나요?"

나도 보미를 따라갔다. 사자 털은 푹신하고 촘촘하며 사랑스러웠다. 깨끗한 둥근 귀 주위를 긁어주자 손에 머리를 기대 왔고 그르렁거리는 소리가 깊어졌다.

그라이는 셰타르를 수장 어른에게 데려갔다. 셰타르는 그의 의자 옆에 앉았고 그분이 내민 손에 코를 대고 킁킁거렸다. 셰타르는 냄새를 맡더니 그를 올려다보았다. 개들의 긴 시선이 아니라 고양이답게 짧고 날카로운 눈길이었다. 그는 셰타르의 머리에 손을 올렸다. 셰타르는 눈을 반쯤 감고 그르렁거리며 앉아 있었고, 나는 바닥에 놓인 셰타르의 앞발에서 큰 발톱이 들락거리는 모습을 보았다.

── 5 ──

 저녁 식사가 끝나자 수장 어른은 평소 지내는 방으로 손님들을 초대했고, 눈짓으로 나에게 함께 가도 좋다는 뜻을 알렸다. 우리는 절름거리는 그의 느린 발걸음에 맞추어 복도들을 지나고 텅 빈 방과 안뜰을 지났다. 그리고 뒤 회랑에 앉았다. 창으로 들어오는 저녁 빛이 희미해지고 있었다.
 "할 이야기가 많을 것 같습니다." 수장 어른은 손님들에게 말했다. 두 사람을 바라보는 수장 어른의 눈동자에 오팔색 불길이 번득였다. "그라이 바레가 말씀하시길 두 분이 안술에 온 것은 저를 찾기 위해서이기도 했다고요. 메메르는 당신과 만난 일이 레로의 축복이라고 말했습니다. 전 그 축복을 믿습니다.

그러나 왜 절 찾으셨는지 여쭤봐도 될까요?"

"사연을 다 늘어놓아도 될까요?" 카스프로가 물었다.

수장 어른은 웃었다. "태양이 빛나기를 허락하거나, 강이 흐르기를 허용해야 할까요?" 그것은 모로가 사원 안에서 하프를 켜도 괜찮을지 묻자 라니우가 답한 구절이었다.

카스프로는 주저하며 이야기를 시작했다. "제가 어렸을 때 책은 — 글로 적힌 언어는 빛이었기 때문에, 제게 있어서는 어둠 속의 빛이었기 때문에……." 그는 말을 끊었다. "그러다가 도시로 내려와서 배워야 할 것이 얼마나 많던지, 배우기 시작하자 저는 반쯤 절망했고……."

"클로버밭에 떨어진 송아지 꼴이었지." 그라이가 말했다.

"아, 그렇기도 했지." 우리 모두 웃었고, 그는 조금 더 편하게 말을 이었다. "어쨌든 생각하건대 시를 짓는 건 제가 하는 일 중에 가장 작은 부분입니다. 다른 창작자의 작품을 찾아내어 읊고, 인쇄하고, 무시나 망각으로부터 복구하고, 빛나는 언어를 다시 빛나게 하는 것이 제 인생에서 제일 중요한 일이지요. 그래서 시장에서 생계를 이을 때가 아니면 도서관이나 서적상의 매대나 학자의 서재에 가서 책에 대해 묻고, 쓰고, 잊혔거나 그 도시나 그 땅에서만 알려진 창작자들에 대해 배운답니다. 그리고 벤드라만에서나 우르딜에서, 도시국가 연합에서,

바달바에서 가본 모든 곳 — 어느 대학이나 도서관이나 시장에서나 제일 현명한 사람들과 제일 많이 배운 사람들은 안술의 학문과 안술의 도서관에 대해 이야기했습니다."

"과거형이었겠지요." 수장 어른이 말했다.

"수장 어른, 전 사라지고 묻히고 감춰진 책들을 대상으로 일합니다. 시간과 불운 탓에 사라졌거나, 지배자나 사제의 편견과 파괴로부터 감춰진 책들이지요. 우르딜에서는 메순의 오래된 의회당 기단부에서 《라니우의 생애》 중에서 가장 이른 판본을 찾아내기도 했습니다. 5백 년 전, 폭군 테렌사의 치세에 송아지 가죽에 적어서 표식 없는 금고에 넣고 봉해두었던 책입니다. 테렌사는 온 도시에서 교사들을 내쫓고 사원과 글을 파괴했지요. 그는 40년을 통치했습니다. 알드가 안술을 통치한 지 이제 17년밖에 안 됩니다."

"메메르에게는 평생이지요." 수장 어른이 말했다. "17년이면 많은 것이 사라질 수 있습니다. 한 세대가 지식은 벌을 받고 안전은 무지에 있음을 배우지요. 그다음 세대는 지식이 무엇인지 모르기에 자기들이 무지한 줄 모릅니다. 메순에서도 테렌사의 후대 사람들은 파묻힌 글을 파내지 않았지요. 그게 있는 줄도 몰랐어요."

"소문은 살아남았습니다." 카스프로가 말했다.

"소문이야 언제나 있지요."

"전 소문을 따라갑니다."

"당신을 여기로 이끈 특별한 소문이라도 있었습니까? 잃어버린 시인이나 사라진 시의 이름이나?"

"대부분은 서쪽 땅 전체에서 배움과 글의 중심지라는 안술의 명성에 관한 것이었지요. 특히 저를 끌어당긴 것은 안술 대학이 설립되기도 전에 이곳에 있었던 큰 도서관 이야기…… 소문이었어요. 그 소문에 따르면 우리가 아직 아리탄을 말하던 시절에 만들어졌고 사막 너머 우리가 온 땅에 대한 기억을 담은 책이 있다더군요. 역사가 시작될 때 사막 너머 '동틀 녘'에서 가져온 책까지 있을지 모른다고요. 전 오랫동안 여기에 와서 그 도서관에 대해 묻고, 그 도서관에 대해 어떤 지식이라도 구하고 싶었어요!"

수장 어른은 아무 말도, 아무 대답도 하지 않았다.

"제 탐색이 위험하다는 것은 압니다. 제가 질문을 던지는 사람들에게는 더욱 위험하지요. 설령 대답하지 않는다 해도요."

수장 어른은 가볍게 고개를 끄덕였다. 표정 없는 얼굴이었다.

카스프로는 말했다. "전 알드를 압니다. 한동안 그들 사이에서 살았으니까요."

"용기가 필요한 일이로군요."

"수장님께 여쭙는 일만큼은 아닙니다."

나는 두 사람의 억눌린 열정, 불길과 두려움과 공격성을 참기 힘들었다. 두 사람에게 외치고 싶었다. '서로를 믿으세요! 서로를 믿을 수가 없나요?' 그러나 그것이 어리석고 아이 같은 충동임을 알기에 울고 싶었다.

그라이 바레가 셰타르를 찔렀다. 사자는 일어서더니 어슬렁어슬렁 걸어와서, 내 다리 바로 앞에 엉덩이를 대고 앉아서 평화롭게 조는 자세를 취했다. 내가 귀를 긁어줄 수 있도록. 셰타르의 귀를 긁자 마음이 진정되었다. 그라이가 우리 쪽을 보았다. 눈을 찡긋하지는 않았지만, 표정으로 이렇게 말하는 것 같았다. '남자들이란 어쩔 수가 없어. 저렇게밖에 할 줄 모른다니까.'

수장 어른은 초를 가지러 일어섰다. 내가 해야 할 일이었지만, 그가 이미 무거운 강철 촛대를 위태롭게 쥐고 탁자로 가져오고 있었다. 그라이가 부싯돌 상자를 꺼내어 불을 붙였다. 양초에 불빛이 타오르며 창문으로 들어오는 희미한 빛과 어둠에 대항해 방 안 다른 곳을 어둡게 만들고, 우리 얼굴을 선명하게 부각시켰다. 셰타르는 그르렁거리더니 빛을 응시하면서 그림책에 나오는 사자처럼 앞다리를 쭉 펴고 내 발치에 엎드렸다.

수장 어른이 말했다. "간드의 감옥에 있으면서 용기에 대한 견해가 바뀌었지요. 전에는 용기가 자부심이나 자존심처럼 스스로에게 돌릴 무엇인 줄 알았습니다. 그랬다가 그게 오직 신들에게 빚진 것임을 배웠지요." 그의 시선 또한 촛불의 안정된 노란 빛에 머물러 있었다.

카스프로는 말이 없었다.

수장 어른이 말을 이었다. "내가 감옥에 들어간 것은 그자들 또한 당신처럼 이야기와 소문을 들은 탓이었습니다. 그자들을 여기 안술로 데려온 이야기와 소문들이지요. 왜 알드가 우리 땅을 침략하고 우리 도시를 포위했는지 아십니까?"

"이곳의 녹지대에 대한 탐욕과 질시 때문이라고 생각했습니다만."

"왜 하필 이 녹지대였을까요? 바달바가 더 가깝고, 우리만큼이나 전쟁과 거리가 먼 곳인데요. 아수다르에 한동안 살았다고 하셨지요. 제가 엇나가거든 말씀해주십시오. 알드에게는 간드 중의 간드이자 아스의 최고 사제이기도 한 왕이 있습니다. 왕의 권력은 엄청나지요. 모든 노예가 그의 것입니다. 이 왕이 군대에 명령을 내립니다."

카스프로는 고개를 끄덕였다.

"30년 전에 아수다르의 왕좌를 차지한 이 사제왕의 이름은 도리드입니다. 그는 아스가 지상의 악과 싸우기를 바란다고 믿습니다. 알드는 그들이 인정하는 유일신을 아스라고 부르지만 그 말은 그저 '주님'이라는 뜻입니다. 아스의 진정한 이름은 말해지지 않습니다. 모든 좋은 것이 아스에게 속합니다. 그러나 강대한 악의 힘이 있으니, 그 존재를 '다른 주'인 오바스라고 부릅니다."

이번에도 카스프로는 고개를 끄덕였다.

수장 어른이 물었다. "천 명의 진실한 남자에 대한 이야기를 아십니까?"

"알드는 천 명의 진실한 병사가 한데 모이면 오바스를 영원히 몰아낼 수 있다고 말하지요. 또는 백 명이라고도 하고요."

"열 명이라는 사람도 있어요." 그라이가 말했다.

수장 어른은 즐거움이 깃들지 않은 미소를 떠올렸다. "그쪽이 더 마음에 드는군요. 그들이 이 진실한 남자들이 어디에 모여야 하는지 말하던가요?"

"아니요." 카스프로는 그라이를 보았고, 그녀 역시 고개를 저었다.

"흠, 이 이야기는 잊기 힘든 방식으로 제게 전해졌습니다. 이야기를 한 사람은 이곳의 간드 이오라스의 아들 이도르였지요. 여러 번이었습니다." 수장 어른은 한참이나 말이 없다가 아주 낮은 목소리로 말했다. "이 집에서 말하기가 싫군요. 용서하십시오. 제가 들은 이야기는 이렇습니다. 모든 빛과 정의는 불타는 신, 태양을 통해 그 힘이 드러나는 아스에게 속한다. 아스의 불 바깥에 성스러운 것은 없다. 아스로 인하여 모든 불은 성스럽다……. 그들은 달을 멸시하고, 노예이며 마녀라고 부릅니다. 대지는 유배지입니다. 부정하고 더러우며 악마가 들끓고, 아스의 태양이 비춰준 빛과 열기를 빼면 춥고 어둡기만 한 장소라지요. 그리고 대지에는 아스의 적인 오바스가 나타납니다. 인간의 악한 재산에, 악한 인간이 하는 일에, 그리고 그들이 숭배하는 악한 정령들에서. 그리고 대부분은 어느 특정한 장소에서.

그곳에서 대지의 모든 더러움이 한데 모이고, 태양으로부터 나오는 빛이 역행해서 어둠이 땅 속으로 빨려 들어간다. 빛을 먹어 치우는 반태양이다. 검고 축축하고 차고 불결하다. 태양이 존재라면 그것은 비존재이다. 공허이며, 심연보다 깊게 대지에 뚫린 큰 구멍이다. 그것을 밤의 입이라고 한다.

천 명의 진실한 남자가 아스의 불을 오바스의 왕국으로 나르기 위해 모여야 할 곳이 바로 그곳이다. 그들은 어둠 속으로 들어가, '다른 주'와 전쟁을 치러 그를 죽일 것이다. 그런 다음에 화염 깃발을 들고 나아가면 온 대지가 밤이고 낮이고 태양처럼 환하게 빛날 것이다. 모든 악마와 그림자가 별들 너머 바깥 어둠으로 빨려 나갈 것이다. 그리고 아수다르의 아들들이 불타는 신을 숭배하며 모든 인간을 정의롭게 다스릴 것이다."

수장 어른의 목소리는 단조롭고 거칠었으며 들릴락 말락 했고, 나는 그가 양손을 꽉 움켜쥐고 있음을 보았다.

"아수다르의 오랜 전승에서 밤의 입은 서쪽 해안에 있다 했습니다. 사제왕 도리드는 그의 도시 메드론에서 아스의 사제들에게 이 어둠의 중심을 찾아내라 명했습니다. 혹자는 술 산 자체에 밤의 입이 있을 거라고 생각했지만, 다른 이들이 아니라고 했지요. 그들은 술은 화산이며 불을 품고 있으므로 아스에게 바쳐졌다고 말했습니다. 그 맞은편, 술에서 물을 건넌 곳이야말로 그 어두운 장소이며 바닥 모를 악의 우물이라고요. 밤의 입이 이곳 안술에 있을 거라고 본 겁니다.

끔찍한 힘을 지닌 마법사가 그곳을 지킨다 여겼습니다. 더러운 대지의 발산물인 악한 정령의 군대를 소환할 수 있는 인물이랍니다. 그리고 이교도의 신, 천 명의 거짓 신이 그곳을 지키러 모여들 거라고 했습니다.

그래서 안술의 땅과 도시를 힘으로 취하고 밤의 입을 찾기 위해 아수다르의 군대가 파견되었습니다. 그곳을 찾으면 도리드 왕이 불의 기치를 든 천 명의 진실한 남자를, 불타는 군대를 보낼 작정이었습니다. 빛이 어둠을 없애고, 선이 악을 쫓아내도록……."

수장 어른은 거친 숨을 몰아쉬었다. 그는 입술을 깨물고 양초에서 고개를 돌려 그늘에 얼굴을 감추었다.

"그런 이야기는 들어본 적이 없습니다." 카스프로가 말했다. 그의 목소리도 떨렸다. 아마 수장 어른에게 마음을 추스를 시간을 주기 위해 입을 열었지 싶다. "대지가 어떻게 아스와 오바스의 전쟁터가 되는지에 대한 이야기는 들었지요. 끝없는 전쟁이오. 그리고 사막 사람들은 서쪽 멀리 술이라는 산이 있으며 무서운 장소라고 알았습니다만, 그건 오로지 그 산이 바다에 둘러싸여 있기 때문이었습니다. 그들은 짠물을 오바스의 저주라고 부르지요……. 밤의 입에 대한 이야기는 비밀스러운 지식임에 틀림없습니다. 사제에게 전승되는."

"침략을 정당화하기 딱 좋은 얘기군요." 그라이가 말했다.

"그렇다면 더 널리 알려지지 않았을까? 보통 병사들도 그 이야기를 아나요, 수장 어른?"

"모르겠습니다. 그들이 어떤 것들을 찾으라고 명령받았다는 것만 알지요. 특별한 집…… 동굴, 마법사, 우상, 책…… 도시 위쪽 언덕 지대에는 동굴이 많아요. 그리고 신상과 책들은…… 안술에 끝이 없었지요. 병사들은 부지런했습니다."

한참 동안 모두가 침묵했다.

"이곳은 어떻게 통치되나요?" 그라이가 물었다.

그라이의 목소리엔 특별한 데가 있었다. 남편만큼 아름다운 목소리는 아니었지만, 그 음성에는 사자 털을 쓰다듬을 때처럼 내 마음을 가라앉혀주는 뭔가가 있었다. 수장 어른도 조금 긴장이 풀린 목소리로 대답했다.

"우린 통치받는 게 아니라 노예가 되었어요. 간드 이오라스와 그 장교들이 법이지요. 대개 안술에서 우리는 최대한 예전 그대로 함으로써 도시를 지탱하고, 알드는 공물을 강요하고 신성모독을 벌하고 무관심을 유지하지요. 알드는 이 도시를 취한 후부터 쭉 주둔지에 온 병사로 살고 있습니다. 거주민은 일체 보내지 않았지요. 여자도 데려오지 않았고. 알드는 이곳에 살고 싶어 하지 않아요. 이 땅과 도시와 바다를 싫어하지요. 알드에겐 대지 자체가 유배지이고, 이곳이 그중에서도 최악이랍니다."

뒤따른 침묵 속에서 셰타르가 앞발 사이에 두었던 머리를 들더니, 목구멍 안쪽 깊숙이 '그르르르르!' 소리를 내고 엄청나게 하품을 했다.

"네 말이 맞아." 그라이가 셰타르에게 말했다. 그녀와 카스프로는 일어나서 밤 인사를 하고, 수장의 환대에 감사하고, 나에게도 고맙다는 인사를 했다.

나는 방에 가는 길을 비추도록 그라이에게 운모갓을 씌운 기름등잔을 건넸다. 그라이와 그녀의 남편 둘 다 방을 떠나면서 문간에 있는 벽감을 건드리는 모습이 보였다. 나는 그들이 나란히 복도를 걸어가는 모습을 지켜보았다. 그의 손은 그녀의 어깨를 감쌌고, 사자는 부드러운 걸음으로 그들 뒤를 따랐으며 등잔의 불빛이 빈 돌벽을 따라 움직였다.

몸을 돌리자 수장 어른이 몹시 지친 얼굴로 촛불을 바라보고 있었다. 나는 그가 얼마나 외로운지 생각했다. 친구들은 왔다가 다시 갔고, 그는 이곳에 남아야만 했다. 전에는 그의 고독이 너무 자연스럽게 느껴졌기에, 그것이 그의 선택이자 본성인 줄 알았다. 그러나 그에게는 선택의 여지가 없었다.

수장 어른이 나를 쳐다보고 말했다. "갈바만드에 무엇을 데려온 게냐?"

그의 어조에 겁을 먹었다. 나는 한참 만에 말했다. "친구라고 생각해요."

"그래. 강력한 친구들이다, 메메르야."

"수장 어른……."

"음?"

"밤의 입이라는 것, 오바스라는 것…… 그들이, 붉은 모자와 병사들이 이 집에, 갈바만드에 온 이유가, 수장 어른을 감옥에 넣은 이유가……?"

수장 어른은 잠시 대답하지 않았다. 고통스러울 때면 그랬 듯이 어깨를 구부리고 뻣뻣하게 앉아 있었다. "그래."

"하지만 여기에 그런, 그런 게 있……"

나는 내가 무슨 말을 하는 건지 몰랐지만 수장 어른은 알았 다. 그는 꿰뚫어보는 시선으로 나를 보았다. "그들이 찾는 것 은 그들의 것이다. 우리가 아니라 그들의 마음에 있는 것이야. 이 집은 어떤 악도 숨기지 않았다. 놈들은 자기들의 어둠을 데 려왔어. 놈들은 이 집의 심장부에 무엇이 있는지 결코 알지 못 할 게다. 보더라도 보지 못할 거야. 그 문은 절대 놈들에게 열 리지 않을 것이고……. 두려워할 필요 없다, 메메르. 너는 배신 하지 못해. 나는 그러려고 했다. 배신하려고 했어. 몇 번이고. 하지만 이 집의 신들과 내 죽은 조상들의 그림자가 나를 막았 다. 그분들이 내가 배신하게 두지 않았어. 꿈을 주는 모든 이들 의 모든 손이 내 입을 덮었지."

나는 이제 심하게 겁에 질렸다. 그는 고문에 대해 말한 적이 없었다. 지금 그는 이를 악물고 등을 구부리고 몸을 떨고 있었 다. 그에게 다가가고 싶었지만 감히 그럴 수가 없었다.

수장 어른은 가냘픈 몸짓을 취하고 속삭였다. "가거라. 가서 자라, 아이야."

나는 다가가서 그의 손을 잡았다.

"나는 괜찮다. 그들을 데려온 건 옳은 일이었어. 넌 축복을 데려왔다. 언제나 그래. 메메르, 이제 가거라."

나는 그곳에서 홀로 몸을 떠는 그를 두고 나가야 했다.

긴 하루였고 엄청난 날이었다. 피곤했지만, 잠자리에 들 수가 없었다. 나는 언덕 아래 벽으로 가서 허공에 글자를 써서 문을 열고 비밀방으로 들어갔다.

그 방에 들어서자마자 두려움이 덮쳤다. 심장이 싸늘해졌고, 목덜미 털이 일어섰다.

세상의 온기와 빛을 빨아들이는 검은 태양이라는 끔찍한 그림은…… 지금 내 마음 속에서 추위와 공허만 남기고 모든 것을 빨아들이는 구멍과 같았다.

나는 언제나 어둠 속으로 뻗어 들어가는 이 길고 이상한 방의 반대쪽 끝이 무서웠다. 언제나 그림자 쪽을 멀리하고, 그쪽에 등을 돌리고, 생각하지도 않고, 스스로에게 "나중에 이해하게 될 거야."라고 말해왔다. 지금이 그 나중이었다. 이제는 우리 집이 어디에 세워졌는지 이해해야 했다.

그러나 내가 이해를 끌어낼 대상이라고는 내가 증오하는 자들의 증오스러운 환상, 밤의 입에 대한 이야기뿐이었다.

그리고 오렉 카스프로가 한 이야기. 그는 도서관이라고 말했다. 거대한 도서관. 세상에서 제일 큰 도서관. 배움의 장소. 마음을 밝히는 곳.

나는 그림자 쪽을 볼 수조차 없었다. 아직 그럴 준비가 갖춰지지 않았다. 힘을 모아야 했다. 나는 탁자로 갔다. 그 밑에서 집을 짓고 굴 속에 든 새끼 곰인 척했던 탁자였다. 나는 등불을 내려놓고, 양 손바닥을 탁자에 대고 그 매끄러운 나무를 세게 눌렀다. 탁자의 매끄러움과 단단함을 느꼈다. 그곳에 있었다.

탁자 위에 책이 한 권 있었다.

우리 둘은 언제나 방을 떠나기 전에 책을 서가에 되돌려놓았다. 수장 어른이 그 어머님에게서 배운 오랜 정리 습관이었다. 그가 나의 스승이듯, 그의 어머니가 그의 스승이었다. 이 책은 본 기억이 없었다. 오래되어 보이지 않았다. 분명 사람들이 몰래 감추기 위해, 아스의 파괴에서 구하기 위해 가져온 책일 터였다. 과거의 위대한 작가들과 그들이 모아둔 지식에서 가능한 모든 것을 배우는 데 빠져 있던 나는 그런 이들이 가져온 구출된 책들, 그러니까 비교적 새로운 책들이 무작위로 꽂힌 책장을 잘 보지 않았다. 이 책은 내가 그라이와 함께 시장에 돌아갔을 때 수장 어른이 날 위해 꺼내둔 것이 분명했다.

책을 펴자 요새 벤드라만과 우르딜에서 사용하는 금속 활자를 써서 찍은 것임을 알 수 있었다. 그렇게 하면 책을 많이 찍어내기가 쉬웠다. 제목을 읽었다. '혼돈과 영(靈): 우주의 기원'. 그 밑에 오렉 카스프로의 이름이 들어갔고, 그 밑에는 인쇄자인 벤드라만 데리스와터의 베레와 홀라벤이라는 이름이 찍혔다. 다음 장에는 이 말밖에 없었다. '카스프로만트의 멜 아우리타를 기리고 추억하며.'

나는 그림자 쪽을 마주하고 앉았다. 똑바로 볼 수도 없었지만 등을 돌릴 수도 없었기에. 그리고 등불을 책 가까이 끌어당기고 읽기 시작했다.

나는 이른 잿빛 아침에 정신을 차렸다. 등불은 죽었고, 내 손은 펼쳐진 책 위에 놓여 있었다. 뼛속까지 한기가 스몄다. 손이 곱아서 방을 떠나기 위해 허공에 글자를 쓰기가 힘들었다.

나는 부엌으로 달려가서 불가에 몸을 웅크리고 몸을 데웠다. 이스타는 잔소리를 했고 소스타는 재잘거렸지만 나는 듣지 않았다. 파도처럼, 파도 위를 나는 펠리컨처럼 위대한 시어(詩語)들이 머릿속을 흘러 다녔다. 그 말들 외에는 아무것도 들을 수도 볼 수도 느낄 수도 없었다.

이스타는 진심으로 나를 걱정했다. 그녀는 따뜻한 우유 잔을 건네며 말했다. "불쌍한 것, 이거라도 마셔라. 지금 아프면 어쩔래? 집에 손님들도 와 계신데? 얼른 마셔!" 나는 우유를 마시고 이스타에게 고맙다고 한 후에 방으로 갔고, 침대에 쓰러져서 오전 늦게까지 정신없이 잤다.

그라이와 오렉은 사자와 말들과 구딧과 소스타와 함께 마구간 뜰에 있었다. 소스타는 바느질도 팽개치고 카스프로에게 넋이 나간 상태였고, 구딧은 키 큰 붉은색 말에게 안장을 얹고 있었으며, 그라이와 오렉은 입씨름 중이었다. 서로에게 화가 난 것은 아니지만 의견이 일치하지 않았다. 우리 식으로 말하자면 '그들의 마음속에 레로가 깃들지 않았다'. "당신 혼자 갈 순 없어." 그라이는 이렇게 말했고, 오렉은 이렇게 말했다. "당신이 나와 같이 갈 순 없어." 둘 다 한 번씩만 말한 것도 아니었다.

카스프로는 나를 돌아보았다. 이 사람이 내가 밤새 읽었고 내 영혼을 다시 만든 그 시를 지은 남자라고 생각하자 순간 소스타처럼 얼이 빠질 뻔했다. 혼란은 순식간에 사라졌다. 이 사람은 오렉 카스프로였다. 시인 카스프로일 뿐 아니라 남자 오렉이었다. 아내와 말다툼을 벌이는 걱정 많은 남자, 모든 일을 끔찍하게도 심각하게 받아들이는 남자, 내가 좋아하는 손님. 그가 말했다. "말해보렴, 메메르. 어제 시장에서 사람들이 그라이를 보았지. 셰타르와 같이 있는 그녀를 보았어. 수백 명이 말이다. 그렇지 않았나?"

내가 대답하기 전에 그라이가 말했다. "물론 그랬지. 하지만 마차 안을 본 사람은 없어! 그렇지 않니, 메메르?"

"네." 나는 카스프로에게 대답하고, 다시 그라이에게 말했다. "그랬던 것 같아요."

그라이가 말했다. "그러니까 당신 아내는 시장에서 마차 안에 숨어 있었고, 지금은 집 안에 남아 있는 거야. 정숙한 여자답게. 그리고 하인이자 사자 조련사가 마차에서 나와서 당신과 같이 궁으로 가는 거지."

오렉은 완강하게 고개를 저었다.

"오렉, 난 두 달이나 남장을 하고 당신과 같이 아수다르 전역을 다녔어! 도대체 지금 와서 안 될 이유가 뭐야?"

"사람들이 알아볼 거야. 당신을 봤다고, 그라이. 여자 모습인 당신을 봤어."

"불신자는 다 비슷해 보여. 그리고 어차피 알드는 여자를 보지 않아."

"자기들 말에게 겁을 준 사자를 데리고 있는 여자는 볼걸!"

"오렉, 난 같이 갈 거야."

그가 얼마나 괴로워했던지, 그라이는 다가가서 그를 안으며 간청하고 안심시켰다. "당신도 아수다르에서 오아시스의 늙은 주술사 말고는 아무도 내가 여자라는 걸 알아본 사람이 없었던 걸 알잖아. 그 여자 주술사는 깔깔대고 웃었지. 기억해? 그 사람들은 몰라. 알아보지 못해. 볼 수가 없어. 난 당신을 혼자 보내지 않을 거야. 그렇게 못해. 당신도 그럴 수 없고. 당신에겐 셰타르가 필요하고, 셰타르에겐 내가 필요해. 옷을 갈아입고 올게. 시간은 많아. 난 말을 타지 않을 거야. 당신만 말에 오르고, 우리는 같이 걸어가는 거야. 시간은 많아. 그렇지, 메메르? 궁까지 얼마나 머니?"

"교차로 네 개와 다리 세 개를 지나면 돼요."

"들었지? 금방 돌아올게. 나 없이는 못 가게 해!" 나와 구딧과 소스타와, 어쩌면 말에게까지 하는 말이었다. 그리고 그라이는 집 뒤편으로 뛰어 들어갔고, 셰타르가 같이 달려갔다.

오렉은 뜰 출입구로 걸어가서 우리 모두에게 등을 돌리고 꼿꼿하고 뻣뻣한 자세로 서 있었다. 안된 마음이 들었다.

구딧이 말했다. "암, 그렇지. 그곳을 궁전이라고 부르다니 흉악한 뱀들 같으니라고. 거긴 우리 의회당이었어. 거길 가보는 게야, 네가!" 키 큰 붉은색 말은 부드러운 비난이 담긴 눈으로 그를 보더니 공손히 왼쪽으로 이동했다.

"정말 잘생겼구나, 너." 나는 말에게 말했다. 실제로 그랬다. 나는 녀석의 목을 두드려주었다.

"브랜디?"

"브랜티야." 오렉이 돌아오며 말했다. 그를 에워싼 품위 있는 패배의 기운이 소스타의 심장에 직격하는 것을 알아볼 수 있었다.

"오오오오." 소스타는 그런 소리를 내고 나서 덮으려고 허둥거렸다. "오, 저기, 혹시 제가……." 하지만 소스타는 그다음에 할 말을 찾지 못했다.

"오랫동안 좋은 친구였지." 오렉이 브랜티의 고삐를 잡으며 말했다. 그는 올라타려는 듯했지만, 구딧이 말했다. "가만, 기다리시오. 여기 안장 띠를 좀 봐야겠우." 그러더니 오렉과 말 사이로 들어가서 안장을 뒤적였다.

오렉은 단념하고 자기 말과 함께 끈기 있게 서서 기다렸다.

"오랫동안 데리고 다녔나요?" 대화를 해보려고 한 말이었지만 나도 소스타처럼 바보가 된 기분이었다.

"이 녀석은 스무 살이 넘었어. 이제는 여행에서 쉴 때가 됐지. 별이도 마찬가지고." 오렉은 조금 서글프게 웃었다. "우린 고원지대를 함께 떠났단다. 브랜티와 나, 별이와 그라이. 그리고 검둥이……. 우리 개였지. 훌륭한 개였어. 그라이가 훈련시켜서."

그 말이 나오자 구딧은 또 갈바만드에 있었던 수행견 이야기를 떠들기 시작했고, 그라이가 다시 나올 때까지 그 이야기를 계속했다. 그라이는 반바지에 거친 튜닉을 입었다. 안술의 남자들은 머리를 길게 늘어뜨려 뒤로 묶었기 때문에, 그라이도

머리는 빗질만 해서 늘어뜨렸고 낡은 검은색 벨벳 모자를 썼다. 턱은 거무스름하고 거칠거칠하게 만들었다. 그라이는 스물다섯 살쯤 된 눈 빠르고 수줍음 많고 퉁명스러운 청년이 되어 있었다. "그럼 준비된 거죠?" 부드러우면서 따끔한 목소리도 쉰 목소리로 변했다.

소스타는 넋이 나간 얼굴로 그녀를 응시했다. "누구세요?"

그라이는 눈을 굴리고 대답했다. "사자 조련사 차이. 그러면, 오렉?"

오렉은 그녀를 노려보고 어깨를 으쓱이더니 조금 웃고 말에 올랐다. "그럼 가지!" 그는 돌아보지 않고 출발했다. 그라이와 사자가 그 뒤를 따랐다. 그녀는 문을 나서면서 뒤를 돌아보고 내게 눈을 찡긋했다.

"근데 저 사람 어디에서 나온 거야?" 소스타가 물었다.

"흉악한 쥐와 뱀들의 둥지로 가는 저들에게 자비로운 에누께서 함께하시길." 구딧이 마구간으로 발을 끌고 들어가며 공허한 목소리로 말했다.

나는 신과 조상들을 돌보고 이스타에게 장 볼 목록을 알아보려고 안으로 들어갔다.

6

 구딧에게 들으니 그날 아침에 의회당—지금은 알드가 간드의 궁전이라고 부르는—에서 전령이 와서 오렉 카스프로에게 정오 전까지 간드 앞으로 오라고 했단다. 물론 공손한 부탁도 아니었고 이유도 대지 않았다. 그래서 그들은 갔고, 그래서 우리는 기다렸다. 그들이 꽤 늦게 돌아왔기 때문에 걱정할 시간이 듬뿍 있었다. 나는 집 앞에 있는 신탁 분수의 마른 수반가에 앉아 있다가 남쪽에서 길을 걸어오는 그들을 보았다. 오렉은 말을 끌고 걸었고, 사자 조련사 차이가 그 옆에 있었고, 사자는 지루한 표정으로 그들 뒤를 따라왔다. 나는 달려가서 그들을 맞이했다. "잘 됐어, 잘 됐어." 오렉이 말했고, 이어 차이가 말했다. "충분히 잘 됐지."

 구딧은 브랜티를 받으려고 마구간 문에 나와 있었다. 마구간에 말을 들이는 것이 너무나 큰 기쁨이었던 그는 다른 누구도 말을 돌보지 못하게 했다. 차이가 나에게 말했다. "같이 올라가자." 상방에 들어서자 차이는 옷을 갈아입거나 얼굴을 씻지 않고도 다시 그라이가 되었다. 배가 고프지 않느냐고 물었지만 그들은 아니라고, 간드가 먹을 것과 마실 것을 줬다고 대답했다. 나는 물었다. "그자들이 두 분을 지붕 밑에 들였나요? 셰타르도 들여보내고요?" 알드가 하는 일은 아무것도 궁금해하고 싶지 않았지만, 호기심을 어쩔 수 없었다. 내가 아는 사람 중에 의회당이나 막사에 들어가보았거나 간드와 알드 놈들이 그곳에서 어떻게 사는지 본 사람은 없었다. 의회당 언덕에는 언제나 경비병이 서 있었고, 병사들이 우글거렸다.

 "내가 옷 갈아입는 동안 메메르에게 말해줘." 그라이가 말했다. 오렉이 이야기를 해주었다. 설화처럼 구연했다. 어쩔 수 없는 이야기꾼이었다.

 알드는 막사만이 아니라 천막도 쳐놓았다. 그들이 사막에서 여행을 다닐 때 쓰는 천막이었다. 의회당 광장에 친 천막은 저택만큼 크고 높았으며 온통 붉은 천으로 만들어졌고, 장식과 기치는 금색이었다. 오렉은 간드가 사실상 의회당이 아니라 이 천막에서 통치하는 것 같았다고 했다. 적어도 비가 오지 않는 지금은 말이다. 천막은 호화롭게 꾸며졌으며 조각을 새긴 이동식 칸막이로 방을 나누었다. 오렉은 아수다르를 여행할 때 그런 큰 천막에서 환대받은 적이 있어서 알고 있었다. 그러나 이곳에서는 천 지붕 아래에조차 들어가지 못했다. 그는 열린 천막 입구에서 멀리 떨어지지 않은 양탄자 위에 접이식 의자를 놓고 앉아야 했다.

브랜티는 하인이 마구간으로 데려갔는데, 마치 유리로 만들어진 말처럼 조심스럽게 다루었다. 사자 조련사와 사자는 오렉 뒤로 조금 떨어진 곳에 섰고, 알드 장교들이 그들을 지켰다. 오렉과 마찬가지로 햇빛을 가릴 종이 양산을 받았다. 그라이가 옷방에서 외쳤다. "난 셰타르 덕분에 받은 거야. 그 사람들은 사자를 존경하거든. 하지만 우리같이 부정한 사람들이 썼으니 그 양산은 버리겠지."

그들은 곧 다과를 제공받았고, 셰타르에게는 물그릇이 나왔다. 그렇게 30분쯤 기다리자 천막에서 조신과 장교들을 거느린 간드가 나타났다. 간드는 지극히 우아한 태도로 오렉에게 인사를 하고, 오렉을 시인들의 왕자라고 부르며 아수다르에 온 것을 환영했다.

"아수다르라니!" 나는 폭발했다. "여긴 안술이에요!" 그러고 나서 나는 끼어든 것을 사과했다.

"알드가 있는 곳이 곧 아수다르 사막이란다." 오렉은 온화하게 말했다. 오렉의 말인지, 알드의 격언인지 알 수 없었다.

간드 이오라스는 60대의 사내로, 화려하게 아수다르 식으로 금실을 짜넣은 리넨 로브에 알드의 귀족만 쓸 수 있는 넓고 뾰족한 모자를 쓰고 있었다고 했다. 태도는 붙임성 있었고, 말씨는 생동감 있고 명철했다. 이오라스는 오렉과 마주 앉아서 시에 대해 이야기를 나누었다. 처음에는 아수다르의 위대한 서사시들에 대해 말했지만, 그는 자기가 서쪽 작가들이라고 부르는 이들에 대해서도 알고 싶어 했다. 이오라스의 관심은 진지했고, 질문은 지적이었다. 그는 오렉에게 정기적으로 궁에 와서 오렉이나 다른 작가들의 작품을 읊어달라고 초청했다. 자신과 자기 궁정에 큰 즐거움과 교훈을 줄 거라면서 말이다. 한 왕자가 다른 왕자를 대하는 태도였다. 명령이 아니라 초청이었다.

잠시 후에는 조신과 장교들도 몇 명 대화에 참여했고, 간드와 마찬가지로 자기네 서사시에 대한 면밀한 지식과 더불어 시와 이야기를 듣고자 하는 호기심, 심지어는 갈망을 드러냈다. 그들은 오렉을 칭찬하며 그가 자기들에게는 사막의 샘물이라고 말했다.

호의적이지 않은 이들도 있었다. 간드의 아들 이도르는 눈에 띄게 거리를 두었고, 시에 대한 대화에는 아무 관심도 기울이지 않았으며 한 무리의 사제와 장교들과 같이 열린 천막 안에 서서 잡담을 나눴다. 그 소리가 너무 커서 간드가 조용히 하라고 꾸짖을 정도였다. 그 후에 이도르는 못마땅한 얼굴로 아무 말도 하지 않았다.

간드는 사자를 데려오라고 청했고, 차이는 그 말을 들어주었다. 셰타르는 오렉이 '쓸모 있는 재주'라고 부르는 몸짓을 했다. 간드를 마주 보고는, 고양이들이 몸을 펼 때처럼 앞다리를 쭉 펴면서 그 사이로 머리를 숙여 '절을 한' 것이다. 이 재주는 모두를 기쁘게 했고, 셰타르는 몇 번이고 되풀이해야 했다. 굶는 날인데도 절을 할 때마다 조금씩 먹을 것이 주어졌기 때문에 상관없었다. 이도르도 나와서 셰타르와 놀고 싶어 하며 깃털 모자를 달랑거렸지만, 셰타르는 무시했다. 그는 셰타르가 얼마나 강한지, 살아 있는 짐승을 죽여보았는지, 사람을 물어보았는지, 사람을 죽여봤는지 등을 물었다. 사자 조련사 차이는 모든 질문에 공손하게 대답했고 셰타르가 그에게도 절을 하게 했다. 그러나 셰타르는 마지못해 절을 하고 하품을 했다.

"불신자가 아수다르의 사자를 갖는 게 허용되어선 안 되지요." 이도르가 아버지에게 말하자 답이 돌아왔다. "하나 누가 사자의 주인에게서 사자를 빼앗으랴?" 분명히 시의적절하게 인용한 속담이었다. 그 말에 이도르는 셰타르를 집적거리기 시작했다. 고함을 쳐서 놀래고 공격하려는 것처럼 덤벼들었지만, 셰타르는 그를 싹 무시했다. 아들이 무슨 짓을 하는지 알아차린 간드는 화를 내며 일어서서 이도르가 지금 제 집의 환대를 부끄럽게 하고 사자의 위엄을 해쳤다면서 나가라고 명했다.

"사자의 위엄." 그라이는 마침내 얼굴을 씻고 실크 셔츠와 바지로 갈아입고 같이 앉으면서 그 말을 되풀이했다. "그 표현 마음에 들어."

"그렇지만 간드와 그 아들 사이의 신경전은 마음에 들지 않아." 오렉이 말했다. "구딧 말마따나 뱀 둥지였어. 살얼음판을 디디는 거나 마찬가지일 거야. 그래도 간드는 흥미로운 인물이더군."

나는 그자가 우리를 황폐하게 만들고 노예로 삼은 폭군이라고 생각했지만, 말은 하지 않았다.

"수장님 말씀이 옳아." 오렉이 말을 이었다. "알드는 행군 중인 병사처럼 안술에 진을 치고 있어. 이곳 사람들이 어떻게 사는지, 누구이며 무슨 일을 하는지에 대해서는 놀랄 만큼 무지해. 그리고 간드는 무지에 진력이 났어. 그 사람은 이곳에서 삶을 끝낼지도 모른다고 보고 잘 지내보려고 하는 것 같아. 하지만 한편으로는 도시 사람들도 알드에 대해 아는 게 없지."

"우리가 왜 알아야 해요?" 나는 말했다. 튀어나오는 말을 막을 수가 없었다.

"고원지대에선 쥐야말로 고양이를 알아야 하는 법이라고 하지." 그라이가 말했다.

"우리 신들에게 침을 뱉고 우릴 부정하다고 말하는 자들은 알고 싶지 않아요. 그자들은 쓰레기예요. 우리 수장 어른을 봐요! 그자들이 그분에게 무슨 짓을 했는지! 그분이 손이 부러진 몸으로 태어난 줄 알아요?"

"아, 메메르." 그라이가 손을 뻗었지만, 나는 물러섰다.

"당신들은 좋을 대로 그자들이 자기네 궁전이라고 부르는 곳에 가서 그자들이 주는 음식을 먹고 시를 읊어줄 수 있겠지만, 난 할 수만 있다면 안술에 있는 알드를 모조리 죽여버릴 거예요."

그리고 나는 몸을 돌리고 눈물을 쏟았다. 내가 모든 것을 망쳤고 두 사람의 신뢰를 얻을 자격도 잃었기에.

나는 방을 나서려 했지만, 오렉이 막았다.

"메메르, 들어보렴. 들어봐. 우리 무지를 용서해라. 우린 네 손님이야. 용서해다오."

덕분에 바보 같은 울음을 그칠 수 있었다. 나는 눈을 닦고 말했다. "미안해요."

"미안해, 미안해." 그라이가 속삭였고, 나는 그녀가 하는 대로 손을 잡혀 창가 의자에 앉았다. "우린 아는 게 별로 없어. 너에 대해서나, 이 집 주인에 대해서나, 안술에 대해서나. 하지만 너와 마찬가지로 우리가 여기에 오게 된 게 단순한 우연 이상이라는 건 알아."

"레로의 뜻이었죠." 내가 말했다.

"말과 사자와 레로의 뜻이었지. 난 널 믿을 거야, 메메르." 그라이가 말했다.

"저도 두 분을 믿어요."

"그럼 네가 누구인지 말해줘. 서로를 알아야지! 수장 어른은 누구인지, 알드가 오기 전에는 어떤 분이었는지 말해줘. 그분이 이 도시의 지배자였니?"

"우리에겐 지배자가 없었어요."

나는 수장 어른이 "조금 더 자세히 말해주겠니, 메메르?"라고 말씀하실 때마다 그랬듯이 마음을 추스르고 정확히 대답하려고 했다. "우린 도시를 통치할 의회를 선거로 뽑았어요. 안술 해안의 모든 도시가 그랬죠. 시민은 의회원에게 투표했고, 의회는 수장을 지명했어요. 수장은 도시에서 도시로 다니며 교역을 살펴 처리했어요. 모든 마을과 도시가 서로 원하는 물건을 얻을 수 있도록요. 가능하다면 상인들이 속이거나 폭리를 취하는 것도 막았죠."

"그러면 세습직이었니?"

나는 고개를 저었다. "수장직은 10년이었어요. 그리고 의회가 한 번 더 지명하면 다시 10년. 그다음엔 다른 사람이 넘겨받았고요. 누구든 수장이 될 수 있었어요. 하지만 자기 집안에 돈이 있거나 자기 도시에서 돈을 받아야 했어요. 상인과 중개인과 다른 수장을 대접하고 늘상 여행을 해야 했거든요. 순드라만까지 내려가서 그곳의 비단 상인들과 정부와 이야기를 나누기도 했죠. 돈이 많이 들었어요. 하지만 당시에 갈바만드는 부유한 집안이었어요. 도시 사람들도 도와줬고요. 수장이 되는 건 대단한 영예였어요. 그래서 우린 아직도 그분을 그렇게 불러요. 경의를 담아서. 이제는 아무 의미도 없지만."

또 한 번 눈물이 쏟아질 뻔했다. 내 연약함과 부족한 통제력이 무서웠고 화가 났으며, 그 분노 덕에 안정을 찾을 수 있었다.

"모두 다 제가 태어나기 전 일이에요. 사람들에게 듣고 역사를 읽었기 때문에 아는 것뿐이죠."

순간 배를 얻어맞은 것처럼 숨이 빠져나갔고, 나는 마비된 채 앉아 있었다. 평생의 습관이 나를 사로잡았다. 읽기에 대해서는 말하지 말아야 했다. 우리 식구 외부의 사람들에게는 내가 책에서 뭔가를 읽었다는 말을 한 적이 없었다.

그러나 물론 오렉과 그라이는 알아차리지 못했다. 그들에게는 읽기가 더할 나위 없이 자연스러운 일이었다. 두 사람은 고개를 끄덕이고, 계속하라고 말했다.

이제 무엇을 말해야 하고, 무엇을 말하지 말아야 할지 알 수 없었다. "저 같은 아이들을 농성의 자식이라고 불러요." 나는 가늘고 곱슬곱슬한 옅은 색 머리털을 잡아당겼다. 그들에게 내가 무엇인지 알리고 싶었지만, 어머니가 강간당했음을 말하고 싶지는 않았다. "아시죠…… 알드가 도시를 점령했을 때요. 그때…… 하지만 우린 그들을 다시 몰아냈고, 1년 가까이 도시를 지켰어요. 우린 싸울 수 있어요. 전쟁은 하지 않지만, 싸울 수는 있어요. 하지만 그 후에 아수다르에서 새로운 군대가 왔어요. 예전에 왔던 병력의 두 배가 와서 도시로 밀고 들어왔죠. 그자들이 수장 어른을 감옥에 넣고 갈바만드를 엉망으로 만들었어요. 대학을 파괴하고 책은 운하와 바다에 던졌죠. 사람을 운하에 빠뜨리고 돌을 던져 죽이고 산 채로 파묻었어요. 수장 어른의 어머님 엘레요 갈바께선……."

그분이 이 방에서 살았다. 병사들이 집에 침입했을 때 이 방에 있었다. 나는 말을 이을 수 없었다.

우리 모두 침묵했다.

셰타르가 꼬리를 흔들며 걸었다. 나는 하던 이야기에서 마음을 돌리려고 세타르에게 손을 뻗었지만, 사자는 나를 무시했다. 입을 반쯤 벌린 세타르는 어쩐지 평소보다 더 사자 같았다.

그라이가 말했다. "밤새 기분이 안 좋을 거야. 궁전에서 보상을 받은 덕분에 식사를 안 했다는 걸 돌이키고 말았거든."

"뭘 먹는데요?"

"대개는 운 나쁜 염소를 먹지." 오렉이 말했다.

"사냥도 할 줄 알아요?"

그라이가 대답했다. "정확한 방법은 몰라. 세타르의 어머니라면 가르쳐줬을 텐데. 반사자들은 늑대처럼 무리로 사냥을 하지. 세타르가 우릴 참아주는 것도 그래서야. 자기 가족이라고 보는 거지."

세타르는 노래하듯이 길게 끙끙거리고 으르렁거리는 대답을 내놓고 다시 길쭉한 방 안을 거닐었다.

"메메르, 이야기하기가 너무 힘들지만 않다면……." 오렉이 운을 떼고, 내가 고개를 흔들자 말을 이었다. "알드가 대학 도서관을 파괴했다고 했지? 전부 다 말이니?" 그가 아니라는 대답을 희망한다는 걸 알 수 있었다.

"병사들은 도서관 건물을 무너뜨리려고 했지만, 워낙 잘 지은 석조 건물이었기 때문에 그 대신 창문을 깨뜨리고 방 안을 엉망으로 만들고 책을 들고 나갔어요. 직접 만지기는 싫어했고 시민들을 시켜서 책을 날라다가 수레에 싣고 운하까지 가져가게 했죠……. 그리고 운하에 버리게 했어요. 책이 너무 많아서 운하 바닥을 메우고 넘치기 시작하자 책을 수레에 싣고 항구로 나르게 했어요. 그리고 부둣가에 책을 내려놓고 바다에 던졌어요. 바로 가라앉지 않으면 그 뒤에 사람들을 밀어 넣었어요. 한 번은……." 이번에는 바다에서 구조된 책을 본 적이 있다는 말이 나오기 전에 멈출 수 있었다.

그 책은 지금 비밀방에 있었다. 방수 가공한 아마포에 글귀를 적어서 나무 막대에 감은 북쪽 방식의 두루마리 책이었다. 바닷가에 떠밀려 온 그 책을 발견한 사람은 그것을 말려서 이리로 가져왔다. 물속에 몇 주나 있었는데도 아직 아름다운 서체를 읽을 수 있었다. 수장 어른이 망가진 부분을 복구하면서 나에게도 보여주었다.

그러나 옛 책이든 구조된 책이든 비밀방에 있는 책들에 대해 말할 수는 없었다. 그라이나 오렉에게라도.

나는 옛 시절에 대해 이야기하는 것은 안전하기를 바라며 말을 이었다. "대학은 오래전에 이곳 갈바만드에 있었어요."

오렉은 물었고, 나는 안술의 4대 가문인 캄, 겔브, 갈바, 악타모 집안에 대해 아는 대로 말해주었다. 대부분은 수장 어른에게서 들은 이야기였다. 초창기에 이들은 가장 부유한 집안이었으며, 평의회에서도 가장 강한 힘을 가지고 있었다. 최고로 훌륭한 집과 사원들을 지었고, 공공 의식과 축제에 돈을 냈으며, 화가와 작가와 학자와 철학자들, 건축가와 음악가들을 모아서 집에서 살며 일하게 했다. 사람들이 이 도시를 지혜롭고 아름다운 안술이라고 부르기 시작한 시기였다.

갈바는 언제나 이곳, 강과 항구 위로 솟아오른 첫 번째 언덕에 세운 신탁의 집에 살았다.

"이곳에 신탁소가 있었니?" 오렉이 물었다.

나는 머뭇거렸다. 사실 그라이와 오렉을 만난 어제 아침, 수반이 말라버린 신탁의 분수 옆에 섰을 때까지만 해도 그 말이 무슨 뜻인지 별로 생각해보지 않았다.

"모르겠어요." 나는 더 말하려다가 그만두었다. 이상했다. 왜 한 번도 갈바만드가 '신탁의 집'이라 불리는 이유가 궁금한 적이 없었을까? 나는 신탁이 무엇인지조차 모르면서 그것에 대해 말해서는 안 된다는 사실을 알았다. 언제나 알고 있었다. 비밀방에 대해 말해서는 안 된다는 것을 알았던 것과 마찬가지였다. 보이지 않는 손이 내 입을 막는 것만 같았다.

그 순간 지난밤에 수장 어른이 했던 말이 떠올랐다. '꿈을 주는 모든 이들의 모든 손이 내 입을 덮었지.' 겁이 났다.

두 사람은 내가 혼란스러워하며 말을 하지 못하는 것을 보았다. 오렉은 화제를 바꾸어 집에 대해 물었고, 나는 곧 다시 이야기로 돌아갈 수 있었다.

그 시절, 갈바는 번성했고 집과 식구 모두 불어나서 예술과 기술과 배움에 종사하는 사람들을 끌어들였다. 특히 시와 이야기를 짓는 사람과 학자가 많았다. 그 사람들의 목소리를 듣고 그 사람들에게서 배우고 함께 작업하기 위해 온 안술에서, 심지어는 다른 땅에서까지 사람들이 왔다. 그렇게 세월이 흐르면서 이곳 갈바만드에 대학이 생겨났다. 이 집 뒤쪽 위층과 아래층 모두에 독립된 거처와 교실과 작업실과 도서관이 있었다. 바깥뜰에도 다른 건물들이 있었다. 언덕 위로 더 멀리 떨어진 건물들은 학생과 교사를 위한 숙박소와 거주 공간, 화가와 건축가를 위한 작업실이었다.

시인 데니오스도 젊은 시절에 우르딜에서 여기로 왔다. 어쩌면 지난밤에 우리가 앉았던 뒤 회랑에서 공부했을지도 모른다. 그곳도 갈바만드 도서관의 일부였으니.

시간이 흐르고, 우리가 '귀먹은 신'이라 부르는 행운이 캄과 겔브와 악타모 집안에서 등을 돌렸다. 그 가문들의 재산과 풍요는 기울었고, 갈바와 이루던 경쟁 관계도 적대 관계로 변했다. 말은 공공을 위해서라지만 그들은 시샘과 악의를 품고 평의회를 설득하여 대학과 도서관은 도시의 것이라고 선언하고 갈바만드에서 빼앗도록 했다. 갈바는 옛 자리가 성스러운 곳이었던 반면 새 자리는 그렇게 축복받지 못할지 모른다고 경고했으나, 평의회의 결정을 받아들였다. 시의회는 좀 더 항구에 가까운 낮은 땅에 대학이 자리할 새 건물들을 지었다. 몇백 년 동안 이 집에 모인 위대한 장서가 거의 다 그리로 옮겨졌다.

"갈바만드에서 책을 실어내기 시작하자, 앞뜰에 있는 신탁의 분수가 마르기 시작했죠. 책이 집을 떠날 때마다 조금씩, 물이 흐르기를 멈췄어요. 책이 다 실려 나가자 분수는 완전히 말랐고 2백 년 동안 흐르지 않았어요……." 나는 수장 어른에게 들은 대로 그라이와 오렉에게 말했다.

그들은 축제와 의식으로 새 대학을 열었고, 학생과 학자들이 왔다. 그러나 갈바만드의 옛 도서관만큼 방문을 많이 받지도, 그만큼 유명하지도 못했다. 그리고 2세기가 흘러 사막 민족이 와서 돌을 부수고 책을 운하와 바다에 던져 넣고 진흙 속에 묻어버렸다. 오렉은 양손으로 턱을 괴고 내 이야기에 귀를 기울였다.

그라이가 물었다. "갈바만드에는 남은 게 없었어?"

나는 불편한 심정으로 말했다. "책이 좀 있긴 했어요. 하지만 도시가 함락되자 알드 병사들은 대학보다 먼저 이리로 왔어요. 그…… 그자들이 믿는 그 장소를 찾아서요. 그자들은 이 집에서 나무로 된 부분을 부수고, 책과 가구를 가져갔어요. 찾아낸 건 다 가져갔죠." 내가 하는 말은 사실이었지만, 그라이는 그것이 사실의 전부가 아님을 눈치 채고 있다는 느낌이 강하게 들었다.

"끔찍하군. 끔찍해." 오렉이 일어서며 말했다. "알드가 글을 악(惡)으로 취급하는 줄은 알지만…… 책을 파괴하다니…… 책을……." 오렉은 말도 못하게 슬퍼했다. 그는 성큼성큼 걸어가서 서쪽 창가에 섰다. 갈바만드의 지붕들과 아래쪽 도시를 지나 해협 너머에 깔린 안개 위에 하얀 술이 떠 있었다.

그라이는 셰타르에게 가서 목걸이에 띠를 채웠다. 그녀는 나를 향해 부드럽게 말했다. "나가자. 셰타르를 산책시켜야 해."

"죄송해요." 나는 오렉을 그토록 슬프게 한 데 다시 한 번 절망하며 그녀를 따라갔다. 내가 한 말은 다 틀렸다. 이 날은 어떤 축복도 없는 날, 에누가 없는 날이었다.

"왜? 책을 파괴한 게 너였니?"

"아뇨. 하지만 제 소망은……."

"소망이 다 이루어졌더라면! 말해보렴. 줄을 풀고 셰타르를 뛰게 할 수 있는 장소가 있을까? 내가 근처에 있으면 누굴 공격하진 않겠지만, 그래도 주위에 사람이 없는 곳에 풀어줘야

안심이 되지."

"옛 공원요." 나는 말했고, 우리는 같이 공원으로 갔다. 공원은 갈바만드 바로 위 동쪽에 있었다. 강을 네 개의 운하로 나누는 제방 위 언덕 면에 자리한 넓은 골짜기였다. 옛 공원의 경사면 위로 나무가 빽빽이 자랐는데, 알드는 그곳에 절대 가지 않았다. 그들은 나무를 싫어했다. 가족에게 고기 조각이라도 가져다주려고 토끼나 메추라기를 잡는 아이들을 빼면 시민 중에도 가는 사람이 드물었다.

나는 입구 근처에서 사람들이 데니오스의 분수라고 부르는 곳을 안내했고, 셰타르는 수반에서 오랫동안 물을 마셨다.

아무도 없었고, 그라이는 사자의 목줄을 풀어주었다. 셰타르는 뛰어갔지만 그렇게 멀리 가지는 않았고, 계속 우리에게 돌아왔다. 아무래도 셰타르 역시 나무를 좋아하지 않고, 되는 대로 자란 빽빽한 수풀 속 깊이 들어가고 싶지 않은 것 같았다. 셰타르는 나무 한 그루에 오랫동안 발톱을 갈더니 다른 나무로 옮겨갔고, 어떤 동물의 자취를 따라 샅샅이 냄새를 맡으면서 커다란 가시덤불 주위를 돌았다. 나비를 따라가느라 껑충거리며 어둡고 가파른 길로 내려갔을 때가 우리에게서 제일 멀어진 순간이었다. 셰타르가 시야를 벗어나고 조금 지나자 그라이가 작게 그르렁거리는 소리를 냈다. 셰타르는 순식간에 다시 나타났고, 그림자들을 뚫고 우리에게 달려 올라왔다. 그라이는 셰타르의 머리를 건드렸고, 우리가 천천히 숲길을 되짚어 걷기 시작하자 셰타르도 우리를 따라왔다.

내가 말했다. "동물을 부를 수 있다니 얼마나 멋진 선물인지 몰라요."

"어떻게 쓰느냐에 따라 달라. 고원지대에서 내려와서 생계를 꾸려야 했을 때는 확실히 쓸모가 있었지. 오렉이 시를 배우는 동안 내가 말을 훈련시켰거든. 난 그런 일이 좋아……. 그리고 알드가 말을 훈련시키는 방식은 감탄스러워. 그 사람들에게는 말을 때리는 게 아내를 때리는 것보다 더 나쁜 일이라지." 그녀는 작게 코웃음을 쳤다.

"어떻게 아수다르에서 그렇게 오래 살 수 있었죠? 그자들에게 화가 나지 않았어요?"

"나에겐 너같이 화낼 이유가 없었어. 야생 동물과…… 육식 동물과 같이 사는 것과 비슷했지. 그 사람들은 위험하고, 우리 기준에서 보면 비합리적이지. 그 사람들은 힘겹게 살아. 난 알드 남자들이 가여웠어."

나는 아무 말도 하지 않았다.

그라이는 생각에 잠겨 말을 이었다. "수말이나 수토끼 비슷해. 한순간도 경쟁 수컷을 걱정하지 않거나, 암컷이 달아날까 걱정하지 않을 때가 없어. 그 사람들은 자유롭지 못해. 세상을 적으로 가득 채우지……. 그래도 그 사람들은 용감하고, 약속을 지키고, 손님을 공경해. 고원지대 사람들과 비슷하지. 난 그 사람들을 꽤 좋아했어. 남자인 척하면서 거리를 뒀기 때문에 여자는 하나도 사귀어보지 못했지만 말이야. 피곤한 일이었지."

"전 그자들의 모든 것이 미워요. 어쩔 수가 없어요."

"당연하지. 네가 해준 이야기……. 어떻게 밉게 보지 않을 수 있겠어?"

"다른 식으로 보고 싶지도 않아요."

그라이가 사람의 말을 듣지 않은 적이 있을까 싶지만, 가끔은 들은 말을 무시하기도 했다. 그녀는 오솔길을 조금 더 걷다가 활짝 웃으며 나를 돌아보았다. "있지, 메메르! 우리랑 같이 궁전에 가보면 어떨까? 두 번째 하인으로 말이야. 넌 남자 행세를 잘하잖아. 나도 감쪽같이 속았지. 해볼래? 재미있을 거야. 간드는 왕 같은 것인데, 왕을 만나볼 기회가 얼마나 자주 있겠어? 그리고 오렉의 낭송을 들을 수 있을 거야. 〈우주의 기원〉을 읊을 생각이거든. 하나이자 유일한 신 아스에게 집착하는 사람들이라 위험할 수도 있겠지만, 어제 간드가 읊어달라고 요청했으니까."

나는 고개만 저었다. 오렉이 그 시를 읊는 것은 듣고 싶었지만, 수많은 알드 사이에서는 아니었다. 그자들을 얼마나 미워하는지 더 말하지 않더라도, 그자들에게 공손하고 온순한 하인 노릇을 할 수는 없었다.

그러나 그라이는 다음 날 저녁 식사 후에 그 이야기를 다시 꺼냈다. 반대가 없는 것으로 보아 오렉과도 이야기한 모양이었다. 그리고 당황스럽게도 수장 어른 역시 반대하지 않았다. 수장 어른은 두 사람에게 얼마나 위험하다고 보는지 물었다. 둘 다 알드의 '환대의 법'을 믿는다고 말하자 수장 어른은 이렇게만 말했다. "알드가 내게 보여준 환대는 메메르가 알아서는 안 될 것이었어요. 하지만 이토록 오랜 시간이 지나고도 우리와 그들이 서로를 이렇게 모른다는 것은 부끄러운 일입니다. 그들에게만이 아니라 우리에게도." 그는 나를 찬찬히 보았다. "그리고 메메르는 빨리 배우는 아이지요."

나는 항의하고 싶었다. 알드 근처에도 가고 싶지 않다고, 그자들에게서든 그자들에 대해서든 아무것도 배우고 싶지 않다고 말하고 싶었다. 그러나 그것은 수장 어른이 혐오하는 무지한 행태가 될 터였다. 게다가 겁쟁이처럼 보이기도 했다. 오렉과 그라이가 궁전에 갈 위험을 감수하는데, 내가 어떻게 거부할 수 있겠는가?

생각할수록 무서워졌다. 그러나 오렉과 그라이가 말한 대로 궁전과 알드에 대한 호기심도 있었다. 내 삶은 영원히 똑같지 않을까 싶을 정도로 오랫동안 변함이 없었다. 집안일, 시장, 갈바만드의 텅 빈 방, 비밀방과 그곳에서 읽고 배우는 보물, 그리고 내가 감히 가지 못하는 어둡고 이상한 부분. 사랑하는 수장 어른을 제외하면 아무도 나에게 새로운 것을 가르쳐주지 않았고, 그분 말고는 같이 있을 사람도, 사랑할 사람도 없었다. 이제 두 사람이 오지 집은 살아났다. 조상들도 잠에서 깨어 귀를 기울였다. 영혼, 그림자, 문지방과 아궁이의 수호자…… '양쪽을 보는 신'이 문을 열었다. 나는 알았다. 우리 손님들이 레로의 축복을 받고 에누의 길로 왔음을, 그들이 제공하는 바를 거절함은 선물을, 가능성을, 방향 전환을 거부하는 일이 될 것임을 알았다.

"가고 싶으냐, 메메르?" 수장 어른이 물었다. 내가 거절한다면 가라고 하실 리 없었다. 나는 말없이, 내가 가든 가지 않든 대수롭지 않다는 듯이 어깨를 으쓱였다.

수장 어른은 탐색하는 눈길로 나를 보았다. 왜 나를 우리 적들 사이에 보내는 데 찬성하신 걸까? 그 순간 나는 이유를 깨달았다. 그가 갈 수 없는 곳에, 나는 갈 수 있기 때문이었다. 내가 겁쟁이라 해도 수장 어른의 용기를 지고 갈 수 있었다. 그는 나에게 우리 집의 혈통으로서 맡은 역할을 다해주기를 청하고 있었다.

"네, 갈게요." 나는 말했다.

그날 밤 처음으로 아버지 꿈을 꾸었다. 아버지는 병사들이 입는 푸른 외투를 걸치고 있었다. 머리털은 나처럼 암갈색이고 빗질을 할 수 없을 정도로 가늘고 곱슬곱슬한 양털이었다. 얼굴은 보이지 않았다. 그는 우리 도시를 가득 채운 무너진 벽과 돌들 위로 황급히 기어오르고 있었다. 나는 거리에 서서 그를 지켜보았다. 그는 지나가면서 나를 똑바로 보았다. 얼굴은 명확히 보이지 않았지만, 사람이 아니라 사자의 얼굴 같았다. 그는 다시 눈을 돌리고, 마치 쫓기는 사람처럼 서둘러서 무너진 벽을 기어올랐다.

7

 오렉 카스프로가 다시 안술 알드의 간드를 즐겁게 해주러 출발했을 때 그를 따른 수행원은 사자 조련사 차이, 사자 셰타르, 그리고 마부 멤이었다.
 멤은 마음이 불안하고 불편했다. 알드 놈들이 나더러 브랜티의 안장을 내리라고 하거나, 마부들이 할 만한 이야기를 하려고 하면 어쩌나? 금세 내가 발목과 무릎도 구분할 줄 모른다는 걸 알아차릴 텐데. 그라이는 걱정할 것 없다고, 그자들은 구딧과 똑같아서 자기네 마구간에서 모르는 소년이 소중한 말을 건드리게 할 리 없다고 했다. 어쨌든 궁전에 있는 동안은 그녀가 내내 옆에 있을 터였다. 멤으로서 내가 할 일은 마부처럼 브랜티의 머리 옆에서 걷는 것뿐이었다. 마치 오렉이 말을 다루는 데 도움을 필요로 한다는 듯이 말이다.

그래서 나는 그렇게 했다. 바보가 된 기분이었고, 꽤 무섭기도 했다. 브랜티는 내 마음을 편하게 해주었다. 옆에서 걷는 브랜티의 발굽이 돌로 포장한 거리에서 길고 규칙적인 소리를 울렸고, 커다란 머리가 내 옆에서 오르락내리락하며 귀를 앞뒤로 펄럭였다. 가끔씩 콧바람을 불기도 했다. 크고 까만 눈은 상냥했다. 브랜티는 나이가 많았고(나보다 더 많았다) 온 서부 해안을 다 돌아다녔다. 오렉이 가자는 곳마다 당당하고 끈기 있게 갔다. 나도 브랜티 같았으면 좋겠다고 생각했다.

우리는 갈바 거리를 따라 금세공인 다리에서부터 낮은 언덕을 올라가서 의회당 앞 광장에 다다랐다. 의회당 건물을 보자 가슴이 벅차올랐다. 은회색 돌로 지은 넓고 높은 건물에 섬세하고 높은 창이 열 지어 달려 있었다. 구리 돔은 마치 술이 낮은 산들 위에 뜬 것처럼 도시의 모든 지붕 위로 솟아올라 있었다. 대광장에서부터 건물 문 앞에 있는 테라스까지 계단이 이어졌고, 그 테라스는 우리가 스스로를 통치했던 시절에 사람들이 연설을 하고 토론을 벌이던 곳이었다. 수장 어른에게서 그 테라스가 중앙 문 앞에 서서 평소보다 조금만 목소리를 높이면 광장 전체에 소리가 전달되도록 만들어졌다고 들은 적이 있었다. 그러나 나는 그 계단을 올라가 본 적이 없었다. 광장을 걸어본 적도 없었다. 그곳은 시민이 아니라 알드의 공간이었다.

광장 한가운데에 거대한 천막이 서 있었다. 붉은 천막 끝과 장대에서 휘달리는 긴 붉은색 기치가 의회당을 가릴 정도였다.

우리가 광장 입구로 다가가자 장교 하나가 마중을 나오더니 푸른 외투를 입은 경비병들에게 통과시키라고 명령했다.

광장 왼쪽 바깥에 있는 마구간에서 남자들이 맞이하러 나왔다. 나는 오렉이 내리는 동안 브랜티를 잡고 있었고, 나이 든 알드 남자가 나에게서 고삐를 받더니 작게 쯧쯧 소리를 내며 브랜티를 데리고 갔다. 사자 조련사 차이가 셰타르의 목줄을 짧게 쥐고 내 옆으로 왔고, 우리는 오렉을 따라 광장을 가로질렀다. 천막 앞에 양탄자가 깔렸고 오렉을 위해 접는 의자와 양산이 준비되어 있었다. 우리를 위한 자리는 없었지만, 농성기에 태어난 게 분명한 노예 소년이 차이에게 붉은 종이 양산을 건네주었다. 우리는 오렉 뒤에 섰다. 차이는 즉시 그 양산을 나에게 건네고, 내가 우리 셋을 위해 양산을 드는 동안 팔짱을 끼고 거만하게 섰다. 나를 차이 아니면 오렉의 노예로 생각할 알드 놈들에게는 이 편이 자연스러워 보일 터였다.

이곳 궁정에 있는 알드의 노예들은 모두 조잡한 줄무늬 로브나 튜닉을 입었다. 회색과 흰색 줄무늬, 아니면 갈색과 흰색 줄무늬였다. 일부는 알드였고 일부는 우리 주민이었다. 다들 성인 남자 아니면 소년이었다. 여자는 다른 곳에, 실내에 감춰져 있을 것이다. 그리고 여자 중에 알드는 없었다.

다양한 장식을 한 다양한 수행원이 천막에서 나오고, 의회당 뒤편 동쪽 운하 위에 알드가 지어놓은 막사에서 장교 몇 명이 나왔다. 예전에 우리 투표소가 있던 자리였다. 마지막으로 간드가 큰 천막에서 나오자 모두가 일어섰다. 알드 노예 둘이 간드 뒤를 따라왔다. 하나는 간드의 머리 위로 커다란 붉은 양산을 들었고, 또 한 명은 간드에게 바람이 필요할 때에 대비하여 부채를 들었다. 온화한 봄날이었고, 해는 가벼운 구름에 거의 가렸고 부드러운 바닷바람이 불어왔다. 바보 같은 양산과 부채를 들고 선 노예들을 보며 나는 알드 놈들이란 얼마나 멍청한가 생각했다. 주위를 둘러보면 양산도 부채도, 지금 수행원들이 쓴 것 같은 챙 넓은 모자도 필요 없다는 걸 알 텐데, 안 보이는 걸까? 여기가 사막이 아니라는 걸 모른단 말인가?

나는 알드 노예들을 흉내 내어 간드 이오라스를 똑바로 보지 않고 흘끗흘끗 훔쳐보았다. 대다수 알드처럼 거칠고 주름지고 누르께한 얼굴에 짧은 매부리코와 가는 눈을 갖고 있었다. 색이 옅은 알드의 눈을 보면 언제나 기분이 나빴다. 내가 동포들과 같은 검은 눈을 갖게 해주셔서 조상들에게 고맙다는 생각을 얼마나 많이 했는지 모른다. 간드의 양털 머리는 짧은 회색이었고, 모자 아래로 곱슬거리며 삐져나와 있었다. 마찬가지로 곱슬거리는 눈썹에, 턱 선을 따라 회색 턱수염을 짧게 길렀다. 강인하면서도 피곤해 보였다. 이오라스는 그 얼굴을 조금 밝게 만들어주는 미소와, 알드에게서 한 번도 본 적 없는 몸짓으로 오렉을 맞이했다. 환영의 뜻으로 심장으로부터 양손을 펼치면서 고개를 숙이는 몸짓이었다. 동등한 상대에 대한 인사처럼 보였다. 그리고 그는 오렉을 '작가들의 산드'라고 불렀다.

'하지만 오렉을 지붕 밑에 들이지는 않겠지.' 나는 생각했다.

알드는 우리를 '야만인'이라고 불렀다. 우리도 그들에게서 그 말을 배웠다. 그 말은 본래 성스러움을 모르는 사람을 의미했다. 그런데 그런 사람이 정말로 있을까? 야만인이란 그저 내가 아는 것과 다른 성스러움을 아는 사람을 가리키는 말이다. 알드는 이곳에서 17년을 살았으면서도 안술의 바다와 대지와 돌이 성스러우며 신들로 살아 숨쉰다는 사실을 알지 못했다. 나는 야만인이 있다면 우리가 아니라 그들이라고 생각했다. 그래서 끓어오르는 분노 때문에 이오라스와 오렉이, 두 왕자가, 압제자와 시인이 나누는 말에 귀를 기울이지 못했다.

오렉이 낭송을 시작했고, 현악기 같은 그의 목소리에 정신이 들었다. 그러나 그것은 간드가 청한 알드 시였다. 사막에서 벌어지는 전쟁에 대한 끝없는 서사시 중 하나였다. 나는 귀 기울이지 않았다.

나는 수행원 사이에서 간드의 아들이자 셰타르를 괴롭혔던 인물인 이도르를 보았다. 알아보기 쉬웠다. 이도르는 장식품을 많이 걸쳤고, 화려한 모자에 깃털과 금실로 짠 리본을 달았다. 아버지와 상당히 닮았지만 피부는 몹시 옅은 색이었고 아버지보다 키가 크고 더 잘생겼다. 이도르는 침착하지 못했고 끊임없이 누군가에게 말을 걸지 않으면 안절부절못하고 손짓을 하고 몸을 움직였다. 늙은 간드는 꼼짝 않고 앉아서 이야기에 집중했다. 아마포로 된 로브는 돌로 조각한 것처럼 흘러내렸고, 짧고 투박한 손은 허벅지에 올려놓은 자세였다. 장교들도 대부분 간드만큼이나 집중해서 귀를 기울이고 언어를 흡수했다. 오렉의 목소리는 열정적으로 노래했고, 나도 본의 아니게 이야기에 귀를 기울이기 시작했다.

배신과 화해로 이어지는 비극적인 장면을 끝으로 오렉이 낭송을 멈추자, 듣던 사람들은 모두 손바닥을 마주치며 갈채했다. 간드는 노예를 시켜 오렉에게 물 잔을 가져다주었다. (차이가 나에게 중얼거렸다. "저 잔은 나중에 깨뜨릴 거야.") 단것이 담긴 접시도 나왔지만, 차이와 나에게는 아니었다. 이오라스는 몸을 앞으로 기울이고 한 조각을 셰타르에게 내밀었다.

차이가 셰타르를 앞으로 데려갔다. 셰타르는 앉아서 정중하게 사탕에 코를 대고 냄새를 맡더니 고개를 돌렸다. 간드는 웃었다. 온 얼굴에 주름이 잡히는 기분 좋은 웃음이었다. "사자가 먹을 물건은 아닌가, 레이디 셰타르?" 이오라스가 말했다. "고기를 좀 보낼까?"

오렉이 아니라 차이가 대답했다. 짧고 퉁명스러운 대답이었다. "그러지 않으시는 게 좋겠습니다."

간드는 불쾌해하지 않았다. "식사 조절인가, 음? 그래, 그래. 절을 다시 보여주겠나?"

차이가 움직이거나 무언가를 하는 모습을 보지 못했는데, 셰타르가 일어서더니 간드 앞에서 깊게 고양이 기지개를 켰다. 이오라스가 껄껄거리는 동안 셰타르는 상으로 주어지는 작은 골수 덩어리를 받으려고 고개를 돌렸다. 차이가 입에 밀어 넣어주었다.

이도르가 나오더니 오렉에게 말했다. "뭘 주고 사자를 얻었나?"

"노래로 얻었습니다, 간드 이도르." 오렉이 말했다. 그는 리라를 조율한다는 핑계로 일어서지 않고 앉아서 대답했다. 이도르는 얼굴을 찡그렸다. 오렉은 악기에서 눈을 들고 말했다. "더 정확히 말하면 이야기로 얻었지요. 어미와 새끼를 데리고 있던 유목민들은 〈다레다〉 전체를 듣고 싶어 했습니다. 자기네 공연에서 이야기할 수 있도록 더 알고 싶어 했지요. 사흘 밤에 걸쳐서 〈다레다〉를 읊었고, 그 상으로 사자 새끼를 받았습니다. 우리 모두 만족했지요."

"그 이야기는 어찌 알았지? 우리 노래를 어떻게 배웠나?"

"제가 이야기나 노래를 들으면, 제 것이 됩니다. 제가 받은 선물이지요."

"그리고 창작의 재능도 있지요." 이오라스가 말했다.

오렉은 고개를 숙였다.

간드의 아들은 물러서지 않았다. "하지만 어디서 그걸 들었나? 〈다레다〉를 어디에서 들었느냐 말이야!"

"전 북 아수다르를 여행했습니다, 간드 이도르. 어디서건 사람들이 노래와 이야기를 주고 읊고 노래하며 자기 재산을 함께 나눴습니다. 그 사람들은 대가를 청하지 않았어요. 사자 새끼도, 구리 동전 하나도 요구하지 않았지요. 그저 새로운 노래나 옛이야기면 족했습니다. 사막에서 가장 가난한 사람들이 말과 마음은 가장 아낌이 없습니다."

"사실이오, 사실이야." 나이 많은 간드가 말했다.

"우리 노래를 읽었나? 그걸 책에 썼어?" 이도르는 '읽는다'는 말과 '책'이라는 말을 입에 담기 싫은 오물처럼 뱉어냈다.

"왕자님, 아스의 사람들 사이에서는 저도 아스의 법에 따라 삽니다." 오렉은 명예에 도전을 받은 사람답게 위엄 있으면서도 사납게 대꾸했다.

이도르는 오렉의 직설적인 답변에도, 아버지가 노려보는 눈길에도 기죽지 않고 몸을 돌렸다. 그리고 자기 친구 하나에게 말했다. "한데 남자도 깽깽이를 켜나? 여자나 하는 건 줄 알았는데."

나중에 그라이가 알드 사이에서는 여지만 현악기를 뜯고 켜며, 남자는 관악기만 분다고 말해주었다. 그 당시에 내가 이해한 것은 그저 이도르가 오렉을 모욕하고 싶거나 아버지를 조롱하고 싶어 한다는 것, 그리고 오렉을 모욕하는 것이 아버지를 조롱하는 방법이라는 것이었다.

이오라스가 말했다. "원기가 회복되면 그대가 직접 지은 구절을 듣고 싶소이다. 서쪽 시에 대한 우리 무지를 용서하고 깨우쳐줄 마음이 있다면 말이오."

간드가 그토록 정교하고 격식 있게 말하는 것을 보니 놀라웠다. 그는 의심할 여지 없이 늙은 군인이었는데도, 그가 하는 말은 모두 정연하고 화려하기까지 했으며 고풍스러운 표현과 말솜씨가 어우러져 듣기에 즐거웠다. 글을 멀리하고 소리 내어 하는 말에만 기교를 쌓은 사람들에게 기대할 수 있는 방식이었다. 이제까지 나는 알드가 하는 말을 거의 들어보지 못했다. 고함치며 명령하는 것밖에 듣지 못했다.

오렉은 언어로 걸어온 싸움에 대응하는 것 못지않게 정중한 의견 교환에도 능했다. 아까 다레다 서사시를 읊으면서 오렉은 북쪽 억양을 없애고, 알드처럼 말하면서 센 자음은 뭉개고 모음은 길게 늘여 발음했다. 지금 간드에게 대답하면서도 그 부드러움을 유지했다. "저는 작가 중 마지막이자 제일 부족한 사람입니다, 간드. 그리고 저를 훨씬 위대한 이들에 앞세우는 것은 마음이 허락하지 않는군요. 간드와 간드의 궁정에서 허락해 주신다면 제가 지은 시보다 우르딜에서 사랑받는 작가 데니오스의 시를 읊었으면 합니다만?"

간드는 고개를 끄덕였다. 오렉은 리라 조율을 끝내면서 이 시는 노래가 아니지만, 악기의 목소리가 앞과 뒤에 나온 모든 말로부터 시를 따로 떼어줄 것이며, 때로는 어떤 말로도 하지 못하는 말을 대신해줄 것이라고 설명했다. 그런 다음에 리라 쪽으로 고개를 숙이고 현을 뜯었다. 선율은 맑고 구슬프면서 열정적으로 울렸다. 마지막 음이 사그라지자 그는 〈변형〉의 첫 편 첫 줄을 읊었다.

낭송이 끝나도록 아무도 움직이지 않았다. 낭송이 끝나자 다들 시장에 모인 군중이 그랬던 것처럼 한참 동안이나 말이 없었다. 그러다가 다들 손뼉을 치며 찬탄하려는데, 간드가 갑자기 손을 번쩍 들어 올렸다. "아니야. 다시 한 번 부탁하오, 시인이여! 괜찮다면 이 경이로움을 다시 한 번!"

오렉은 조금 놀란 것 같았지만, 미소 지으며 리라를 향해 고개를 숙였다.

오렉이 현에 손을 대기 전에 한 남자가 큰 소리로 말했다. 이도르는 아니었지만 그 가까이 선 남자였다. 붉고 검은 로브를 입었고, 높고 붉은 모자에서 어깨까지 상자처럼 떨어지며 얼굴만 드러내고 머리를 가리는 붉은 머리 장식을 덮었다. 턱수염은 턱을 따라 그슬린 뿌리만 남기고 태워 없앴다. 단검과 함께 길고 묵직한 검은 막대기를 들고 있었다. "태양의 아들이시여, 이 신성모독은 한 번 듣는 것으로 충분하고도 남지 않습니까?"

"사제야." 차이가 속삭였다. 나도 사제라는 것은 알았다. 자주 보지는 못했지만 우리는 그들을 붉은 모자라고 불렀고 평생 보지 않기를 바랐다. 시민이 돌에 맞아 죽거나 산 채로 진흙 속에 묻히면 범인은 붉은 모자들인 까닭이었다.

이오라스가 사제를 돌아보았다. 매가 고개를 돌리는 것 같이 빠르고 '감히'라는 느낌이 묻어나는 찡그림이었다. 그러나 그는 온화하게 말했다. "아스께 가장 축복받은 분이여. 내 귀가 둔한지 어떤 신성모독도 듣지 못했소이다. 부디 내 이해를 넓혀주시길 바라오."

붉은 머리 장식을 쓴 남자는 크나큰 확신을 담아 말했다. "이는 신을 모르는 언어입니다, 간드 이오라스. 이 속에는 아스에 대한 지식도, 아스의 성스러운 통역자들이 내린 계시에 대한 믿음도 없습니다. 모두 악마와 거짓 신을 향한 눈먼 숭배, 지상의 행위에 대한 이야기, 여자에 대한 찬사뿐이지 않습니까."

"아, 아." 이오라스는 반대하지는 않지만 이 위협에 흔들리지도 않은 듯 고개를 끄덕였다. "이교도들의 시가 아스와 그분의 불세례를 받은 이들에 대해 무지한 것은 사실이오. 그들은 어둡고 그릇된 인식을 보여주지만, 그렇다고 장님이라고 부르지는 맙시다. 그들에게는 아직 계시의 불이 찾아오지 않은 것일지도 몰라요. 우리가 오래전에 아내들을 두고 와야 했다고 해서, 여자에 대한 말을 듣기조차 꺼립니까? 여러분은 불세례로 축복받아 오염될 수 없으나, 우리는 병사일 뿐이오. 듣는다고 갖게 되는 것은 아니지만, 그래도 편안함은 주지요." 그는 지극히 엄숙하게 말했지만, 주위에 있던 남자들 몇은 히죽 웃고 말았다.

붉은 머리 장식을 쓴 남자가 대꾸하려고 했지만, 간드는 벌떡 일어섰다. "불세례 받은 분들의 성스러운 순수함을 생각하여, 축복받은 루데와 그 형제분들께는 계속 남아서 귀에 즐겁지 않은 말을 들으라 청하지 않겠소이다. 그 외에도 이교도 시인의 노래를 듣고 싶지 않은 사람은 갈 수 있소. 자고로 저주를 듣는 자만이 저주받는다 했으니, 나처럼 귀가 둔한 사람은 남아서 들어도 안전할 것이오. 시인이여, 우리의 논쟁과 무례를 용서하시오."

그는 다시 앉았다. 이도르와 네 명의 붉은 모자, 그리고 이도르의 나머지 수행원들은 다같이 큰 소리로 떠들고 불평하며 큰 천막 안으로 돌아갔다. 이오라스 가까이에 서 있던 남자 하나도 불안하고 불편한 얼굴로 최대한 눈에 띄지 않게 빠져나갔다. 나머지는 남았다. 그리고 오렉은 리라를 뜯고, 〈변형〉 도입부를 다시 읊었다.

이번에는 간드도 낭송 끝에 사람들이 박수를 치도록 했다. 그는 또 한 잔의 물을 오렉에게 보내더니(차이는 작은 소리로 "크리스털에 담긴 재산이지."라고 말했다), 시인과 '야자나무 밑에서' 말하고 싶다면서 수행원을 물렸다. 물론 이것은 둘이서만 이야기하고 싶다는 뜻이었다.

경비병 몇이 천막 입구에 남았지만, 장교와 조신들은 큰 천막이나 막사로 돌아갔고, 차이와 나도 부채를 든 건방진 노예 손에 쫓겨났다. 우리는 몇 사람을 따라 마구간 쪽으로 갔다. 이제야 깨달았지만 이들처럼 마구간이나 다른 곳에서 시를 들으러 와서 내내 가장자리에 눈에 띄지 않게 서 있던 남자들이 있었다. 일부는 병사였고, 일부는 마부였고, 몇 명은 어린 청년이었다. 대부분이 셰타르에게 관심을 보였다. 그들은 차이가 허락하는 것 이상으로 셰타르에게 가까이 가고 싶어 했다. 말을 터보려고 온갖 평범한 질문을 던졌다. 이름은 뭐냐, 어디에서 얻었느냐, 뭘 먹느냐, 누굴 죽인 적이 있느냐 등등. 차이의 답은 사자 조련사에 걸맞게 퉁명스럽고 불손했다.

"저건 당신 노예?" 어느 젊은이가 물었다. 내 이야기인 줄 미처 몰랐는데 차이가 대답했다. "견습 마부요."

그 젊은이는 나와 보조를 맞추어 걸었고, 내가 그늘진 벽까지 가서 자갈 위에 앉자 옆에 앉았다. 그는 나를 몇 번 흘끔거리더니 겨우 말했다. "넌 알드구나."

나는 고개를 저었다.

"그럼 아빠가 알드로군." 그가 기민하게 말했다.

이런 머리털에 이런 얼굴로 부정해봐야 무슨 소용일까? 나는 어깨를 으쓱였다.

"여기 살아? 이 도시에?"

나는 고개를 끄덕였다.

"아는 여자애 있어?"

심장이 목구멍까지 튀어 올랐다. 내가 여자인 것을 알아보았다는 생각, 이제 오염과 더러움과 신성모독에 대해 외쳐댈 거라는 생각밖에 들지 않았다.

"난 작년에 아빠랑 같이 두르에서 왔거든." 그는 우울한 투로 말하더니 한참 말이 없었다.

조금 더 길게 훔쳐보니 남자라기보다는 소년이었다. 열다섯, 많아봐야 열여섯쯤. 그는 푸른 외투가 아니라 어깨에 푸른 매듭이 있는 튜닉을 입었다. 맨다리에, 뼈대가 크고 피부는 창백했으며 얼굴은 순했고 입가에 여드름이 났다. 곱슬거리는 양털 머리는 노란색이었다. 그는 한숨을 쉬었다. "안술 여자들은 다 우릴 싫어해. 너한테 누이라도 있으려나 싶었는데."

나는 고개를 저었다.

"이름이 뭐냐?"

"멤."

"말이지, 멤, 혹시 한동안 남자들이랑 시간을 보내고 싶다 하는 여자애를 알면 말이야, 나한테 돈이 좀 있어. 그러니까 너한테 줄 돈 말이야."

그는 품위 없고, 밉살스럽고, 비루했다. 희망을 품고 말하는 것 같지도 않았다. 나는 아무 대꾸도 하지 않았다. 그를 두려워하고 경멸하는데도, 그를 보니 웃고 싶어졌다. 이유는 모르겠다. 그는 너무나 부끄러움을 몰랐다. 개 같았다. 나는 그를 진심으로 미워할 수 없었다.

소년은 계속 여자들에 대해, 아마도 그저 자기 백일몽인 듯한 내용을 지껄이더니 내 얼굴이 붉어지고 마음이 불편해지는 내용으로 넘어갔다. 나는 쌀쌀맞게 말했다. "난 아는 여자 없어." 그 말에 그는 잠시 입을 다물었다. 한숨을 쉬고 사타구니를 긁더니 겨우 말했다. "난 여기가 싫어. 집에 가고 싶어."

그럼 가! 나는 고함치고 싶었다. 그러나 그저 이렇게만 말했다. "흠."

그는 나를 다시 보았다. 너무 바짝 들여다보아서 다시 겁이 났다. "남자애들이랑 해본 적 있어?" 그가 물었다.

고개를 저었다.

"나도 없어." 그는 서글프고 단조로운, 나보다 굵지 않은 목소리로 말했다. "그런 친구들도 있거든." 그런 생각을 하니 너무 우울해진 듯, 그는 한참이나 말이 없다가 다시 말했다. "아버지 손에 죽을 거야."

나는 고개를 끄덕였다.

우리는 말없이 앉아 있었다. 셰타르는 차이를 거느리고 뜰 안을 거닐었다. 둘과 같이 있고 싶었지만, 견습 마부가 사자와 사자 조련사와 같이 산책을 하면 이상해 보일 것 같았다.

"여기 친구들은 뭘 해?" 소년이 물었다.

나는 어깨를 으쓱였다. 남자애들이 뭘 한다? 대개는 알드를 뺀 우리 도시 사람들이 다 그렇듯이 음식과 장작을 찾아다녔다. 나는 한참 만에 대답했다. "스틱볼+을 해."

소년의 얼굴이 더 우울해졌다. 아무래도 공놀이를 좋아하는 유형은 아니었다.

"여기서 진짜 이상한 건 말이야, 사방에 여자가 있다는 거야. 바깥에 말이야. 온 군데 여자가 있는데 정작…… 그들은……."

"아수다르엔 여자가 없어?" 나는 멍청한 척 물었다.

"물론 있지. 바깥에, 사방에 있진 않은 것뿐이지." 그는 마음이 상한 듯 힐난조로 말했다. "언제나 볼 수 있는 곳에 있진 않아. 우리 여자는 길거리를 활보하고 다니지 않아. 집에 머물지. 여자가 속한 곳에."

나는 순간 길거리에서 집에 가려 하던 우리 어머니를 생각했다.

온몸에 크고 뜨거운 분노가 솟구쳤다. 그 순간 입을 열었다면 저주를 뱉거나 그의 얼굴에 침을 뱉었을 것이다. 그러나 나는 입을 열지 않았고, 분노는 서서히 가라앉아 차갑고 공허한

+ 막대기와 고무공으로 하는 공놀이.

메슥거림에 자리를 내어주었다. 나는 침을 삼키고 애써 평정을 유지했다.

소년이 또 말했다. "메케 말로는 신전 창녀가 있대. 누구든 찾아갈 수 있는 거야. 물론 그 신전은 문을 닫았지. 그래서 이제는 어딘가에서 몰래 하지만, 그래도 아직 그런 창녀들이 있대. 아무하고나 한다더라고. 그런 거 알아?"

나는 고개를 저었다.

그는 한숨을 쉬었다.

나는 조심스럽게 일어섰다. 움직여야 했다. 천천히.

"내 이름은 시미야." 소년은 나를 올려다보고 어린아이처럼 눈을 가늘게 만들며 웃었다.

나는 고개를 끄덕이고 천천히 세타르와 차이 쪽으로 걸어갔다. 달리 갈 곳을 몰랐다. 귓가에 이명이 울렸다.

차이는 나를 보더니 말했다. "간드께서 이야기를 끝내셨지 싶다. 마구간에 가서 시인의 말을 데려오라고 해. 걷게 하고 싶다고. 알았나?"

나는 고개를 끄덕이고 빙 돌아서 거대한 마구간 뜰에 들어섰다. 무슨 이유에선지 더 이상 그곳에 있는 남자들이 두렵지 않았다. 내가 시인의 말에 대해 묻자 그들은 나를 브랜티가 있는 칸으로 데려다주었다. 브랜티는 귀리 한 줌을 가지고 놀고 있었다. "안장을 얹어서 내와요." 나는 마치 그들이 노예이고 나는 주인인 것처럼 말했다. 처음에 나에게서 고삐를 받아갔던 노인이 내 명령대로 했다. 나는 뒷짐을 지고서 길게 줄지어선 칸마다 들어찬 아름다운 말들을 보았다. 노인이 브랜티를 데리고 나오자 나는 주저 없이 굴레를 받아 쥐었다.

"열아홉이나 스무 살쯤 됐나?"

"더 많아요." 나는 똑같이 단호하게 말했다.

"훌륭한 혈통이구먼." 노인이 말했다. 그리고 굵고 지저분하면서도 부드러운 손가락을 뻗어 브랜티의 앞머리를 갈랐다. "난 큰 말을 좋아하지."

나는 짧게 목례를 하고 브랜티와 같이 걸어 나갔다. 차이와 셰타르는 마구간 뜰 입구에 서 있었고, 오렉이 우리 쪽으로 오고 있었다. 나는 오렉이 말에 오르는 것을 도왔고, 우리는 차분하게 집으로 출발했다. 의회당 광장 출입구를 통과하고 파란 외투를 입은 알드 경비병 옆을 지나면서 나는 갑작스레 솟구치는 눈물을 이기지 못했다. 뜨거운 눈물이 터져 나왔고, 입가가 떨리고 뒤틀렸다. 나는 눈물이 그칠 때까지 계속 걸으며 눈물 너머로 나의 도시를, 나의 아름다운 도시를, 그리고 해협 너머 멀리 보이는 산과 구름 깔린 하늘을 보았다.

8

 그날 밤 이스타는 특별식을 만들었는데, 우리가 우푸라고 부르는 이 요리는 양이나 새끼 염소 고기를 갈아서 감자, 채소, 허브와 함께 빵과자에 채워 넣고 기름에 튀긴 음식이었다. 바삭바삭하고 기름지고 맛있었다. 이스타는 오렉과 그라이에게 고마워했다. 부엌에 고기를 제공해서만이 아니라 — 사실 우리는 셰타르의 저녁 식사를 나눠 먹는 셈이었다 — 두 사람이 우리 손님이기 때문에, 두 사람의 존재만으로 이 집에 영예와 위엄을 다시 채워주고, 그녀가 음식 솜씨를 발휘할 새로운 대상이 되어주었기 때문이었다. 두 사람이 우푸를 칭찬하자 이스타는 어깨를 으쓱이고 투덜거리며 자기 빵과자가 질기다고 비판

했다. 옛 시절만큼 질 좋은 기름을 구할 수 없었다고도 했다.

저녁 식사 후에 수장 어른은 우리 손님들과 나를 뒤 회랑으로 데려갔고, 우리는 다시 한 번 앉아서 이야기를 나누었다. 우리 셋은 간드 이오라스가 '야자나무 밑에서' 오렉에게 무슨 말을 했는지가 너무나 궁금했다. 그리고 오렉은 기꺼이 이야기했다. 생각지 못한 소식이었다.

간드 중의 간드, 30년 가까이 아수다르의 최고 사제이자 왕이며 알드 군대의 최고 지휘자였던 도리드가 죽었다. 사막 도시 메드론에 있는 궁전에서 뇌졸중으로 죽은 지 한 달이 넘었다. 계승자는 그의 조카로 '일컬어지는' 아크레이였다. 아수다르의 왕은 고위 사제였고 아스의 사제는 공식적으로 금욕 생활을 했기 때문에, 왕은 공식적으로 아들을 둘 수 없었다. 조카들뿐이었다. 다른 조카와 왕권을 주장하는 이들은 아크레이의 계승권에 도전했다가 반란으로 죽거나 남몰래 살해당했다. 메드론은 한동안 혼란에 휩싸였으나, 지금은 아크레이가 아수다르 전체에서 간드 중의 간드로서 권력을 확실히 쥔 상태였다.

그리고 간드 이오라스는 이런 상황을 꽤 좋아하는 것 같았다. 오렉은 이오라스의 말을 통해 새로운 사제-왕이 도리드보다 사제의 성격은 덜하고 왕의 성격은 더 크다는 사실을 알아냈다. 아크레이가 왕권을 쥐지 못하게 하려던 궁정 일파는 도리드처럼 '천 명의 진실한 남자'를 믿는 추종자들이었다. 악에 대항하는 전쟁을 선언하고, 밤의 입을 찾아 파괴하기 위해서 야만인들이 사는 안술을 침략하도록 부추긴 자들 말이다.

아크레이를 따르는 이들은 밤의 입에 별 관심이 없는 듯했다. 특히 침략군이 찾아내지 못한 후로는 더 그랬다. 그들은 메드론에 어느 정도 이익과 사치품을 가져다주기는 했어도 안술 점령은 알드 군대라는 자원의 낭비이자, 영적으로도 의문스러운 임무라 여겼다. 알드는 사막에 살면서 유일신에게 남다른 총애를 받는 독특한 존재였다. 그들은 언제나 불신자들의 오염으로부터 몸을 멀리해왔다. 야만인 사이에서 계속 사는 것은 영혼에 위험한 일이었다.

그러면 안술에 있는 알드는 어찌 해야 하는가?

오렉에게 큰 소리로 이런 문제를 늘어놓은 이오라스는 놀랄 정도로 솔직하게 말했다. 그가 말한 바로 문제는 새로운 간드 중의 간드가 어떻게 하는 편을 아스께서 더 즐거워하시느냐는 것이었다. 병사들이 가져갈 수 있는 전리품을 모두 가지고 아수다르로 귀환하게 하는 것인가, 아니면 안술을 영원히 식민화하도록 정착민을 보내는 것인가?

오렉이 말했다. "그냥 그런 식으로 표현하더군요. 아무래도 새로운 지배자가 이오라스에게 의견을 물어본 모양입니다. 야만인 사이에서 오랜 세월을 살아온 남자니까 말이지요. 그리고 이오라스는 저를 무심하고 공평한 관찰자로 봅니다. 하지만 왜 그렇게 볼까요? 그리고 왜 자신의 우유부단함을 두고 절 믿을까요? 저도 야만인인데요!"

수장 어른이 대답했다. "당신이 작가이기 때문이지요. 그러므로 알드에게는 진실을 말하는 사람이자 선지자이고."

그라이가 말했다. "어쩌면 말할 사람이 달리 없는지도 몰라. 그리고 선지자든 아니든 당신이 잘 들어주는 사람인 건 확실하니까."

오렉은 신랄하게 말했다. "말도 없고 말이지. 내가 이 모든 일에 무슨 말을 할 수 있겠어?"

수장 어른이 말했다. "당신이 이오라스에게 무슨 말을 할 수 있을지 저 역시 알 수 없지만, 부족하나마 제가 아는 바를 알려 드리면 도움이 될지 모르겠습니다. 우선 그는 안술의 여인을 노예이자 첩으로 삼았지만, 그녀를 명예롭게 대우한다고들 합니다. 이름은 티리오 악타모. 대가문의 딸입니다. 침략 전에 알고 지내던 사람이지요. 아름답고 영리하고 용기 있는 여자였어요. 지금 그녀에 대해 아는 바는 다른 사람들이 전해준 하인들의 소문뿐입니다만, 그 소문으로는 이오라스가 그녀를 아내로 대우하며 그녀가 그에게 상당한 영향을 발휘한다고 합니다."

"그분과 이야기할 수 있다면 좋을 텐데!" 그라이가 말했다.

"저도 그렇게 생각합니다." 수장 어른의 목소리는 쓸쓸하고 우울했다. 그는 잠시 멈췄다가 말을 이었다. "이도르는 간드가 아수다르의 처에게서 얻은 아들입니다. 다들 이도르가 티리오 악타모를 싫어한다고 하지요. 또 이도르가 아버지를 싫어한다고도 합니다."

오렉이 말했다. "아버지를 조롱하고 무시하기는 하지만, 복종하는 것 같던데요."

수장 어른은 한동안 말이 없다가 일어서더니, 신을 모신 벽감 앞에 가서 섰다. "이 집의 축복받은 영들이시여, 제가 진실하게 말하도록 도와주소서." 그는 중얼거리고 고개를 숙이며 닳고 닳은 벽감 턱을 건드린 후, 잠시 더 서 있다가 우리 쪽으로 돌아왔다. 그는 선 채로 말했다.

"'밤의 입'을 찾으러 병사들을 끌고 이리로 온 것은 이도르와 사제들이었어요. 그자들은 동굴이든 하수구든 어디든 밤의 입이 될 수 있는 입구를 드러내라고 집안 식구들을 고문했습니다. 몇 사람은 고문 중에 죽었지요. 그자들은 나를 살려뒀어요. 그자들은……." 그는 잠시 멈췄다가 말을 이었다. "그자들은 나에게 제일 큰 희망을 걸었습니다. 날 주술사로 보았기 때문이지요. 알드 식으로 말하자면 사제이긴 한데 적이 되는 신의 사제랄까요. 하지만 난 그자들이 알고 싶어 하는 것을 말해줄 수 없었습니다. 에누께서 손으로 내 입을 막아 거짓을 말하지 못하게 했습니다. 삼파께서 내 혀를 멈추시어 진실을 말하지 못하게 했습니다. 갈바만드의 모든 영혼이 주위를 둘러쌌습니다. 사제들은 그걸 알았지요. 날 두려워했어요. 심지어 그런 때에도……. 내가 아니라 나에게 온 신성을, 내 주위를 둘러싼 영혼들을, 우리 집과 도시와 땅의 신과 정령들이 내리는 축복을.

얼마 후에는 사제들이 날 건드리려 하지 않아서 이도르가 유일한 심문관이 되었지요. 그 역시 날 두려워했다고는 생각하지만, 그자는 자신의 대담함에 자부심을 품고 있었어요. 날 엄청난 마법사라고 믿고, 그런데도 자기 좋을 대로 할 수 있다는 사실을 자랑스러워한 겁니다. 나는 장난감처럼 그자의 잔인함을 받아냄으로써 그의 힘을 증명했어요. 그자가 하는 말에 귀를 기울여야 했지요. 그는 지껄이고 또 지껄이면서 거듭거듭 내 몸을 채운 악마가 끝내는 나와서 밤의 입을 어디에서 찾으면 될지 말해줄 거라고 했어요. 악마가 나와서 말을 하면 나도 죽을 수 있을 거라고 했지요. 모든 악이 죽을 거라고. 정의가 지상을 지배할 것이고, 자기가, 이도르가 왕 중 왕의 옥좌 옆에 앉아 영광스럽게 타오를 거라고. 그는 지껄이고 또 지껄였습니다. 난 그자에게 거짓말을 해보려고도 했고, 진실을 말하려고

도 해보았지만 그분들이 허락하지 않았어요."

수장 어른은 말하면서 앉지 않았고, 이제는 다시 신소로 돌아가서 벽감 턱에 양손을 올리고 말없이 서 있었다. 나는 그가 에누와 집 안의 신들에게 기도를 속삭이는 것을 들었다. 그는 그러고서 다시 우리에게 돌아왔다.

"그 기간 내내, 이도르가 나를 죄수로 잡고 있던 시간 내내 그자의 아버지는 보이지 않았어요. 이오라스는 감옥에 오지 않았고 마녀 사냥에도 참여하지 않았습니다. 이도르는 계속해서 아버지에 대해 불평하고, 아버지는 사제와 예언에 대해 불경하고 오만하며 간드 중의 간드가 내린 밤의 입을 찾으라는 명령도 업신여긴다고 욕했어요. '난 우리 신과 왕에게 복종하지만 아버지는 안 그래.'라고 말했지요. 그러나 이오라스의 명이었는지 아닌지는 몰라도 결국 난 풀려났습니다. 동굴과 악마 사냥도 잦아들었지요. 이따금씩 이도르나 사제들이 다시 공포 분위기를 조성하고, 파괴할 책이나 고문할 학자를 찾아 나서기는 했지만요. 이오라스는 그자들을 말리지 않았는데, 내가 보기에는 탐색을 계속하고 있다고 간드 중의 간드를 만족시키기 위해서였던 것 같습니다. 조심스럽게 걸어야 했지요. 아들이 왕의 편에 있었고 자신은 아니었으니.

하지만 이제는 이오라스에게 같은 편인 왕이 생긴 것 같고 이도르와 사제들의 힘은 급속히 약해지게 생겼습니다. 위험한 순간이 될 수도 있어요." 수장 어른은 다시 우리 옆에 앉았다. 이야기할 때는 고통스러워 보였지만, 이제는 심각하고 피곤할 뿐 힘들어 보이지는 않았다. 우리를 둘러보는 얼굴에는 여행에서 돌아와 사랑하는 사람들을 본 듯한 온화함이 깃들었다.

"위험하다는 것은……." 그라이가 운을 뗐고 오렉이 질문을 맺었다. "자기 파가 힘을 잃는 걸 알아차린 이도르가 권력을 쥐려고 할지도 몰라서인가요?"

수장 어른은 고개를 끄덕였다. "알드 군인들이 어느 쪽에 서 있는지 궁금하군요. 군인들이 아수다르의 고향집으로 돌아가고 싶어 하는 건 분명해요. 하지만 그들은 사제들을 존경합니다. 만약 이도르가 아버지에게 도전하고 사제들이 이도르 편에 선다면, 어느 쪽이 병사들의 복종을 얻을까요?"

"궁전에서 이런저런 말을 들어볼 수 있을 거예요." 그라이가 말하며 나를 흘끗 보았다. 이유는 알 수 없었다.

수장 어른이 말했다. "그밖에도 위험, 또는 희망, 또는 양쪽 다인 요소가 있습니다. 이 내용에 대해서는 침묵을 부탁드립니다. 알드에 대항하여 안술 사람들을 일으키려는 무리가 있어요. 꽤 오랫동안 저항 계획을 짜왔지요. 난 친구들을 통해서 알 뿐이고 계획을 짜는 데 참여하지는 않았습니다. 그 무리의 힘이 얼마나 되는지도 확실히 알지 못합니다. 하지만 존재하는 것은 분명하고, 궁전 안의 권력 다툼을 본다면 그들이 행동하려 할지도 몰라요."

이제야 겨우 데삭이 무슨 이야기를 하러 왔는지, 그리고 왜 늘 수장 어른과 만날 때 나를 밖으로 물렸는지 알았다. 그렇게 생각하자 분노에 휩싸였다. 왜 나는 저항에 대해, 알드에 대항하여 일어나서 싸우고 몰아내는 일에 대해 들을 수 없었나. 데삭은 내가 무서워할 거라고 생각했을까? 아니면 어린아이처럼 떠들어댈 줄 알았나? 내가 양털 머리라서 동포들을 배신할 줄 알았나?

그라이는 이 무리에 대해 더 알고 싶어 했지만, 수장 어른은 많이 이야기해줄 수 없거나 말하지 않으려 했다. 오렉은 말없이 생각에 잠겨 있다가 마침내 물었다. "안술에, 이 도시 안에 알드가 몇이나 되지요? 천, 2천 정도인가요?"

"2천은 넘습니다." 수장 어른이 말했다.

"수적으로는 한참 달리는군요."

"그러나 무장을 했고 훈련을 받았지." 그라이가 말했다.

오렉이 말했다. "훈련받은 병사들이라. 그러면 우세하긴 하지…… 그렇다 해도 이 세월 동안……."

나는 울컥하고 말았다. "우린 싸웠어요! 모든 거리에서 싸워서, 1년이나 몰아냈었어요. 그러다가 그자들이 두 배나 큰 군대를 보냈고, 죽이고 또 죽여서…… 이스타는 도시가 함락된 후에 운하가 시체로 꽉 막혀서 물이 흐를 수 없었다고 했고…….”

"메메르, 너희가 수적으로나 다른 면에서 눌린 건 알아. 시민들의 용기를 의심하는 건 아니었어." 오렉이 말했다.

"그러나 우린 전사들이 아니지요." 수장 어른이 말했다.

"아디라와 마라도 있어요!" 내가 항의했다.

수장 어른의 눈길이 잠시 내 위에 내려앉았다. "우리가 영웅을 가질 수 없다고는 하지 않았다. 하지만 우린 몇백 년 동안 대화와 논쟁과 거래와 투표에만 종사했어. 우리 싸움은 칼이 아니라 언어로 하는 것이었지. 우린 폭력적인 습관을 잃은 지 오래였고…… 알드 군대는 끝이 없어 보였다. 그들이 얼마나 더 파괴했을까? 우린 용기를 잃었어. 불구가 되었지."

수장 어른은 망가진 손을 들어 올렸다. 기묘하게 일그러진 얼굴이었다. 눈동자가 유달리 새카맸다.

"오렉, 당신 말대로 그자들에겐 우세한 면이 있어요. 하나의 왕, 하나의 신, 하나의 믿음을 가졌기에 외곬으로 움직일 수 있지요. 그자들은 강해요. 그러나 하나는 쪼개질 수 있습니다. 우리의 힘에는 많은 수도 포함돼요. 여긴 우리의 신성한 땅입니다. 우린 이곳에서 이 땅의 신과 정령들과 더불어 살지요. 그들은 우리 사이에, 우리는 그들 사이에 있어요. 우린 알드를 참아냅니다. 우린 다치고, 약해지고, 노예가 되었지요. 그러나 우리가 정말로 파괴되는 건 우리 지식이 파괴될 때뿐입니다."

이틀 후, 다시 의회당 광장을 찾으면서 겨우 그라이가 왜 "이런저런 말을 들어볼 수 있을 거예요."라면서 나를 보았는지 알았다. 그라이는 견습 마부 멤이 오렉의 낭송을 들으려고 어슬렁거리는 알드의 마구간지기나 어린 병사들과 이야기해 보길 바랐다. "귀를 세워. 메드론의 새 간드에 대해 물어봐. 밤의 입에 대해서도. 지난번에도 남자애 하나랑 꽤 오래 이야기하더라."

"여드름 난 애요." 내가 말했다.

"네가 마음에 들었나봐."

"내가 누이를 창녀로 팔지 알고 싶어 했어요."

그라이는 휘파람을 불었다. 낮고 부드러운 음조였다.

"참으렴." 그녀는 부드럽게 말했다.

수장 어른도 그런 표현을 썼다. 나는 그 말을 내 지침이자 지령으로 삼았다. 복종하리라. 참아내리라.

이번에는 간드가 오렉의 낭송을 들으러 큰 천막에서 나왔을 때 이도르와 사제들이 따라 나오지 않았다. 그런데 낭송 중에 천막 안에서 소리가 들렸다. 큰 소리로 영창을 하고 북을 치는 것을 보니 사제들이 의식을 치르는 것 같았다. 간드 주위에 앉은 조신 몇 명은 불안해하는 얼굴이었고, 몇 명은 어깨만 으쓱이고 소곤거렸다. 이오라스는 태연하게 앉아 있었다. 오렉은 읊던 연을 끝내고 침묵에 잠겼다.

간드가 계속하라는 손짓을 했다.

"경배하는 분들에게 무례한 짓이라서요." 오렉이 말했다.

"경배가 아니오. 저것이야말로 무례한 짓이지. 괜찮다면 계속하시오, 시인이여."

오렉은 절을 하고 낭송을 계속했다. 또 다른 알드 영웅담이었다. 낭송이 끝나자 이오라스는 물을 한 잔 보내고 오렉과 이야기를 나누기 시작했다. 조신 몇 명이 합세했다. 그리고 나는 내가 받은 명에 따라 뒤로 빠져나가서 마구간 그늘에 모인 소년과 남자들 쪽으로 향했다.

시미가 있었다. 그는 바로 내게 다가왔다. 그 나이 때의 나보다 덩치가 컸다. 키 크고 강한 소년이었다. 입 주위 여드름 사이에 가늘고 곱슬한 털이 있었다……. 알드는 내 동족보다 털이 많았고, 턱수염을 기른 남자가 많았다. 그래도 나에게 인사하는 시미의 알랑거리는, 자길 좋아해줬으면 하는 태도를 보자 어린아이라는 생각밖에 할 수 없었다.

내가 아는 것이라곤 나의 도시와 집과 책들뿐인 반면 시미는 군대와 함께 여행을 다니고 스스로도 훈련받는 병사였지만 그래도 나는 내가 그보다 더 많이 알고 더 강인하다는 것을 알았다. 시미도 그 사실을 알았다.

그래서 시미를 미워하기가 힘들었다. 나보다 강한 사람을 미워하는 데에는 장점이 있지만, 약한 사람을 미워하는 것은 치사하고 불편한 일이다.

시미는 무슨 말을 할지 몰랐고, 처음에는 나도 할 말이 없다고 생각했지만, 곧 정말 알고 싶었던 것을 묻고 싶어졌다. "저번에 하던 얘기 말이야. 신전과 창녀 얘기, 어디서 들었어?"

"어른들한테. 너희 야만인한테는 그런 신전이 있대. 남자들이 여사제랑 성교를 하게 하는 여신, 아니 여자 악마의 여사제들이 흥청망청 노는 신전들이 말이야. 여사제를 이 여마귀가 소유하고 있는데, 이 여자들은 아무 남자랑이나 하는 거야. 오는 사람은 아무나. 밤새도록."

그 생각에 시미의 얼굴이 눈에 띄게 밝아졌다.

나는 단호하게 말했다. "우리에겐 여사제 같은 거 없어. 사제도 없고. 우린 각자 알아서 경배해."

"글쎄, 그런 신전에는 여자만 가는 거고, 여마귀가 그들이 아무랑이나 놀게 했나 보지. 밤새도록."

"신전에 사람이 어떻게 들어가?"

안술에서 신전이란 흔히 길거리나 건물 앞이나 교차로에 있는 작은 사당을 뜻한다. 경배를 드리는 장소, 제단. 상당수는 집 안에 있는 것과 비슷한 벽감 속의 신소다. 신전 턱을 건드리며 축복을 하거나, 공물로 꽃을 놓는다. 길거리 신전들은 60에서 90센티미터 높이로 대리석을 깎고 장식해서 금박 지붕을 얹은 멋진 건물이었다. 알드는 이런 신전을 다 무너뜨렸다. 나무에 매달린 신전도 있었는데, 알드는 새집인 줄 알고 그런 신전을 내버려두었다. 사실 새가 신전에 둥지를 틀면 기쁜 일이며 축복이었고, 오래된 나무 신전들 다수는 해마다 제비와 참새와 지빠귀를 받았다. 최고의 행운은 올빼미였다. 올빼미는 '귀먹은 신'의 새이기에.

나는 알드에게는 신전이 사람이 들어가는 건물을 의미한다는 것을 알았다. 그러나 상관하지 않았다.

내 질문에 시미도 밤새도록 하는 성교 생각에서 빠져나오긴 했다. 시미는 얼굴을 찌푸리며 말했다. "무슨 소리야? 누구나 신전에 들어가."

"뭐 하러?"

"기도하러!"

"기도라는 건 무슨 의미야?"

"아스를 경배하는 거지!" 시미는 나를 빤히 보며 말했다.

"아스는 어떻게 경배하는데?"

"의식에 가잖아?" 시미는 묻는 어조로, 자기가 하는 말을 못 알아듣다니 믿을 수 없다는 듯이 말했다. "사제들이 노래하고 북을 치고 춤을 추고, 아스의 언어를 말하지? 알잖아! 손발을 대고 절을 하고, 머리로 네 번 땅을 치고 사제들 말을 따라하는 거야."

"무엇 때문에?"

"음, 원하는 게 있으면 기도하지. 땅에 머리를 부딪치면서 그걸 위해 기도하는 거야."

"그걸 위해 기도해? 어떻게 뭔가를 위해 기도해?"

시미는 정신박약이라도 보듯이 나를 보기 시작했다.

나는 그 눈길을 되돌려주었다. "말이 안 되잖아." 사실은 시미가 생각하는 기도를 이해하고 싶은 호기심이 강했지만, 나보다 우월하다고 생각하게 하고 싶지는 않았다. "뭔가를 위해서 기도할 순 없어."

"당연히 할 수 있지! 아스께 생명과 건강과, 그리고, 그리고 다른 것도 전부 달라고 기도하는걸!"

그제야 이해했다. 사람들은 겁에 질리면 에누를 부른다. 원하는 게 있으면 행운에게 기도한다. 행운이 '귀먹은 신'이라 불리는 것도 그래서다. 그러나 나는 경멸조로 말했다. "그건 기도가 아니야. 구걸이지. 우린 소원이 아니라 축복을 위해 기도해."

시미는 충격받고 당황했다. 언짢은 얼굴로 말했다. "너흰 축복받을 수 없어. 아스를 믿지 않잖아."

이번엔 내가 충격받았다. 누군가에게 축복받을 수 없다고 말하는 건 끔찍한 짓이었다. 시미는 그렇게 잔인한 짓을 생각할 수 있는 사람처럼 보이지 않았다. 나는 한참 만에, 훨씬 조심스럽게 말했다. "믿는다는 게 무슨 뜻이야?"

시미는 나를 빤히 보았다. "아스를 믿는다는 건…… 어, 아스가 신이라는 걸 믿는 거지."

"그야 당연하지. 신은 다 신이야. 아스라고 신이 아니겠어?"

"너희가 신이라고 부르는 건 악마들이야."

나는 잠시 생각해보았다. "내가 악마라는 게 있다고 믿는지는 잘 모르겠지만, 나도 신들은 알아. 왜 딱 한 신만 '믿고' 다른 신은 하나도 믿으면 안 되는지 이해가 안 가는데."

"아스를 믿지 않으면 저주받고 죽어서 마귀가 되니까지!"

"누가 그래?"

"사제들이!"

"그 말을 믿어?"

"그래! 사제들은 그런 걸 알아!" 시미는 점점 더 언짢아졌고, 화난 투로 말했다.

"안술에 대해서는 많이 아는 것 같지 않은데." 나는 뒤늦게 이런 식으로 반감을 사는 것은 정보를 얻기에 좋은 방법이 아니라는 것을 깨달았다. "아수다르에 대해서야 다 알겠지. 하지만 여긴 달라."

"그야 너희가 야만인이니까 그렇지!"

"그래." 나는 고개를 끄덕이며 동의했다. "우린 이교도야. 그래서 신이 많이 있어. 하지만 악마는 없어. 사제도. 신전 창녀도. 키가 20센티미터라면 모르지만."

시미는 찌푸린 얼굴로 말이 없었다.

"군대가 여기에 특별히 나쁜 장소를 찾으러 왔다고 들었어." 나는 잠시 후에, 솔직하지 못한 기분과 노출된 기분을 동시에 느끼면서 애써 친근하게 말했다. "땅 속에 있는, 온갖 악마들이 튀어나올 구멍이라나."

"그럴걸."

"왜?"

"몰라." 시미는 뚱한 얼굴로 엷은 빛깔의 눈을 가늘게 뜨고 얼굴을 찡그렸다.

우리는 그늘진 포장돌 위에 앉아 있었다. 나는 돌에 깔린 흙먼지에 X표를 그리기 시작했다.

"누가 그러는데 메드론에 있는 너희 왕이 죽었다며." 나는 최대한 가볍게 말했다. 그들의 말 '간드'가 아니라 우리 옛말인 '왕'이라고 표현했다.

시미는 고개만 끄덕였다. 아까의 논쟁 때문에 시무룩해진 것이다. 그는 한참 있다가 말했다. "메케는 새로운 최고 간드가 군대보고 이수다르로 돌아오라고 명령할지도 모른댔어. 넌 좋겠네." 그는 뚱하니 나를 곁눈질했다.

나는 어깨를 으쓱였다. "너는?"

시미는 어깨를 으쓱였다.

시미가 더 말하게 하고 싶었지만, 방법을 알 수 없었다.

"핏팻이네."

이번엔 내가 그를 미친 놈 보듯 보았지만, 그는 내가 흙 묻은 돌 위에 그려 놓은 무늬를 내려다보고 있었다. 그는 손을 뻗어 십자표 한쪽 칸 안에 선을 그었다.

"우린 바보 놀이라고 부르는데." 그렇게 말하면서 나는 다른 칸 안에 선을 그었다. 우리는 비길 때까지 놀이를 계속했다. 진짜 바보가 아닌 한 바보 놀이의 결과는 늘 그랬다. 그 후에 시미는 나에게 '매복 찾기'라는 놀이를 가르쳐주었다. 각자 네모 칸에 감춰진 X표, 즉 매복을 하나씩 두고, 순서가 돌아올 때마다 상대방의 매복이 어느 것인지 추측해서 상대의 매복을 먼저 찾아내는 사람이 이기는 놀이였다. 시미가 세 판 중 두 판을 이겼고, 덕분에 기분이 좋아져서 말이 많아졌다.

"군대가 아수다르에 돌아가게 되면 좋겠어. 난 결혼하고 싶거든. 여기선 결혼을 못 해." 시미가 말했다.

"간드 이오라스는 했잖아." 말하고 나서 너무 나갔나 걱정했지만, 시미는 히죽 웃고 외설적으로 혀 차는 소리를 냈다.

"티리오 왕비? 메케가 그러는데 그 여자도 처음엔 신전 창녀였대. 그러다가 간드에게 주문을 걸었다나."

신전 창녀 이야기는 더 들어줄 수가 없었다. "신전 따위는 없었어. 우리에게는 축제가 있었지. 도시 전체에서 행진을 하고 춤을 추고. 그런데 너희 알드가 다 막아버렸어. 춤추는 사람은 다 죽였어. 너흰 너희의 바보 같은 악마를 너무 무서워했어." 나는 일어서서 발로 십자표를 문질러버리고 마구간으로 걸어갔다.

일단 마구간에 도착하자 어떻게 해야 할지 몰랐다. 스스로가 부끄러웠다. 나는 참아내지 못했다. 도망쳐버렸다. 나는 브랜티를 들여다보았고, 나를 알아본 브랜티가 반쯤 웃는 소리를 냈다. 브랜티는 입가에 귀리를 한 줌 물고 오랫동안 질겅거리고 있었다. 늙은 마부는 근처 톱질 굄목에 걸터앉아서 동경하는 듯한 표정으로 브랜티를 바라보았다. 그는 나를 보고 고개를 끄덕였다. 브랜티는 계속 귀리를 가지고 놀았다. 나는 기둥에 몸을 기대고 팔짱을 끼면서 내가 냉담하고 가까이하기 힘들어 보이길 바랐다.

그리고 시미가 마구간 뜰을 가로질러 왔다. 구부정한 걸음으로, 꾸짖음당한 개처럼 굽실거리고 히죽거리면서.

"어이, 멤." 그는 2분 전이 아니라 며칠 전에 헤어진 사람처럼 말했다.

나는 고개를 까딱했다.

시미는 늙은 마부가 브랜티를 보는 것과 비슷한 눈으로 나를 보았다.

"우리 아버지 말이 저기 있어. 가서 보자. 메드론의 왕실 마구간 출신이라고."

그는 뜰을 가로질러 마주 보는 칸으로 가서 밝은 색 갈기에 불안하게 눈을 반짝이는 아름다운 밤색 암말을 보여주었다. 시장에서 나에게 달려왔던 말과 비슷했다. 어쩌면 바로 그 말인지도 몰랐다. 암말은 칸막이문 너머로 나를 곁눈질하더니 고개를 흔들었다.

"이름은 '승리'야." 시미가 암말의 목을 토닥이려 하면서 말했다. 암말은 고개를 홱 젖히고 뒷걸음질쳤다. 시미가 다시 시도하자 그에게 고개를 돌리고 길고 누런 이를 드러냈다. 시미는 잽싸게 손을 물렸다. "진짜 군마야."

나는 마치 말에 대한 경험과 심원한 지식으로 가늠해보는 것처럼 말을 응시하다가 선심 쓰듯 고개를 끄덕이고, 어슬렁어슬렁 뜰을 다시 가로질렀다. 차이와 셰타르가 막 출입구를 들여다보아서 마음이 놓였다. 사자를 보거나 냄새를 맡은 말들이 칸막이 안에서 히힝거리고 발길질을 했다. 서둘러 차이에게 달려가는데 뒤에서 시미가 외쳤다. "내일 또 보는 거지, 맴?"

갈바만드로 돌아가는 길에 두 사람에게 시미를 신문하려던 내 시도를 말해주었다. 나는 정말 바보 같고 결과도 없었다고 생각했지만 그들은, 그리고 나중에 수장 어른은 주의 깊게 들었다. 그들은 내가 밤의 입에 대해 직접적으로 말했을 때 시미가 그 문제를 모르거나, 관심이 없어 보였던 데 주목했고 새로운 간드 중의 간드가 군대를 아수다르로 불러들일지 모른다고 들었다는 시미의 말에도 주의를 기울였다.

"이도르에 대해서는 뭐라고 했니?" 그라이가 물었다.

"어떻게 물어야 할지 몰랐어요."

"똑똑한 친구더냐?" 수장 어른이 물었다.

"아뇨, 멍청해요." 말하고 나니 부끄러웠다. 설령 그게 사실이라 하더라도.

낮은 무척 따뜻했고, 저녁은 온화했다. 우리는 저녁 식사 후에 회랑에 앉는 대신 회랑과 통하는 작은 외곽 뜰로 나갔다. 두 면은 집의 벽으로 가려지고 나머지 두 면은 가느다란 기둥으로 받친 아케이드로 구별지어진 뜰이었다. 집 동쪽 뒤편으로 바로 언덕이 솟아올랐고, 꽃을 피우는 과목의 향기가 맴돌았다. 우리는 저녁 하늘이 희미하게 초록빛을 띠고 열려 있는 북쪽을 보고 앉았다.

"이 집은 언덕 면 속에 지어졌군요?" 오렉은 이 뜰 위에 자리한 상방의 북쪽 창과, 겹겹이 이어지는 오래된 건물의 벽과 지붕들을 올려다보며 말했다.

"그래요." 수장 어른은 대답했고, 그 어조에 무엇이 깃들어 있었는지는 몰라도 나는 목덜미 털이 곤두섰다.

그는 잠시 후에 말을 이었다. "안술은 서부 해안에서 제일 오래된 도시이고, 이곳은 안술에서 제일 오래된 집이지요."

"아리탄이 천년 전 사막에서 왔고, 그들이 발견했을 때는 우리가 아는 이 모든 땅에 사람이 없었다는 게 사실인가요?"

"천년보다 더 오래전에, 사막보다 더 먼 곳에서 왔지요." 수장 어른이 말했다. "'동틀 녘'이라고 하더군요. 그들은 동쪽 멀리 있던 위대한 제국의 백성들이었어요. 자기네 땅과 서쪽 땅을 가르는 사막으로 탐험가들을 보냈는데, 마침내 한 무리가 수백 킬로미터 너비의 사막을 가로질러 서부 해안의 초록색 계곡으로 가는 길을 찾아냈다지요. 타라몬이 그 무리를 이끌었고, 다른 이들이 뒤따랐습니다. 그 책들은 무척 오래되고 단편적이어서 이해하기가 어려워요. 지금은 상당수가 소실되었지요. 그러나 그 책들은 이곳으로 온 사람들이 동틀 녘 땅에서 쫓겨났다고 말하는 것 같았습니다." 그는 아리탄으로 한 구절을 읊은 다음 우리말로 옮겼다. "'추방자의 샘을 지키는 강 없는 황무지…….' 우리는 그 추방자들의 자손인 겁니다."

"그리고 그 후로는 동쪽에서 아무도 오지 않는 건가요?"

"동쪽으로 돌아간 자들도 없지요."

"알드를 빼고는요." 그라이가 말했다.

"그들은 사막으로 돌아갔거나 그곳에 남았지만, 그것도 샘과 강이 있는 서쪽 변경에만 사는 정도입니다. 아수다르 동쪽은 천 킬로미터에 걸쳐 태양만이 간드 중의 간드요. 모래가 그 백성들이라 하지요."

"우린 우리가 전혀 알지 못하는 세상에서도 먼 변경에 사는 거군요." 오렉은 어슴푸레하고 깊은 하늘을 응시하며 말했다.

"타라몬과 그 동료들이 섬뜩한 힘을 지닌 주술사여서 쫓겨 났다고 생각하는 학자도 있습니다. 그런 사람들은 두 분이 오신 고원지대에 있는 것과 같은 '선물'이 동틀 녘에서 온 사람들 사이에는 흔했다고, 그러나 몇백 년이 흐르면서 사라져버렸다고 생각하지요."

"수장 어른은 어떻게 생각하시죠?" 그라이가 물었다.

"지금 여기엔 그런 선물은 없어요." 수장 어른은 조심스럽게 말했다. "그러나 안술의 초기 기록에는 악타모 집안의 여자들에게 치료를 받으러 찾아오던 사람들 이야기가 있습니다. 눈먼 사람을 보게 하고 귀먹은 사람을 듣게 해줄 수 있었다는군요."

"코드만트처럼!" 오렉이 그라이에게 말했고, 그라이가 말했다. "내가 생각한 대로 역방향이야!" 두 사람이 무슨 말인지 설명해주려는데 갑자기 회랑에서 우리가 앉은 뜰로 나오는 문에 데삭이 나타났다.

정기적으로 수장 어른을 찾는 이들이 다 그렇듯, 데삭도 갈바만드의 오래된 부분을 통해 들어왔다. 그쪽은 잠그는 법이 없었다. 이스타가 위험하다고 안달하기도 했지만, 수장 어른이 "갈바만드의 문에 자물쇠는 없어요."라고 말하면 끝이었다. 데삭이 불쑥 나타나서 세타르를 놀랜 것도 그래서였다. 반사자는 머리를 숙이고, 뱀처럼 험악하게, 귀를 눕히고 그를 노려보았다. 데삭은 문간에서 멈춰 섰다.

그라이가 쉿 소리로 책망하자 셰타르는 으르렁거리면서 주저앉았지만, 아직 노려보는 눈길은 돌리지 않았다.

"어서 오게, 친구. 같이 앉게나." 수장 어른이 말하는 사이 나는 서둘러 의자를 찾으러 갔다. 그 사이에 데삭은 수장 어른 옆에 놓인 내 의자를 차지했다. 데삭다웠다. 못되거나 상스럽지는 않았지만, 데삭은 자기가 관심을 두지 않은 사람은 존재하지 않는 것처럼 굴었다. 그에게 나는 가구를 들고 오는 사람일 뿐이었고, 가구와 비슷한 정도밖에 중요하지 않았다. 그는 알드처럼 외곬이었다. 어쩌면 병사란 그래야 하는지도 모른다.

옮길 만한 의자를 찾아서 들고 나가 보니 데삭은 이미 오렉과 그라이에게 소개된 후였고, 수장 어른이 이 사람이 저항군 지도자라고 말했는지 데삭이 직접 말했는지는 몰라도 그쪽 이야기를 하고 있었다. 나는 앉아서 귀를 기울였다.

데삭은 그제야 나를 돌아보았다. 가구에게는 귀가 없는 법이다. 그는 나에게서 수장 어른에게로 눈을 돌렸다. 늘 그랬듯이 나를 내보내라는 뜻이 깃든 눈빛이었다.

"메메르가 어느 병사의 아들을 아는데, 그 아이가 알드 사이에서 군대가 아수다르로 돌아오라는 부름을 받을 거란 얘기가 돈다고 했다네." 수장 어른이 데삭에게 말했다. "그리고 그 아이가 티리오 악타모를 '티리오 왕비'라고 불렀다는군. 흔한 농담이라는 듯이. 이런 말 들어봤나?"

"아니요." 데삭은 딱딱하게 대답했다. 그는 다시 나에게 시선을 던졌다. 그 모습이 귀를 눕히고 노려보는 셰타르와 조금 비슷했다(정작 셰타르는 이제 데삭을 무시하기로 결정하고 부지런히 뒷발을 청소하고 있었다). "여기에서 하는 말은 이 뜰 밖으로 나가서는 안 됩니다." 데삭이 선언했다.

"물론이네." 수장 어른이 말했다. 언제나처럼 상냥하고 편안한 말투였지만, 그라이가 사자에게 쉿 소리를 낼 때와 비슷한 효과가 나타났다. 데삭은 나에게서 눈을 돌리고 목을 가다듬더니, 턱을 문지르며 오렉에게 말했다.

"복된 에누께서 당신을 이리로 보내신 겁니다, 오렉 카스프로. 아니면 귀먹은 신께서 우리에게 필요한 순간에 당신을 불러들였는지도 모르지요."

"필요라니요?" 오렉이 말했다.

"사람들이 무기를 들게 하는 데 위대한 시인보다 능할 사람이 있겠습니까?"

오렉의 얼굴이 차가워지고 몸이 굳어졌다. 잠시 침묵이 흐른 뒤에 그가 말했다. "내 힘이 미치는 일은 하겠지만, 난 이방인입니다."

"침략자에 맞설 때는 모두가 하나입니다."

"난 시장보다 궁전에 더 오래 머물렀습니다. 간드의 요청에 따랐고요. 당신네 사람들이 왜 날 믿겠습니까?"

"사람들은 당신을 믿습니다. 당신이 온 것이 안술의 위대한 나날이 돌아올 조짐이요, 신호라고들 합니다."

"난 신호가 아니라 시인입니다." 오렉이 말했다. 이제 그의 얼굴은 바위처럼 딱딱했다. "압제에 대항하여 일어나는 도시라면 자기만의 대변자를 찾을 겁니다."

"우리가 부르면 당신이 우리를 대변할 겁니다." 데삭은 그와 똑같이 확신을 갖고 말했다. "우린 당신의 시 〈자유〉를 노래했습니다. 벌써 10년이나 안술에서, 문 뒤에 숨어서요. 그 노래가 어떻게 여기까지 왔고, 누가 가져왔을까요? 입에서 입으로, 영혼에서 영혼으로, 땅에서 땅으로 전해졌지요. 마침내 우리가 그 노래를 큰 소리로 적의 면전에서 부를 때, 그때도 당신이 조용히 있을 수 있을까요?"

오렉은 아무 말도 하지 않았다.

"난 군인입니다. 사람들을 싸워 이기게 하는 게 무엇인지 압니다. 당신 같은 목소리가 무슨 일을 할 수 있는지 압니다. 그리고 당신이 여기 온 이유가 바로 그것임을 압니다."

"난 간드가 와달라고 했기 때문에 왔어요."

"간드가 당신을 부른 건 안술의 신들이 그의 마음을 움직였기 때문입니다. 우리의 시간이 오고 있기 때문입니다. 균형이 바뀌고 있어요!"

"친구여." 수장 어른이 말했다. "균형은 바뀌고 있는지도 모르지만, 그 저울이 자네 손에 있나?"

데삭은 건조한 미소를 띠고 빈손을 내밀었다.

수장 어른은 계속해서 말했다. "알드 병사 사이에 우리가 이득을 얻을 만한 불안의 징후는 없네. 알드의 정책에 어떤 변화가 있는지도 아직 확실치 않아. 이오라스와 이도르 사이에 무엇이 오가는지도 모르고."

"아, 하지만 그거라면 알지요. 이오라스는 이도르에게 수행원과 병사들을 딸려서 메드론으로 돌려보낼 작정입니다. 겉보기에는 새로운 간드 아크레이에게 지시를 구하기 위해서라지만 사실은 이도르와 사제들을 안술에서 내보내려는 것이지요. 오늘 아침에 티리오 악타모의 하인 이알바가 저희가 줄을 대놓은 궁전 노예들에게 전해준 소식입니다. 티리오는 이제까지 충실한 정보원 노릇을 해주었어요."

"그렇다면 이도르가 떠나기를 기다려서 움직일 작정인가?"

"왜 기다립니까? 왜 쥐가 함정을 빠져나가게 두겠어요?"

"공격할 계획인가? 막사를?"

174

"공격 계획은 있습니다. 그자들이 예측할 만한 장소나 시간에는 아니지만."

"자네에게 무기가 있는 줄은 아네만, 사람도 있나?"

"무기도 있고, 사람도 충분합니다. 시민들이 합세할 거예요. 20대 1입니다, 술터! 오랜 압제와 노예 생활, 모욕, 오욕, 분노의 세월이 지푸라기에 붙은 불처럼 도시 전역에서 터져 나올 거예요. 우리가 얼마나 많고, 저들이 얼마나 적은지만 보면 될 일! 우리에게 필요한 건 하나의 목소리, 우리를 불러일으킬 목소리뿐!"

데삭의 열정이 나를 흔들었고, 지금 그의 눈길을 받고 있는 오렉도 흔들었음을 알 수 있었다. 봉기, 폭동…… 저 오만한 푸른 외투들에게 맞서고, 그자들을 말에서 끌어내리고, 그자들이 우리에게 했던 것처럼 그들을 대하고, 우리를 위협했던 것처럼 그들을 위협하고, 그자들을 이 도시에서, 우리 삶에서 몰아내고 몰아내고 몰아내고……. 아아! 얼마나 오랫동안 원했던가! 데삭을 따르리라. 이제 데삭의 진정한 모습이 보였다. 지도자요, 전사인 그의 모습이. 옛 영웅을 따른 사람들처럼 나도 불과 물을 뚫고, 죽음 속에서마저 그를 따르리라.

그러나 오렉은 조용한 얼굴로 말없이 앉아 있었다.

그리고 사자만큼이나 경계를 늦추지 않은 그라이도 말이

없었다.

팽팽한 침묵 속에서 수장 어른이 말했다. "데삭, 내가 이 문제를 묻는다면…… 내가 답을 받는다면…… 그 답을 듣겠나?" 그는 '묻는다'는 말에 묘한 강세를 두었다.

데삭은 수장 어른을 보았다. 처음에는 이해하지 못하는 것 같았지만, 이내 얼굴을 찡그렸다. 그는 질문을 하려 했지만 수장 어른의 표정이 그를 저지했다. 데삭의 엄하고 슬프고 풍상에 찌든 얼굴이 천천히 모호하고 확신이 없는 표정으로 변했다. "그래요." 데삭은 주저하며 말했다가, 더 강하게 다시 말했다. "그렇소!"

"그렇다면 묻겠네." 수장 어른이 말했다.

"오늘 밤에?"

"그렇게 급한가?"

"그래요."

"좋네."

"내일 아침에 오지요." 데삭이 말하고 활력에 차서 일어섰다. "술터, 내 친구여, 마음으로부터 감사합니다. 우린 보게 될 겁니다. 당신도 보게 될 겁니다…… 당신의 정령들이 우릴 위해 말해줄 겁니다." 그는 오렉을 돌아보았다. "그리고 당신의 목소리가 우릴 부를 겁니다. 당신은 우리와 함께할 거요. 난 압니다. 그리고 우린 이곳에서, 자유로운 도시의 자유민으로 다시 만날 겁니다! 레로와 안술의 모든 신의 축복이 여러분 모두에게, 그리고 지금 우리 말을 듣고 있는 갈바만드의 모든 영혼과 그림자 위에 내리기를!" 그는 군인답게 의기양양한 걸음걸이로 걸어 나갔다.

오렉, 그라이, 그리고 나는 서로를 쳐다보았다. 뭔가 중요한 말이 나왔고, 어떤 약속이 맺어졌건만 우리 셋은 그것을 이해하지 못했다. 수장 어른은 어두운 얼굴로, 아무도 보지 않고 앉아 있었다. 마침내 그는 우리를 둘러보았다. 그의 눈길은 나에게 떨어졌다.

수장 어른이 말했다. "이곳에 도시가 있기 전에, 집이 지어지기 전에 여기에는 신탁소가 있었지요." 그리고 그는 아리탄으로 말했다. "그들은 사막을 건너 여기로 왔네. 지친 사람들. 추방자들. 그들은 서쪽 바다 위 언덕으로 올라와서 바다 건너에 있는 하얀 술을 보았네. 언덕 옆에는 동굴이 있었고, 그 동굴에서 샘이 솟았네. 그들은 동굴 속 어둠에 쓰인 글자를 보았네. '여기에 머물라.' 그래서 그들은 샘의 물을 마시고, 그곳에 도시를 세웠네."

9

자리는 곧 파했고, 수장 어른은 나에게 말했다. "방으로 오너라, 메메르."

그래서 나는 잠시 후에 집 뒤편으로 가 허공에 문자를 그리고 언덕 아래 어둠 속으로 이어지는 숨겨진 방으로 들어갔다.

수장 어른은 잠시 후에 왔다. 나는 독서용 탁자에 기름등을 켜두었다. 그는 들고 온 작은 등잔을 내려놓았지만 불어서 끄지는 않았다. 내가 오렉의 책을 펼쳐 놓은 것을 보더니 살짝 웃었다.

"그 사람의 시가 좋으냐?"

"다른 누구보다요. 데니오스보다도 좋아요!"

그는 다시, 이번에는 더 활짝, 놀리듯이 웃었다. "아, 이런 현대 시인들도 다 좋지만 레갈리에 범접할 시인은 없지."

레갈리는 천년 전에 이곳 안술에 살면서 아리탄으로 시를 썼다. 언어도 어렵고 시도 어려워서, 수장 어른이 사랑하는 시인인 줄 잘 알면서도 나는 그녀의 시를 많이 읽지 못했다.

"때가 오면 알 거야." 그는 내 표정을 보고 말했다. "때가 오면……. 자, 해야 할 말과 물어야 할 말이 있구나, 메메르야. 잠시 내가 말하게 해다오." 우리는 등불이 만들어주는 부드러운 빛의 구체 안에서 서로 마주 보고 앉았다. 그 불빛 주위로 높고 긴 방이 어두워져갔다. 이따금씩 책등에 금박으로 박힌 글자가 번득였고, 책들 자체는 조용한 모임, 다채로운 어둠이었다.

수장 어른은 겁이 날 정도로 내 이름을 상냥하게 불렀다. 그러나 얼굴은 고통에 시달릴 때처럼 엄했다. 입을 열었을 때, 그 말은 힘겹게 나왔다. "네게 잘해주지 못했다, 메메르."

나는 아니라고, 내 삶의 보물은, 사랑과 충절과 배움은 모두 당신에게서 받은 것이라고 항의하려 했지만 그는 부드럽게 나를 막았다. 여전히 엄숙한 얼굴이었다. "너는 내게 위안이었어. 귀중한 위안이었지. 그리고 나는 위안밖에 찾지 않았다. 희망을 버렸어. 나에게 삶을 준 이들에게 빚을 갚지 않았어. 너에게 읽는 방법을 가르쳤지만, 한 번도 네게 시와 이야기 말고도 읽을 것이 있다는 사실을 알려주지 않았지…… 여기에. 난 네게 쉽게 줄 수 있는 것만 줬다. 난 혼잣속으로 말했지. 메메르는 어린아이다, 왜 짐을 지워야 한단 말인가……."

나는 등 뒤로 방의 어둠을 의식했다. 그 존재감을 느꼈다.

수장 어른은 끈기 있게 말을 이었다. "그라이의 바레 집안이 동물과 말을 할 수 있거나, 악타모 가문이 치유를 할 수 있었던 것처럼 핏줄로, 혈통으로 이어지는 선물에 대해 이야기하고 있었지. 우리 갈바에게도, 조상들이 영혼이자 그림자로 이 집에 사는 우리에게도 그런 게 있다. 어쩌면 선물이 아니라 책임일지도 몰라. 구속일지도 모르고. 우리는 이 장소에 사는 사람들이다. '여기 머물라.' 우린 여기 머문다. 여기, 이 집에. 이 방에. 여기 있는 것을 지키지. 이 문을 열고 닫는다. 그리고 신탁의 말을 읽는다."

그가 신탁이라는 말을 내놓는 순간, 나는 그가 무슨 말을 하려는지 알았다. 그가 해야 했고 내가 들어야 했던 말이었다.

그러나 내 심장은 차갑게 가라앉았다.

"겁을 먹은 나머지 너에게 말할 필요는 없다고 스스로를 속였지. 신탁의 시대는 지나갔다고. 이제는 사실이 아닌 옛이야기일 뿐이라고……. 진실은 이야기 속에서 빠져나올 수 있단다. 진실이었던 것이 무의미해지고 거짓이 되는 건 그 진실이

다른 이야기 속으로 들어갔기 때문이야. 샘물은 다른 곳에서 솟을 뿐. 신탁의 분수는 2백 년 동안 말라 있었어……. 그러나 분수에 물을 보내던 샘은 지금도 흐르고 있다. 이곳에서. 이 안에서."

수장 어른은 나를 마주 보고, 점점 어둡고 낮아지면서 그림자 속으로 뻗어가는 방 끝을 마주 보고 앉아 있었다. 그는 더 이상 나를 보지 않았다. 어둠 속을 보고 있었다. 수장 어른이 입을 다물자 나는 희미하게 흐르는 물 소리에 귀를 기울였다.

"난 내 의무를 보고 거기에 매달렸지. 그나마 남은 것…… 여기 남은 책과 사람들이 보존해달라고 가져오는 책…… 안술의 영광이 남긴 마지막 보물을 지키고 전하는 게 내 의무라고. 그리고 그날 네가 여기 이 방에 들어와서 문자에 대해, 읽는다는 것에 대해 이야기했을 때…… 기억하느냐?"

"기억해요." 나는 대답했고, 그 기억에 조금 마음이 따뜻해졌다. 나는 내가 읽고 알고 사랑해온 내 친구들, 책들이 꽂힌 서가를 보았다.

"나는 너도 똑같은 일을 하기 위해, 내 자리를 이어받아 등불이 꺼지지 않게 하려고 태어났다고 스스로를 설득했지. 그리고 그런 위안에 매달려서 내게 다른 의무가 있다는 것을, 너에게 달리 가르칠 것이 있다는 걸 부인했다.

"몸이 나처럼 망가지면 마음도 꼴불견이 되지." 그는 양손을 내밀었다. "난 나 자신을 믿을 수가 없단다. 두려움에 사로잡히고 말았어. 그래도 너를 믿었어야 하는 건데."

나는 그에게 간청하고 싶었다. '아니요, 믿지 마세요. 절 믿으시면 안 돼요. 전 약해요. 저도 두려워요!' 그러나 말이 나오지 않았다.

수장 어른은 이제까지 모질게 말했다. 잠시 후에 말을 이었을 때는 목소리에 부드러움이 돌아와 있었다. "그래서, 역사를 조금 더 말해주마. 넌 정말 어렸을 때도 인내심을 갖고 모든 역사를 배웠지. 이 모든 세월의 무게, 몇백 년 전에 죽은 사람들이 짊어졌던 책무를 네 어깨에 얹었어! 넌 모두 견뎌냈으니 이것 또한 견딜 수 있을 게다.

네 집은 신탁의 집이고, 우리는 신탁을 읽는 사람이다. 신탁은 이곳에, 이 방에 있어. 너는 글이 무엇인지 알기도 전에 널 여기 들여보내주는 단어를 쓸 줄 알았지. 지금도 그런 식으로 쓰인 글을 읽는 방법을 알게 될 거야.

첫 번째 글은 내가 방금 말했지. '여기 머물라.'

초창기에는 4대 가문 사람들 모두가 신탁을 읽을 수 있었다. 그것이 네 가문의 힘이자 신성이었어. 아리탄 추방자들은 이 해안에 정착하여 다른 곳에 마을을 만들기 시작했지만, 그래도 안술로, 신탁의 집으로 돌아왔다. 질문을 들고 왔지. 이렇게 해도 될까요? 이렇게 하면 무슨 일이 일어날까요? 그들은 분수로 가서 물을 마시고, 축복을 청하고, 질문을 던졌다. 그러면 신탁을 읽는 자들이 집 안으로, 동굴 안으로, 어둠 속으로 들어갔지. 그리고 질문이 받아들여지면, 허공에 쓰인 답을 읽었어.

때로는 아무 질문 없이 어둠 속으로 들어갔는데도 반짝이는 단어들을 보기도 했지.

이 모든 신탁의 말은 기록되었다. 그 말들을 기록한 책을 '갈바의 책'이라고 불렀지. 세월이 흐르면서, 신탁의 동굴에 이 집을 지은 갈바 집안만이 그 책들의 유일한 지킴이이자 그 말들의 해석자이며 신탁의 목소리가 되었기 때문이다. 우리만이 '읽는 자'들이 되었지.

이는 결국 질투와 경쟁심을 불러일으켰다. 우리가 힘을 나눌 수 있었다면 좋았겠지만, 그게 가능했을 것 같지는 않아. 선물은 주고 싶다고 줄 수 있는 것이 아니니까.

갈바의 책들은 신탁의 기록만이 아니었다. 때로는 누구의 손도 건드리지 않았는데 책 속의 글귀가 바뀌기도 했어. 읽는 자가 책을 열었다가 아무도 쓴 적 없는 말을 발견하기도 했지. 신탁은 동굴의 어둠보다 책장을 통해 더 자주 말했단다.

그러나 그 말들은 그 자체로는 모호할 때가 많았다. 해석이 필요했어. 그리고 묻지 않은 질문에 대한 답도 있었고……. 그래서 위대한 읽는 자 다노 갈바는 이렇게 말했다. '우리가 찾는 것은 진정한 답이 아니다. 우리가 찾는 길 잃은 양은 진정한 질문이다. 답은 꼬리가 양을 따라오듯 질문을 따라온다.'"

말을 잇는 동안 수장 어른은 내 뒤 허공에서 자기 생각을 보고 있었다. 그는 이제 다시 나를 보고, 입을 다물었다.

"신탁을 읽어보셨어요?" 나는 마침내 물었다. 마치 한 달 만에 말을 한 것처럼 목이 마르고 목소리에 힘이 없었다.

수장 어른은 천천히 대답했다. "스무 살 때 어머니를 길잡이 삼아 갈바의 책들을 읽기 시작했지. 제일 오래된 책부터 읽었다. 그런 책에 적힌 말들은 고정되어 더는 변하지 않았어. 그러나 제일 오래된 책들은 제일 모호하기도 했지. 질문 없이 답만 적어놓아서, 꼬리를 보고 양을 추측해야 했거든……. 그리고 나중에 나온, 질문과 답이 다 적힌 책들을 많이 보았지. 질문과 답 모두 모호할 때도 많았지만 연구하면 보답이 돌아왔어. 그리고 도서관이 갈바만드 밖으로 옮겨진 후에는 질문이 더 적었지. 답이 변하거나 사라지거나 질문 없이 나타나기도 했고. 그런 책들은 두 번 읽을 수 없어. 신탁의 샘에서 같은 물을 두 번 마실 수 없는 것과 마찬가지로."

"질문을 해보셨어요?"

"한 번." 그는 짧게 웃고 왼손 손가락 마디로 윗입술을 문질렀다. "직접적이고 명료하니 신탁이 답해줄 만한 질문이라고 생각했지. 안술이 처음 도시를 포위했을 때였다. 난 이렇게 물었지. 알드가 도시를 점령할까요? 답은 받지 못했어. 아니면 답을 받았는데 엉뚱한 책을 보고 있었는지도 모르지."

"어떻게…… 어떻게 묻죠?"

"보게 될 거다, 메메르. 오늘 밤 데삭에게, 그 사람이 계획하는 폭동에 대해 신탁을 묻겠다고 했지. 데삭은 신탁을 옛이야기로만 알지만, 답이 나온다면 그게 대의에 도움이 될 거라는 걸 알고 있어."

수장 어른은 잠시 나를 뜯어보았다. "네가 같이 했으면 한다. 할 수 있겠니? 너무 이른가?"

"모르겠어요."

나는 두려움과 한기, 까닭 없는 공포로 굳어 있었다. 수장 어른이 그 책들, 신탁의 책들에 대해 말하기 시작하고부터 목과 팔의 털이 일어선 상태였다. 그 책들을 보고 싶지 않았다. 그 책들이 있는 곳에 가고 싶지 않았다. 나는 그 책이 어디에 있는지, 그게 어느 책인지 알고 있었다. 그 책들을 건드리는 생각만 해도 숨이 막혔다. "아니요, 못해요."라고 말할 뻔했지만, 그 말 역시 목에 막혔다.

내 입에서 마침내 나온 말은 나를 경악시켰다. "그게 악마인가요?"

수장 어른이 대답하지 않자 나는 계속 말했다. 거칠고 막연한 말들이 터져나왔다. "수장 어른은 제가 갈바라고 하시지만 아니에요. 전 갈바인 것만이 아니라…… 둘 다이고, 둘 다 아니에요. 어떻게 제가 이런 걸 물려받을 수 있죠? 이제껏 알지도 못했는데요. 제가 어떻게 이런 걸 할 수 있겠어요? 제가 어떻게 이런 힘을 갖고, 무서운데, 악마들이 무서운데요. 알드의 악마들이지만…… 저도 알드인데!"

수장 어른은 작은 소리를 내어 내 말을 막고 나를 달랬다. 나는 침묵에 빠졌다.

수장 어른은 물었다. "너의 신들이 누구지, 메메르?"

나를 가르칠 때 던지던 것 같은 질문이었다. 《트론드 너머 땅들의 역사》에서 에론트가 뭐라고 하더냐?"처럼. 나는 마음을 추스르고, 내가 아는 바를 진실하게 말하려고 노력하며 할 수 있는 답을 했다.

"제 신은 레로이고, 길을 수월하게 만드시는 에누입니다. 세상을 꿈꾸는 데오리. 양쪽을 다 보시는 분. 화롯불의 지킴이들과 문간의 수호자들. 정원사 이에네. 귀먹은 신 행운. 샘과 물의 지배자이신 카란. 둘이 하나이신 파괴자 삼파와 창조자 삼

파. 요람의 테루, 무덤에서 춤추는 아나다. 숲과 산의 신들. 바다의 말들. 제 어머니 데칼로와 수장 어른의 어머니 엘레요, 그리고 이 집에 살았고 우리에게 꿈을 주는 모든 선주자와 선인들의 영혼과 그림자들. 방에 깃든 정령들, 제 방의 정령. 길거리의 신들과 교차로의 신들, 시장과 의회당의 신들, 도시와 돌과 바다의 신들, 그리고 술 산입니다."

이 이름들을 말하면서 나는 그분들이 악마가 아님을, 안술에 악마는 없음을 알았다.

"그분들이 나를 축복하시고 또 축복받으시기를." 나는 속삭였고, 수장 어른도 나와 함께 속삭였다.

나는 일어서서 문간으로 걸어갔다가 탁자로 돌아왔다. 움직이지 않고는 배길 수가 없었다. 책들, 내가 아는 책들, 내 소중한 벗들은 서가에 단단히 버티고 있었다. 나는 물었다. "뭘 하면 되죠?"

수장 어른이 일어서셨다. 그는 방에서 가져온 작은 등잔을 집었다. "우선 어둠 속으로." 그가 말했고, 나는 그 뒤를 따랐다.

우리는 긴 방을 쭉 가로질러, 내가 두려워하던 책들이 있는 서가를 지나쳤다. 등잔이 비추는 작은 빛 속에서는 그 책들을 또렷이 볼 수 없었다. 마지막 책꽂이를 지나자 천장이 낮아지고, 빛은 더 줄어드는 것 같았다. 이제 흐르는 물 소리가 선명하게 들렸다.

바닥이 울퉁불퉁해졌다. 포장돌이 사라지고 흙과 바위가 나왔다. 절뚝이는 수장 어른의 걸음이 더 느려지고 더 조심스러워졌다.

깜박이는 등잔 불빛에 어둠 속으로부터 흘러나오다가 깊은 수반으로 떨어져서 지하로 사라지는 작은 물줄기가 보였다. 우리는 수반 옆을 지나서 물길을 따라 상류로, 바윗길로 올라갔다. 등잔 불빛에 그림자들이 달아났다. 빠르고 크고 형체 없이 달리는 검은 것들이 바위벽을 따라 움직였다. 우리는 높고 긴 굴 속 깊숙이 걸어 들어갔다. 걸어갈수록 벽이 가까워졌다.

빛은 솟아오르는 샘물에 비쳐 반짝였고 머리 위 바위 천장에 부딪쳐 흔들렸다. 수장 어른이 걸음을 멈췄다. 그가 등불을 들어 올리자 그림자들이 펄쩍 뛰었다. 그는 등불을 불어 껐고 우리는 어둠 속에 섰다.

"저희를 축복하고, 축복받으소서, 성스러운 장소의 영들이시여." 수장 어른의 목소리는 낮고 침착했다. "여러분의 백성인 술터 갈바와 메메르 갈바입니다. 저희는 믿음 속에서, 성스러움을 받들며, 저희에게 보이는 그대로의 진실을 따라 여기 왔습니다. 무지 속에서, 지식을 받들며, 앎을 청하고자 왔습니다. 빛을 위해 어둠 속으로 들어왔고 언어를 위해 정적 속으로 들어왔으며 축복을 위해 두려움 속으로 들어왔습니다. 저희를 맞이해준 이 장소의 영들이시여, 제 질문에 대한 답을 청합니다. 지금 우리 도시를 손에 쥔 알드에 대항한 폭동이 실패하겠습니까, 성공하겠습니까?"

수장 어른의 목소리는 바위벽에 메아리치지 않았다. 정적이 반향을 완전히 잘라냈다. 희미하게 샘물이 떨어지는 소리, 나와 그의 숨소리 외에는 아무 소리도 들리지 않았다. 완전한 어둠이었다. 내 눈은 나를 속이고 또 속였다. 희미한 빛이 번득이고, 색채가 흐려지다가 어둠 속으로 사라졌다. 때로는 어둠이 눈가리개라도 쓴 것처럼 바싹 다가왔다가, 다음 순간에는 별도 없는 깊고 먼 밤하늘처럼 느껴져서 나는 벼랑 끝에 선 것처럼 추락이 두려워졌다. 한 번은 희미한 빛이 형태를 갖추어 문자를 그리는 것을 보았다고 생각했지만, 불꽃이 사라지면서 그 형태도 순식간에 자취를 감추었다. 우리는 오래도록 서 있었다. 바위가 내 얇은 깔창을 누르는 것이 느껴지고 움직이지 않은 탓에 등이 아파올 정도로 긴 시간이었다. 어지러웠다. 세상에 아무것도 없었기에, 오직 어둠과 물소리와 발밑의 바위뿐이었기에. 공기는 움직이지 않았다. 추웠다. 잠잠했다.

온기가 느껴졌다. 수장 어른의 온기, 내 팔을 가볍게 건드리는 손길이었다. 우리는 축복의 말을 웅얼거리고 몸을 돌렸다.

몸을 돌리자 더 어지럽고 혼란스러웠다. 이 깜깜한 어둠 속에서는 내 앞이 어느 쪽인지 알 수 없었다. 내가 반쯤 몸을 돌렸던가, 아니면 한 바퀴 돌렸던가? 손을 뻗어 수장 어른을 찾았다. 온기. 소맷자락이 스쳤다. 옷자락을 잡고 따라갔다. 왜 등불을 켜지 않는지 궁금했지만, 입을 열지는 못했다. 가는 길이 멀었다. 들어갈 때보다 더 먼 것 같았다. 나는 우리가 엉뚱한 방향으로 가고 있다고, 점점 더 어둠 속 깊숙이 들어가고 있다고 생각했다. 처음 변화가 보였을 때에도 내 눈을 믿을 수가 없었다. 앞쪽 어둠이 흐릿해지기 시작했다. 아직은 아니지만 곧 앞이 보일 거라는 전망이었다. 나는 그의 팔을 놓았다. 그러나 이번에는 그가 발을 절며 내 팔을 잡았다. 길이 보일 때까지 잡고 있었다.

다시 방으로 돌아오자 주위 공간이 밝게 환영해주는 것 같았고, 동굴의 끝인 이 그림자 쪽조차 따뜻한 빛으로 가득하고 모든 것이 명료해 보였다.

수장 어른은 살피는 눈으로 나를 보았다. 그러더니 몸을 돌려 동굴 입구의 바위가 회반죽벽으로 바뀌는 부분에 세워진 서가로 향했다. 여기저기 회반죽 사이로 거친 바위가 튀어나왔다. 책꽂이는 벽 속에 고정되어 있었다. 그리고 책이 있었다. 작은 책, 큰 책, 조잡하게 장정된 책이 서 있거나 누워 있었다.

다 해서 쉰 권쯤 되는 것 같았다. 비어 있거나 한두 권만 있는 선반도 있었다. 수장 어른은 책을 찾고는 있는데 그게 무슨 책인지, 어디 있는지 모르는 사람처럼 서가를 훑어보았다. 그는 다시 나를 보았다.

그 즉시 나는 하얀 책을 쳐다보았다. 피를 흘렸던 책. 그 책을 보았다.

수장 어른은 내가 어딜 보고 있는지 보았다. 내가 눈을 떼지 못하는 것을 보았다. 그는 다가가서 선반에 놓인 하얀 책을 집었다.

나는 물러섰다. 어쩔 수가 없었다. "피를 흘리나요?"

그는 나를 보고, 책을 보았다. 그리고 손 안에서 부드럽게 펼쳐 보였다.

"아니." 그리고 나에게 내밀었다.

나는 또 한 발짝 물러섰다.

"읽을 수 있느냐, 메메르?"

그는 책의 방향을 돌려서 다시 나에게 내밀었다. 펼쳐진 채로. 작고 네모진 흰 책장이 보였다. 오른쪽은 비어 있었다. 왼쪽에는 작게 몇 글자가 적혀 있었다.

나는 애써 한 걸음을 내딛고, 또 한 걸음을 내디뎠다. 양손을 꽉 움켜쥔 채였다. 나는 큰 소리로 읽었다. "부서진 것이 부서진 것을 고치리라."

내 귀에 내 목소리가 끔찍하게 들렸다. 내 소리가 아니라 깊고 텅 빈 울림이 있는 소리가 머리 주위로 밀려 올라왔다. "그거 치워요, 치워요!" 소리를 지르고 몸을 돌려 멀리 방 반대쪽 끝에서 금빛으로 빛나는 등불을 향해 돌아가려 했지만, 꿈속을 걷는 것 같아서 다리가 무겁고 느리게만 움직였다. 수장 어른이 다가와 내 팔을 잡았고, 우리는 같이 돌아갔다. 갈수록 걷기가 수월해졌다. 우리는 독서용 탁자에 도착했다. 집에 돌아온 기분이었다. 밤을 빠져나와 안식처의 난롯가로 돌아온 것 같았.

나는 부들부들 떨면서 큰 한숨을 내쉬고 의자에 앉았다. 수장 어른은 잠시 서서 부드럽게 내 어깨를 쓸다가 반대쪽으로 돌아가서 마주 앉았다. 아까와 똑같은 자리였다.

나는 이를 딱딱 마주쳤다. 이제는 춥지 않았는데도 이가 맞부딪쳤다. 입이 내 말을 듣게 하는 데 시간이 꽤 걸렸다.

"그게 답이었나요?"

"모르겠구나." 수장 어른이 대답했다.

"그게, 그게 신탁이었나요?"

"그래."

나는 입술을 깨물었다. 입술이 마분지처럼 뻣뻣하게 느껴졌다. 나는 호흡을 안정시키려고 애썼다.

"전에 그 책을 읽어보신 적 있어요?" 내가 물었다.

수장 어른은 고개를 저었다.

"나는 아무 글자도 보지 못했다."

"보지 못…… 그 책장에 있는 걸……?" 나는 몸짓으로 책장 왼쪽에 글자가 있었다는 걸 보여주려 했고, 내 손가락은 저도 모르게 허공에 글자를 쓰기 시작했다. 나는 얼른 손을 멈췄다.

그는 고개를 저었다.

더 나빴다.

"그거, 제가 말한 거, 그게 수장님이 물어본 질문의 답이었나요?"

"모르겠다."

"왜 수장님에게 답하지 않은 거죠?"

수장 어른은 한동안 말이 없다가 마침내 말했다. "메메르, 네가 질문했다면 뭐라고 물었겠니?"

"어떻게 하면 알드에게서 자유로워질 수 있습니까?" 나는 즉시 대답했고, 그 말을 하면서 다시 한 번 내 목소리가 아닌 크고 장중한 소리로 말하고 있다는 걸 느꼈다. 나는 입을 닫았다. 딱 소리 나게 입을 닫고 나를 통해, 나를 이용해서 말한 무언가를 잘라냈다.

그러나 그게 바로 내 질문이었다.

"진정한 질문이로구나." 그는 반쯤 미소 지으며 말했다.

"그 책이 피를 흘렸어요." 이제 나는 내 입으로 말하려고 단단히 마음먹고 있었다. 다른 목소리를 내보내지 않으려고, 내가 통제하려고 애썼다. "오래전에, 어렸을 때요. 그림자 쪽에 갔었죠. 말씀드렸지만, 다 말씀드린 건 아니었어요. 책 한 권이 소리를 냈던 것 같다고 했죠. 하지만 그 책을 봤다는 얘긴 안 했어요. 그 하얀 책요. 그 책을 선반에서 내렸는데, 책장에 피가 있었어요. 축축한 피였어요. 글자가 아니라 피가. 그러고 나서는 절대로 그쪽에 가지 않았어요. 오늘 밤까지는 한 번도. 제가…… 만약, 만약에 악마가 없다면, 그건 좋아요. 악마는 없어요. 그래도 전 동굴 속에 있는 게 무서워요."

"나도 그렇단다." 그가 말했다.

∞

둘 다 지쳤지만, 아직 잘 생각은 없었다. 수장 어른이 작은 등잔에 다시 불을 붙였고, 내가 그 등잔을 들었고, 그가 허공에 글씨를 썼고, 우리는 방을 나서서 복도를 지나 아까 저녁에 앉았던 북쪽 뜰로 돌아갔다. 뜰 위에 별들로 이루어진 거대한 천장이 덮여 있었다. 나는 등을 불어 껐다. 우리는 별빛 속에 앉아서 한참이나 침묵을 지켰다.

내가 물었다. "데삭에게 뭐라고 하실 거예요?"

"내 질문, 그리고 답을 받지 못했다는 것."

"책에 있던 말은요?"

"그걸 말할지 말지는 네가 선택해야지."

"전 그게 무슨 뜻인지 모르겠어요. 무슨 질문에 답한 건지도 모르겠어요. 이해가 안 가요. 그게 말이 되긴 하나요?"

나는 속아 넘어간 기분이었다. 한갓 물건이나 도구처럼, 무슨 일인지도 모르면서 이용당한 기분이었다. 전에는 겁에 질렸다. 지금은 창피하고 화가 났다.

"우리가 이해하는 만큼 말이 되는 거지." 그가 말했다.

"모래점이랑 비슷하네요." 안술에는 동전 몇 푼에 축축한 바다 모래를 한 줌 가져다가 접시에 떨어뜨리고, 뭉친 곳과 솟은 곳과 갈라진 곳을 보고 좋은 운과 나쁜 운, 여행운, 금전운, 애정운을 점쳐주는 여자들이 있다. "원하는 대로 보는 거잖아요."

"그럴지도 모르지." 수장 어른은 잠시 후에 다시 말을 이었다. "다노 갈바는 신탁을 읽는 것은 합리적인 생각을 헤아릴 수 없는 수수께끼에 밀어 넣는 일이라고 말했지……. 오래된 책에는 듣는 사람들에게 말이 되지 않는 것 같았던 답들이 있어. '순드라만의 공격을 어떻게 방어해야 합니까?' 그들은 순드라만이 처음 안술을 침략하겠노라 위협했을 때 신탁에 물었지. 답은 '사과꽃에 벌이 오지 못하게 하는 것'이었어. 의원들은 의미가 바보스러울 정도로 단순하지 않느냐며 성을 냈지. 그리고 군대에 명해서 오스티스를 둘러싸는 벽을 짓고 순드라만을 막도록 했다. 남부인들은 강을 건너 벽을 무너뜨리고 우리 군대를 패배시킨 후, 여기 안술 시로 행진해 와서 저항하던 사람들을 죽이고, 안술은 순드라만의 보호령이라고 선포했어. 그 후로 그들은 훌륭한 이웃이었고 간섭도 별로 하지 않았고 오히려 교역을 통해 우리에게 엄청난 부를 안겨주었지. 답은 권고가 아니라 경고였던 거야. 사과꽃에 벌이 가지 못하게 하면 나무에 과실이 열리지 않는다는 거지. 이제는 명백해졌어. 읽는 자인 다노 갈바에게도 명백했지. 다노는 그 말을 읽자마자 그것이 순드라만에 대항해서는 안 된다는 뜻이라고 말했단다. 그 때문에 그녀는 배신자로 불렸지. 그때부터 겔브와 캄과 악타모 일족은 평의회가 신탁에 의견을 묻지 말아야 한다고 하면서, 대학과 도서관을 갈바만드에서 다른 곳으로 옮기게 했고."

"읽는 자와 그 집에 참도 잘해주는 신탁이네요." 내가 말했다.

"못은 한 번 맞을 뿐이지만, 망치는 천 번 때리는 법."

나는 생각해보았다. "도구가 되지 않는 쪽을 택한다면요?"

"선택권은 언제나 있지."

나는 앉아서 거대한 별의 심연을 올려다보았다. 그 별들이 이 도시에, 이 집에 살았던 모든 영혼 같다고 생각했다. 멀리서 타오르는 불길처럼 거대한 시간의 어둠 속으로 멀리, 더 멀리 빛을 발하는 수천의 영령들, 선인들…… 목숨들. 지나간 목숨들과 앞으로 올 목숨들. 이 둘을 어떻게 구분할 수 있을까?

아까까지는 왜 신탁은 단순하게 말해주지 못하는지, 왜 애매한 표현과 모호한 말 대신 그냥 '저항하지 말라'나 '지금 공격하라'라고 말해줄 수 없는지 묻고 싶었다. 별들을 보고 나니 그건 바보 같은 질문처럼 보였다. 신탁은 명령을 내리는 게 아니었다. 그 반대였다. 생각을 하게 하는 거였다. 우리가 수수께끼를 생각하게 하는 것이다. 결과는 그렇게 만족스럽지 않을지 모르지만, 어쩌면 그게 우리가 할 수 있는 최선일지도 몰랐다.

나는 엄청나게 크게 하품했고, 수장 어른은 웃었다.

"가서 자라, 애야." 그는 말했고, 나는 그 말에 따랐다.

어두운 복도와 통로를 지나 방으로 가면서 나는 잠들지 못하고 누워 있을 줄 알았다. 동굴의 기이함과 내가 읽은 글귀와 나를 통해서 '부서진 것이 부서진 것을 고치리라.'라고 말했던 목소리에 시달리면서 뒤척일 줄 알았다. 나는 문간에서 신소를 건드리고 침대에 쓰러졌고, 죽은 듯이 잤다.

10

 다음 날 데삭이 왔을 때 나는 수장 어른과 함께 있지 않았다. 빨래하는 이스타를 거들고 있었다. 이스타와 보미와 나는 새벽부터 급탕기를 돌리고 크랭크 달린 탈수기를 설치하고 빨랫줄을 걸었으며, 정오 무렵에는 바람과 뜨거운 햇빛 속에서 눈부시게 하얀 빛으로 펄럭이는 시트와 식탁보로 부엌 뜰을 가득 채웠다.
 오후에 셰타르와 같이 옛 공원을 산책하면서 그라이에게 아침에 일어난 일을 들었다.
 수장 어른은 상방으로 올라가서 데삭이 오렉과 이야기하고 싶어 한다고 했다. 오렉은 그라이에게 같이 가자고 했다. "셰타르는 두고 갔어. 데삭을 싫어하는 것 같아서." 그들은 회랑으로 내려갔고, 그곳에서 데삭은 다시 한 번 오렉에게 때가 오면 나가서 시민들에게 이야기를 하고, 알드를 몰아내도록 분기시키겠다는 약속을 받아내려고 했다.

데삭은 웅변가인데다 끈덕졌고, 오렉은 이건 자기 싸움이 아니라는 마음과, 그럼에도 자유를 위한 싸움은 어느 것이나 자기 싸움이라는 마음 사이에서 괴로워했다. 안술이 압제에 대항하여 일어선다면, 어떻게 그가 옆으로 비켜설 수 있을까? 그러나 그에게는 시간이나 장소의 선택권도, 이 봉기가 어떻게 일어날지에 대한 지식도 주어지지 않았다. 데삭이 봉기에 대해 거의 말하지 않은 것은 현명했다. 성공 여부는 불시에 치는 데 달려 있었으니까. 그렇다 해도, 그라이에게 말했듯이 오렉은 이용당하는 것을 좋아하지 않았다. 그보다는 계획에 동참하는 편이 나았다.

나는 수장 어른이 뭐라고 했는지 물었고, 그라이는 대답했다. "거의 아무 말도. 지난밤에 왜, 술터가 '묻겠다' 고 하고 데삭이 응했잖아? 음, 그 문제에 대해서는 아무 말도 없었어. 우리가 내려가기 전에 이야기했겠지."

신탁에 대해 아무 말도 할 수 없다는 사실이 싫었다. 나는 그라이에게 아무것도 감추고 싶지 않았다. 그러나 말하느냐 마느냐는 내 권한이 아니었다.

그라이가 말을 이었다. "술터는 숫자를 걱정하는 것 같아. 알드 병사가 2천이 넘는다고 했어. 대부분은 궁전과 막사 근처에 있지. 최소한 3분의 1은 무장 근무 중이고, 나머지도 무기에서 멀지 않아. 데삭이 어떻게 경비병들의 경계를 피해서 충분한 병력을 일으킬 수 있을까? 야간 경비병들은 말을 타고 있어. 아수다르의 말은 개들과 비슷해서, 뭔가 이상한 낌새를 차리면 신호를 보내도록 훈련받았어. 그 늙은 병사가 할 일을 제대로 알고 있으면 좋겠는데! 아무래도 꽤 빨리 저지를 것 같으니까 말이야."

거리의 싸움을 생각하자 마음이 빠르게 움직였다. '어떻게 하면 알드에게서 자유로워질 수 있습니까?' 검으로, 칼로, 곤봉으로, 돌로. 주먹으로, 힘으로, 마침내 풀려난 분노로. 그들을 부수리라. 그들의 힘을, 그들의 머리를, 그들의 등을, 그들의 몸을 부수리라……. '부서진 것이 부서진 것을 고치리라.'

나는 거대한 덤불 사이에 자리 잡은 오솔길에 서 있었다. 머리에 떨어지는 햇빛이 뜨거웠다. 손은 오전 내내 뜨거운 물과 식탁보를 잡고 씨름한 덕에 마르고 붓고 아팠다. 그라이는 가까이 서서 걱정스러운 얼굴로 나를 지켜보았다. 그라이가 부드럽게 말했다. "메메르? 무슨 생각을 했니?"

나는 고개를 저었다.

세타르가 우리를 향해 뛰어왔다. 세타르는 멈춰 서서 자부심과 자의식을 풍기며 고개를 들어 올렸다. 세타르가 날카로운 이빨로 가득한 사나운 입을 벌리자 작은 파란색 나비가 날개를 퍼덕이더니 무사태평하게 날아갔다.

우리 둘은 정신없이 웃었다. 사자는 조금 무안하달까, 혼란스러운 표정이었다.

"입에서 꽃과 방울과 나비가 나오던 소녀로구나!" 그라이가 말했다. "그 이야기 알지? 쿰벨로가 왕이었을 때……."

"그리고 그 언니 입에선 이와 갯지렁이와 진흙 덩어리가 나왔죠."

"아, 우리 고양이." 그라이가 세타르의 귀 뒤 털을 바싹 당기자 사자는 기분 좋게 가르랑거리며 고개를 돌렸다.

이 모든 것을 하나로 모을 수가 없었다. 거리에서의 싸움, 동굴 속의 어둠, 공포, 웃음, 머리에 내리쬐는 햇볕, 눈에 담긴 별빛, 말 대신 나비를 뱉는 사자.

"아, 그라이, 뭐든 내가 이해하는 게 있었으면 좋겠어요. 일어나는 일들을 어떻게 이해하죠?"

"모르겠구나, 메메르. 계속 노력하다보면 될 때도 있지."

"합리적인 생각과 꿰뚫을 수 없는 신비." 내가 말했다.

"너도 오렉만큼 성급하구나. 가자. 집에 가야지."

그날 밤 오렉과 수장 어른은 간드 이오라스에 대해 이야기했고, 나는 어느새 마음을 닫지 않고 귀를 기울일 수 있게 되어 있었다. 아마 이제 그를 두 번이나 보았고, 보기 싫은 겉치레를 부리고, 굽신거리는 노예를 거느렸지만, 그자가 변덕을 부리면 우리 모두를 산 채로 파묻을 수 있다는 걸 알지만, 그래도 내가 본 것은 악마가 아니라 사람이기 때문이었을 것이다. 거칠고 엄혹하고 교활하지만 온 마음으로 시를 사랑하는 노인이었기 때문에.

오렉의 말은 내 생각과 거의 일치했다. "악마에 대한 두려움…… 그런 건 이오라스에게는 무가치해요. 사실 얼마나 믿을지도 모르겠고."

"악마는 별로 두려워하지 않을지도 모르지요." 수장 어른이 말했다. "그러나 읽을 수가 없는 한, 글을 두려워하기는 할 겁니다."

"책을 한 권 가져가서 펴고 읽을 수만 있다면…… 책 없이 읊는 것과 같은 내용을 읽을 수만 있다면!"

"질겁할 거예요." 수장 어른은 고개를 저었다. "신성모독이지요. 당신을 아스의 사제들에게 넘기는 것 외에 다른 선택지가 없을 겁니다."

"하지만 알드가 여기 남아서 안술을 지배하고 이웃 땅과 나라들과 관계를 맺으려 한다면 계속 글을 혐오할 수는 없을 텐데요. 거래의 기반이 되는 기록과 계약서는 어쩌겠습니까. 그리고 외교는……. 역사와 시는 제쳐두더라도요! 도시국가 연합에서 '알드'는 멍청이라는 뜻인 걸 알고 계셨습니까? '말해봐야 소용없어. 저놈은 알드라고.' 이렇게 쓰죠. 분명히 이오라스에겐 자기들이 안은 불리함이 보이기 시작했을 겁니다."

"그랬길 바랍시다. 그리고 메드론의 새 왕도 알아보기를."

그러나 나는 이 대화에 안달이 나기 시작했다. 알드는 여기 남아서 우리를 지배하고, 우리 이웃과 관계를 맺으려 하지 않을 것이다. 그건 그자들이 정할 문제가 아니었다. 나는 저도 모르게 말했다. "그게 문제가 되나요?"

다들 나를 바라보았고, 나는 말했다. "아수다르에서라면 좋을 대로 평생 까막눈으로 살 수 있잖아요."

"그래. 아수다르로 간다면 그렇지." 수장 어른이 말했다.

"우리가 쫓아내죠."

"시골로?"

"네! 도시 밖으로요!"

"우리 농부들이 알드와 싸울 수 있겠느냐? 그리고 만약 그들을 추적해서 아수다르까지 몰아낸다면, 그러면 최고 간드가 모욕이자 자신의 새로운 권력에 대한 위협이라고 받아들이고 수천의 병사를 더 보내지 않겠느냐? 그에게는 군대가 있고, 우리에게는 없어."

나는 뭐라 말해야 할지 몰랐다.

수장 어른이 말을 이었다. "데삭은 이런 사항들을 고려하지 않고 있어. 그렇게 하는 것이 옳을지도 모르지. '너무 깊이 생각하면 행동을 망친다'고도 하니. 하지만 메메르야, 이제 알드 내부에서 상황이 변하고 있는 게 보이지 않느냐? 내가 먼저 희망하는 것은 우리가 노예보다는 동맹자로서 더 이익이 된다는 사실을 설득함으로써 자유를 되찾는 거란다. 시간이 걸릴 테지. 승리가 아니라 타협으로 끝날지도 모르고. 그러나 지금 승리를 구하다가 실패한다면, 희망을 찾기가 힘들어질 거야."

나는 아무 말도 할 수 없었다. 수장 어른도 옳고, 데삭도 옳았다. 행동할 시간은 왔는데, 어떻게 행동할 것인가?

"데삭을 대변하여 군중에게 말하는 것보다는 수장님을 대변하여 이오라스에게 말하는 것이 더 낫습니다. 말씀해주세요, 이오라스가 협상에 동의한다면 이 도시에서 그에게 조건을 이야기할 사람들이 있습니까?" 오렉이 말했다.

"있어요. 도시 바깥에도 있지요. 우리는 그동안 안술 해안의 모든 마을과 연락을 취해왔습니다. 학자와 상인들, 수장이나 시장이나 축제와 의식의 관리자였던 사람들. 아이들이 마을에서 마을로 전갈을 가져가고, 수레꾼들이 양배추와 함께 쪽지를 전하지요. 병사들은 글을 잘 찾지 않아요. 그들은 대개 신성모독이나 마술과는 아무 관계도 없지요."

"오, 파괴자시여, 제게 무지한 적을 주소서!" 오렉이 인용하여 말했다.

"도시 안에서는, 나와 몇 년 동안 이런 문제를 이야기해온 사람 중에도 지금 데삭과 함께 하는 이들이 있어요. 그 사람들은 어떤 식으로든 알드의 멍에를 뿌리치려 하지요. 싸울 태세가 되어 있지만, 대화 역시 하려 할 겁니다. 알드가 듣기만 한다면요."

오렉은 다음 날 궁전에 불려가지 않았다. 그는 오전 느지막이 걸어서, 그라이와 함께 항구 시장으로 내려갔다. 미리 언질을 주지 않았기에 천막은 세워지지 않았지만, 그가 시장 광장에 들어서자마자 사람들이 그를 알아보고 뒤를 따랐다. 사람들은 그에게 바싹 다가서지 않았다. 셰타르 탓도 있었지만, 사람들은 그의 주위에서 움직이는 원을 그리며 환영하고, 오렉의

이름을 부르고, 외쳤다. "낭송, 낭송!" 어떤 남자는 이렇게 외쳤다. "읽어줘요!"

나는 두 사람과 같이 걷지 않았다. 나는 거리에 나갈 때면 늘 그랬듯 사내아이의 차림새를 하고 있었고, 견습 마부 멤이 가장을 하지 않은 그라이와 같이 있는 광경을 보이고 싶지 않았다. 나는 해군성 탑 앞에 약간 높게 깔린 대리석 포장도로로 돌아서 그곳에 있는 말 조각상 기단부에 기어올랐다. 이 자리에서는 시장 전체가 잘 보였다. 석상은 조각가 레담이 바위 덩어리 하나를 통째로 파내어 만든 작품이었다. 말은 견고하고 튼튼하고 육중하게 서서 머리를 들고 서쪽으로 몸을 틀어 바다를 보았다. 알드는 도시에 있던 조각상을 대부분 파괴했지만 이 조각만은 건드리지 않고 두었다. 아마 말이었기 때문이리라. 그들은 바다의 신들인 세우네가 말의 형상으로 상상되고 숭배받는다는 사실을 모르는 게 분명했다. 나는 세우네의 커다란 왼쪽 앞발 발굽을 만지고 축복의 말을 중얼거렸다. 세우네는 그늘이라는 형태로 축복을 되돌려주었다. 이미 날이 뜨거웠고 더 뜨거워질 터였다.

오렉은 이곳에서 처음 낭송했던 날 천막이 세워졌던 곳에 자리를 잡았고, 사람들이 그 주위를 에워쌌다. 내가 선 받침대는 곧 사내아이들과 어른들로 가득 찼지만, 나는 말 앞다리 사이에 잡은 자리를 내주지 않고, 사람들이 밀면 마주 밀었다. 시장 노점상 다수는 시인의 목소리를 들으려고 상품에 천을 던져 씌우고 군중에 합세하거나, 군중의 머리 너머로 보려고 점포 옆에 있는 걸상에 올라섰다. 군중 사이에 푸른 외투가 대여섯 보였고, 곧 말 탄 알드 병사 한 무리가 의회당 길을 따라 광장 모퉁이까지 내려왔지만, 군중 속으로 파고들 생각은 하지 않고 멈춰 섰다. 말 소리, 웃음소리, 고함 소리가 왁자하다가 오렉의 리라가 울리자 놀랍게도 모든 소란이 멈추고 물을 끼얹은 듯한 정적이 내려앉았다.

오렉은 시부터 읊었다. 테테메르의 사랑시 〈돔의 언덕들〉, 안술 해안 전역에서 제일 사랑받는 시였다. 그는 시를 읊을 때 리라를 퉁기며 후렴구를 노래했고, 사람들도 미소 띤 얼굴로 몸을 움직이며 함께 노래했다.

이어서 오렉이 말했다. "안술은 작은 땅이지만, 그 노래와 이야기들은 서부 해안 전역에서 사람들 입에 오르내립니다. 이 노래를 처음 배운 곳은 북쪽 멀리 벤드라만이었습니다. 안술의 작가들은 남쪽 끝에서부터 트론드 강에 이르기까지 명성을 떨칩니다. 그리고 이 평화로운 안술과 만바에도 영웅들, 용감한 전사들이 있었고 작가들이 그들에 대해 이야기했습니다. 술 산의 아디라와 마라 이야기입니다!"

군중 속에서 크고 기묘한 소리가 솟아올랐다. 기쁨과 비탄이 뒤섞인 울부짖음이었다. 무시무시했다. 오렉은 위압당했다 해도, 이 반응이 예상한 것 이상이었다 해도 그런 기색을 드러내지는 않았다. 그는 당당히 고개를 들고 강하고 또렷하게 목소리를 냈다. "옛 군주 술의 시대에, 히시 땅에서 군대가 왔도다……." 군중은 꼼짝도 하지 않고 서 있었다. 나는 내내 눈물을 삼키려 애썼다. 그 이야기, 그 구절들이 내게 너무도 귀중했고, 나는 그 구절들을 숨겨진 방 안에서, 침묵 속에서, 비밀스럽게, 혼자만 알고 살았다. 이제 나는 열린 하늘 아래에서, 우리 도시 심장부에서, 엄청나게 모여든 우리 동포 사이에서 그 이야기가 큰 소리로 울려 퍼지는 것을 들었다. 해협 너머 술 산은 푸른 안개 속에 푸르게 서 있었고, 그 봉우리는 희고 날카로웠다. 나는 세우네의 돌 발굽에 매달려서 눈물을 참았다.

이야기가 끝나고, 침묵 속에서 알드의 말 한 마리가 크고 울리는 소리로 히힝거렸다. 전형적인 군마의 울부짖음이었다. 그 소리가 주문을 깨뜨렸다. 군중은 웃고, 움직이고, 외치기 시작했다. "에호! 에호! 시인을 찬미하라! 에호!" 몇 사람은 이렇게 외쳤다. "영웅들을 찬미하라! 아디라를 찬미하라!" 광장 동쪽 가장자리에 서 있던 기마 부대가 군중 속으로 달려들 것처럼 움직였지만, 아무도 그쪽에 관심을 두지 않았고 비켜서지도 않았다. 오렉은 고개를 숙이고 오랫동안 조용히 서 있었다. 소란이 가라앉고, 마침내 오렉이 입을 열었다. 군중보다 더 크게 소리를 지른 것도 아니고 평범한 목소리로 말하는 것 같았지만, 놀랍게도 그 목소리는 멀리까지 전해졌다. "자, 같이 노래합시다." 그는 리라를 들어 올렸고, 사람들이 조용해지자 자신이 지은 노래 〈자유〉의 첫 줄을 읊었다. "겨울 밤의 어둠 속에서……"

그리고 우리는 그와 함께 노래했다. 수천의 목소리가. 데삭이 옳았다. 안술 사람들은 그 노래를 알고 있었다. 이제는 책이 없었으니, 책을 통해서는 아니었다. 공기를 통해서, 목소리에서 목소리로, 마음에서 마음으로 온 서쪽 땅을 따라온 것이다.

노래가 끝나고 정적의 순간이 지나가자 다시 소란이 일었다. 전보다 더 큰 갈채와 함성이 일었지만, 성난 고함 소리도 있었고, 군중 속 어딘가에서 목소리가 중후한 남자가 "레로! 레로! 레로!"라고 외쳤으며 다른 목소리들이 그 소리를 이어받아 높은 곡조에 빠른 박자의 노래를 불렀다. 한 번도 들어본 적 없었지만 분명히 오래된, 축제와 행진과 숭배의 노래 중 하나임을 알 수 있었다. 우리가 자유롭게 우리 신을 찬미했을 때 거리에서 불렀던 노래들……. 말 탄 부대가 군중 속으로 밀고 들어오는 것이 보였고, 그 덕분에 일어난 동요로 노랫소리는 힘을 잃고 잦아들었다. 오렉과 그라이가 계단을 내려가서 동쪽으로, 광장을 가로지르지 않고 알드 부대 뒤편으로 가는 것이 보였다. 군중은 아직도 기수들에게 저항하고 있었지만, 서서히 자리를 내어주고 있었다. 똑바로 돌진하는 말에게서 비키지 않기는 무척 힘든 일이다. 나도 증언할 수 있다. 나는 받침대에서 미끄러져 내려가서 군중 속을 헤치고 의회당 길까지 갔다. 의회당 길을 달려 올라가서 세관 뒤를 질러간 후, 서쪽 거리에서 친구들과 만났다.

사람들 한 무리가 두 사람을 뒤따랐지만, 바싹 다가서지는 않았고 대부분은 북쪽 운하를 건너는 다리쯤에서 멈췄다. 작가와 음유시인은 성스럽고 방해해서는 안 될 존재였다. 나는 받침대 위에 있을 때, 해군성 계단 위 인도에서 오렉이 서 있던 자리를 만지고 건드리며 축복을 구하는 사람들을 보았다. 그리고 한동안은 아무도 그 자리 위로 걸어가지 않았다. 같은 방식으로 그들은 거리를 두고 오렉을 따라가면서 찬사와 농담을 던지고 〈자유〉를 노래했다. 그리고 한순간, 다시 한 번 성가가 피어올랐다. "레로! 레로! 레로!"

우리는 언덕을 올라 갈바만드로 가면서 한 마디도 하지 않았다. 오렉은 갈색 얼굴이 피로에 잿빛이 되어 있었고, 눈먼 사람처럼 걸었다. 그라이가 그의 팔을 잡았다. 그는 곧장 상방으로 올라갔다. 그라이는 그가 한동안 쉴 거라고 말했다. 나는 이제야 그의 선물이 치르는 대가를 보았다.

◈

　저녁 이른 시각, 나는 마구간 뜰에서 새로 태어난 새끼 고양이들과 놀고 있었다. 보미의 고양이들은 세타르가 나타난 후 쭈뼛거리며 물러갔지만, 새끼들은 두려움을 몰랐다. 이 녀석들은 무턱대고 신이 나서 장작 더미 위로 안으로 쫓아다니고, 꼬리를 밟고 넘어지고, 잠깐 멈춰서 작고 동그랗고 열중하는 눈동자로 빤히 보다가 다시 날아다닐 나이였다. 구딧은 말 산책로에서 별이를 운동시키고 있었다. 그는 무뚝뚝하고 못마땅한 분위기를 풍기며 새끼 고양이들을 지켜보았다. 한 마리가 기둥을 타고 올라갔다가 내려갈 방법을 모르고 매달려서 울어댔다. 구딧은 녀석을 부드럽게 기둥에서 떼어내더니, 부드럽게 장작 더미에 내려놓으며 말했다. "해충 같으니라고."

　말발굽 소리가 들리더니, 푸른 외투의 장교 하나가 달려 들어와서 아치길에 말을 세웠다.

　"흠?" 구딧은 굽은 등을 최대한 똑바로 펴고 쏘아보면서 크고 호전적인 목소리로 말했다.

"안술 간드의 궁전으로부터 작가 오렉 카스프로에게 전언이오." 장교가 말했다.

"흠?"

장교는 호기심 어린 눈길로 노인을 바라보았다. "간드께서 시인에게 내일 오후에 궁전에 출석하시라 하오." 말투가 제법 정중했다.

구딧은 짧게 고개를 끄덕이고 등을 돌렸다. 나 역시 변명 삼아 새끼 고양이를 한 마리 들고 몸을 돌렸다. 나는 그 우아한 구렁말을 알고 있었다.

"여, 멤." 누군가가 말했다. 나는 얼어붙었다. 마지못해 몸을 돌리자, 시미가 마구간 뜰 안에 서 있었다. 장교는 암말을 아치길 밖으로 뒷걸음질시켰다. 그는 말을 돌리면서 시미에게 뭔가 말했고, 시미는 그에게 경례를 붙였다.

"우리 아빠야." 시미는 자랑스러운 기색이 역력했다. "같이 가도 되느냐고 물었어. 네가 사는 델 보고 싶었거든." 내가 말 없이 바라보자 시미의 얼굴에서 미소가 사라졌다. "지, 진짜 크구나. 궁전보다 더 큰 것 같다." 나는 아무 말도 하지 않았다. "내가 이제까지 본 중에 제일 큰 집이야." 시미가 말했다.

나는 고개를 끄덕였다. 어쩔 수 없었다.

"그건 뭐야?"

시미는 다가와서 몸을 숙이고 새끼 고양이를 들여다보았다. 고양이는 내 손 안에서 버둥거리며 맹렬히 나를 할퀴었다.

"새끼 고양이."

"아. 그거, 그거 사자가 낳은 거야?"

어떻게 이렇게까지 멍청할 수가 있지?

"아니. 그냥 집고양이야. 자!" 나는 고양이를 시미에게 넘겼다.

"어." 그는 고양이를 떨어뜨릴 뻔했다. 새끼 고양이는 작은 꼬리를 휘날리며 뛰어내렸다.

"발톱 참." 시미는 손을 빨며 말했다.

"그래. 진짜 위험하지." 내가 말했다.

시미는 어리둥절한 표정이었다. 그는 언제나 당황한 얼굴이었다. 그렇게 혼란스러워하는 사람을 이용하는 것은 볼썽사나운 짓이었다. 그러나 싫다 좋다 할 수 없는 일이기도 했다.

"집 구경해도 돼?" 시미가 물었다.

나는 일어서서 양손을 털었다. "아니. 바깥에서 볼 수는 있어. 하지만 안에 들어갈 순 없어. 원래는 여기까지도 들어오면 안 되는 거야. 이방인과 방문자들은 앞뜰에 멈춰서 초대를 기다려야 해. 예의를 아는 사람들이라면 거리에서 말을 내려서 문지방 돌을 건드린 후에 안뜰로 들어오지."

"어, 난 몰랐어." 시미는 뒤로 살짝 물러서며 말했다.

"몰랐던 거 알아. 너희 알드는 우리에 대해 아무것도 모르지. 너희가 아는 거라곤 우리가 너희 지붕 밑에 들어갈 수 없다는 것뿐이야. 너희가 우리 지붕 밑에 들어올 수 없다는 것조차 몰라. 무식해." 나는 내 안에 흔들리며 차오르는 의기양양한 분노의 홍수를 억누르려 했다.

"어, 있지. 난 우리가 친구가 될 수 있을 줄 알았어." 시미가 말했다. 언제나와 같이 비굴한 투였다. 그래도 그런 말을 하려면 용기를 내야 했을 것이다.

나는 아치를 향해 걸어갔고, 시미는 나를 따라왔다.

"어떻게 우리가 친구가 되겠어? 난 노예잖아. 기억해?"

"아니야. 노예는…… 노예는 거세된 남자랑, 여자고, 그리고……." 시미는 정의를 내리지 못했다.

"노예란 주인이 명령하는 대로 해야 하는 사람이지. 명령을 듣지 않으면 얻어맞거나 죽고. 너희는 너희가 안술의 주인이라고 말하잖아. 그러니 우린 노예가 되지."

"넌 내가 하라는 대로 하지 않잖아. 넌 노예가 아니야."

일리 있는 지적이었다.

우리는 마구간 뜰을 빠져나가서 주 건물의 높은 북쪽 벽 아래를 걸었다. 땅에서부터 3미터 높이로 육중한 사각돌을 쌓아

올린 벽이었다. 그 위에는 더 섬세한 석조 층에 높은 이중 아치 창문들이 있었고, 그보다 더 위에는 조각을 한 처마 돌림띠가 석판 지붕의 깊은 처마를 떠받쳤다. 시미는 몇 번인가 곁눈질로 잽싸게 위쪽을 쳐다보았다. 말이 무서워하는 물건을 쳐다볼 때와 비슷한 눈길이었다.

우리는 빙 돌아서 앞뜰로 들어갔다. 앞뜰은 집 앞면 전체에 펼쳐져 있었다. 거리에서는 한 계단 위였고, 아케이드를 이루며 줄지어 선 기둥으로 분리되어 있었다. 바닥은 반질반질한 회색과 검은색 돌로 포장했는데, 복잡한 기하학적 무늬에 맞추어 미로를 만들었다. 이스타는 옛날 한 해의 첫날과 춘분에 사물의 성장을 축복하는 이에네에게 노래를 부르며 그 미로에서 춤을 추었다고 이야기해주었다. 포장 바닥은 지저분했다. 흙과 낙엽이 흩어져 있었다. 다 쓸어내기란 큰일이었다. 가끔 시도는 해보았지만 깨끗하게 치울 수가 없었다. 시미는 미로를 가로질러 걷기 시작했다.

"거기서 떨어져!" 내가 말했다. 시미는 펄쩍 뛰고는 나를 따라 기둥 사이 계단을 내려가서 거리에 섰다. 아무것도 모르고 놀라서 쳐다보는 얼굴이 새끼 고양이들과 비슷했다.

"악마야." 나는 으르렁거리듯이 웃으며 회색과 검은색으로 이루어진 돌 문양을 가리켰다. 시미는 미처 보지도 못했던 모양이었다.

"저게 뭐야?" 시미는 신탁의 분수 밑동을 보고 있었다.

분수는 대문을 마주 보았을 때 오른쪽에 있다. 수반은 너비 3미터 정도의 녹색 사문석(레로의 돌이다)이다. 물은 중앙 분출구에서 솟았었다. 옛날에는 항아리 모양으로 만들어서 물냉이 잎과 백합을 조각했던 대리석 덩어리도 지금은 과거를 알아보기 힘들 만큼 망가져서 청동 주둥이만 삐져나와 있다. 수반에는 흙과 낙엽이 쌓였다.

"악마의 물이 가득 찬 분수지. 몇백 년 전에 말랐어. 그래도 악마를 몰아내겠다고 너네 병사들이 깨뜨렸지."

"계속 악마 얘기를 할 필요는 없잖아." 시미는 퉁명스레 말했다.

"아, 하지만 봐. 보라고. 항아리 아래쪽에 저기 작은 조각들 있지? 그게 글자야. 글이라고. 글은 흑마술이지. 글로 쓴 말은 다 악마잖아? 가까이 가서 읽어볼래? 악마가 나오나 자세히 보고 싶어?"

"그만해, 멤." 시미는 상처받고 분개해 나를 노려보았다. 그게 내가 원한 거였지. 그렇지 않던가?

"알았어." 나는 잠시 후에 말했다. "하지만 이것 봐, 시미. 우리가 친구가 될 방법은 없어. 네가 분수에 쓰인 말을 읽을 수 있을 때까지는. 네가 저 돌을 만지고 우리 집에 축복을 청할 수 있기 전에는."

시미는 계단 중앙에 박힌 길쭉한 상아 빛 '문지방 돌'을 보았다. 오랜 세월 동안 사람 손이 만져서 부드럽게 패 있었다. 나는 허리를 굽히고 돌을 만졌다.

시미는 아무 말도 하지 않았다. 그는 결국 몸을 돌려 갈바 거리로 내려갔다. 나는 그의 뒷모습을 지켜보았다. 승리감은 없었다. 패배감뿐이었다.

오렉은 저녁이 되자 회복되고 굶주려서 식사를 하러 왔다. 우리는 우선 그의 낭송에 대해 이야기했다. 오렉과 그라이와 나는 수장 어른에게 오렉이 무슨 말을 했으며 군중이 어떻게 반응했는지 이야기했다.

오렉의 낭송을 들으러 시장에 내려갔던 소스타는 전보다 더 넋이 나가서 맥 풀린 얼굴로 식탁 너머를 응시하고 있었다. 오렉은 결국 측은함을 느끼고 농담을 해보려 했지만 그게 통하지 않자 소스타의 마음을 자신에게서 진짜 미래로 돌리고자 혼인 후에 어디에서 살지 물었다. 소스타는 가까스로 약혼자가 우리 집안에 합류하여 갈바가 되기로 했다고 설명했다. 사람들이 이런저런 일을 하는 방식에 흥미를 갖고 있는 오렉과 그라이는 우리네 혼인 — 계약과 친족 선택의 관습에 대해 꼬치꼬치 물었다. 대개 소스타는 사모의 마음에 말문이 막혀 멍하니 쳐다보기만 했고 수장 어른이 대답을 했다. 그러나 이스타가 식탁에 앉자 직접 사윗감을 자랑할 기회가 주어졌고 이스타는 기꺼이 그렇게 했다.

그라이가 말했다. "혼인식 전에는 내내 그 남자 분과 소스타가 서로를 보지 못한다니 힘들겠네요. 석 달이나!"

"약혼한 한 쌍이라도 예전에는 공공행사에서 만날 수 있었지요." 수장 어른이 설명했다. "하지만 지금은 무도회도 축제도 없습니다. 그래서 가엾게도 지나치면서 훔쳐보는 수밖에 없는 거죠……."

소스타는 얼굴을 붉히며 헤죽거렸다. 소스타의 약혼자는 저녁마다 꼬박꼬박 친구들과 부근을 지나갔다. 그것도 딱 이스타와 소스타와 보미가 갈바 거리가 보이는 옆 뜰에 나가 앉아서 바람을 쐴 때 말이다.

저녁 식사 후에 나머지 우리들은 작은 북쪽 뜰로 갔다. 데삭이 벌써 와서 기다리고 있었다. 그는 다가와서 오렉의 양손을 잡고 축복의 말을 외쳤다. "당신이 우릴 위해 말해줄 줄 알았어요! 도화선에 불이 붙었소."

오렉이 대꾸했다. "간드가 내 행동을 어떻게 생각할지 봅시다. 비난을 받을지도 몰라요."

"간드가 사람을 보냈소? 내일? 몇 시에?" 데삭이 물었다.

"오후 늦게……. 그렇게 말했지, 메메르?"

나는 고개를 끄덕였다.

"갈 건가요?" 수장 어른이 물었다.

"당연하지요!" 데삭이 말했다.

"거부하기는 힘들지만, 연기해달라고 할 수는 있을 겁니다." 오렉은 말하면서 수장 어른을 바라보았다. 왜 그런 질문을 했는지 알고 싶은 눈빛이었다.

"가야 해요. 딱 좋은 시간입니다." 데삭의 말투는 무뚝뚝하고 군사적이었다.

오렉이 '가야 한다' 라는 말을 싫어하는 걸 알 수 있었다. 오렉은 수장 어른에게서 눈을 떼지 않았다.

"연기해서 얻을 것은 없지 싶군요." 수장 어른이 말했다. "그러나 가면 위험할 수도 있어요."

"혼자 가야 할까요?"

"그래요." 데삭이 말했다.

"안 돼." 그라이가 차분하고 담담한 목소리로 말했다.

오렉은 나를 보고 말했다. "우리만 빼고 다들 명령을 내리는구나, 메메르."

"신들은 시인을 사랑하시니, 그들이 신들과 같은 법을 따르기 때문이라." 수장 어른이 말했다.

"술터, 내 친구여. 어떤 일에나 위험은 있습니다." 데삭이 조바심과 동정을 담아 말했다. "당신은 이곳에서 벽에 둘러싸여 거리의 삶과 사람들의 활동에서 떨어져 있지요. 당신은 옛 시대의 그림자 속에서 살고 그들의 지혜를 함께합니다. 그러나 지혜가 행동에 있을 때가, 신중함이 파멸이 되는 때가 와요."

"행동하려는 의지가 생각을 좌절시키는 때가 온다고 해야겠지." 수장 어른은 음울하게 말했다.

"내가 얼마나 기다려야 합니까? 답은 주어지지 않았어요!"

"나에게는 안 왔지." 수장 어른은 아주 잠깐 나를 보았다.

데삭은 알아차리지 못했다. 그는 이제 화를 냈다. "당신의 신탁은 내 것이 아닙니다. 난 여기에서 태어나지 않았어요. 책과 아이들이 하라는 대로 하십시오. 나는 내 머리를 쓰겠습니다. 이방인이라서 날 믿지 못하겠다면 오래전에 그렇게 말했어야지요. 나와 같이 있는 사람들은 날 믿습니다. 그 사람들은 내가 안술의 자유와, 순드라만과 유대를 회복하는 것 말고는 아무것도 바라지 않는다는 걸 알지요. 오렉 카스프로도 그걸 알아요. 그는 나를 지지합니다. 이제 가보겠습니다. 여기 갈바만드에 다시 오는 날은 도시가 자유로워진 후일 겁니다. 그때는 당신도 날 믿겠지요!"

데삭은 몸을 돌려 뜰 밖으로 걸어 나갔다. 집 안을 통과하지는 않고, 북쪽 끝으로 열린 무너진 계단을 내려갔다. 그는 모퉁이를 돌아서 사라졌다. 수장 어른은 고요히 서서 그 뒷모습을 지켜보았다.

한참 후에 오렉이 물었다. "바보같이 제가 불을 붙인 건가요?"

"아니요." 수장 어른이 말했다. "아마 부싯돌에서 튄 불똥이겠지요. 탓할 수 없어요."

"내일 간다면 혼자 가겠습니다." 오렉이 말했지만, 수장 어른은 살짝 웃고 그라이를 보았다.

"당신이 가면 나도 가. 알잖아." 그라이가 말했다.

오렉은 잠시 후에 말했다. "그래, 알아. 하지만……." 그는 수장 어른을 향해 말했다. "제가 오늘 지나치게 갔다면, 간드가 저를 벌해서 힘을 보여야 할지도 모릅니다. 그걸 두려워하시는 건가요?"

수장 어른은 고개를 흔들었다. "그렇다면 병사들을 보냈을 거예요. 내가 두려워하는 건 데삭입니다. 그 사람은 레로를 기다리지 않을 거예요."

레로는 우리 도시가 서 있는 땅의 오래되고 성스러운 영혼이다. 레로는 균형의 순간이다. 레로는 항구 시장에 있는 거대한 둥근 돌로, 언제라도 움직일 수 있게 되어 있지만 한 번도 움직인 적이 없었다.

수장 어른은 곧 피곤하다고 말하며 안으로 들어갔다. 내게 따라오라거나 나중에 오라는 신호는 보내지 않았다. 그는 천천히 발을 끌며, 자기 몸을 겨우 지탱하며 집 안으로 들어갔다.

그날 밤 나는 몇 번이나 깨어나서 책에 있던 말, '부서진 것이 부서진 것을 고치리라.'를 보고, 그 말을 하는 목소리를 듣고, 그 말을 되새기고 또 되새기며 의미를 이해하려 애썼다.

11

 다음 날 아침에는 새벽같이 집 안의 경배 행위를 마치고 두 시장에 다 들렀다. 필요한 식료품을 사기 위해서만이 아니라 도시가 어떻게 돌아가고 있는지 보기 위해서였다. 나는 모든 것이 변할 줄 알았다. 모두가 나처럼 엄청난 일이 일어나는 데 대비하고 있을 줄 알았다. 그러나 아무도 아무것에도 대비하지 않는 것 같다. 모든 것이 언제나와 같았다. 사람들은 서로를 쳐다보지 않고, 말썽을 피해서 빠른 걸음으로 거리를 움직였다. 푸른 외투를 입은 알드 경비병들이 시장 구석을 활보했다. 행상인들은 매대를 지켰고, 아이들과 늙은 여인들이 거래를 하고 물건을 사고 샛길로 조용히 집에 들어갔다. 긴장감도 흥분도 없었고 아무도 평소와 다른 말은 하지 않았다. 딱 한 번, 누군가가 세관 거리 다리를 건너면서 휘파람으로 〈자유〉 몇 음절을 부는 것을 들었을 뿐이다.

그날 오후 늦게 의회당으로 출발한 오렉과 차이는 걸어서 갔다. 셰타르는 데려갔지만, 나는 데려가지 않았다. 말도 없이 마부를 데려갈 이유가 없거니와, 위험할지도 모른다고 걱정한 탓이었다. 나는 안도했다. 시미와 마주치고 싶지 않았다. 그 애를 생각할 때마다 부끄러워 마음이 무거워졌다.

그러나 두 사람이 떠나자마자 나는 집에 있을 수 없음을 깨달았다. 집에 앉아서 기다리는 것은 견딜 수 없었다. 두 사람이 있는 의회당에 조금이라도 가까이 가야 했다. 근처에 있어야 했다.

나는 여자 옷을 입고, 어린아이나 남자처럼 머리를 길게 늘어뜨리는 대신 매듭을 지어 올렸다. 마부 멤이나 다른 어느 소년이 아니라 메메르라는 소녀가 되었다. 나 자신이어야 했기 때문에, 내 옷을 입고 싶었다. 두 사람과 같이 한다는 느낌을 받으려면 조금은 위험을 감수해야 했다.

나는 여자들이 늘 걷는 방식대로 눈을 올리지 않고 빠른 걸음으로 갈바 거리를 걸어서 중앙 운하를 건너는 금세공인 다리까지 갔다. 안술의 금은 대부분 아수다르를 부유하게 해주기 위해 실려갔다. 다리 위에 있는 상점은 대부분 오래전에 문을 닫았지만, 일부 가게에서는 아직도 싸구려 장신구와 경배용 초등을 팔았다. 도로 밖으로 빠져 있는 그런 가게에 들어가서 친구들이 나오는지 지켜볼 수 있을 것이다.

시장에서는 아무것도 벌어지지 않았고, 의회당에 제일 가까운 이 다리에도 동요의 흔적이 없었으며, 경비를 맡은 알드 보병 두 사람마저 다리 계단에 늘어져서 주사위 놀이를 하고 있는데도 나는 뭔가가 일어나고 있거나, 곧 일어날 거라는 느낌을 지울 수가 없었다. 머리 위에서 뭔가 엄청난 것이 구부러지고 구부러지다가 곧 부러질 것 같은 느낌이었다.

나는 어느 상점 현관 그늘에 섰다. 가게를 지키는 노인과 이야기를 잠시 나누고, 친구를 만나려고 기다리는 중이라고 말했다. 노인은 알 만하다는 듯, 못마땅하다는 듯이 고개를 끄덕였지만 머물게 해주었다. 이제 그는 나무 구슬과 유리 팔찌와 향이 담긴 쟁반들을 늘어놓은 계산대 뒤에서 졸고 있었다. 밖에는 많은 사람이 지나가지 않았다. 문틀에 작은 신소가 있어서 나는 이따금씩 그 벽감 턱을 만지며 축복을 속삭였다.

마치 꿈속에서처럼 사자가 꼬리를 흔들며 걸어가는 모습이 보였다.

나는 가게에서 튀어나가서 친구들과 보조를 맞추어 걷기 시작했다. 그들은 조금밖에 놀라지 않은 얼굴이었다. "그 머리맘에 드는데." 그라이가 말했다. 복장은 차이였지만, 그 역할대로 행동하지는 않았다.

"어떻게 됐는지 말해줘요!"

"집에 도착하면."

"아니, 제발, 지금요!"

"알았다." 오렉이 말했다. 우리는 다리 북쪽 끝 계단에 와 있었다. 오렉은 난간을 친 대리석 보도가 운하 위로 돌출한 기단부에서 몸을 틀었다. 거기에서부터 배와 어부들이 이용하는 부두를 향해 좁은 층계가 이어졌다. 우리는 계단을 밟고 다리 바로 밑에 있는 운하 둑으로 내려갔다. 거리에서 보이지 않는 장소였다. 우리는 우선 내려가서 물을 건드리며 우리의 네 운하를 만들어주는 순디스 강에 축복의 말을 던졌다. 그런 후에 다 같이 쪼그리고 앉아서 갈색이 섞인 반투명한 녹색 물이 흐르는 광경을 지켜보았다. 강물이 다급함도 같이 실어가는 것 같았다. 그러나 나는 곧 물었다. "그래서요?"

그라이가 대답했다. "음, 간드는 오렉이 어제 시장에서 읊은 이야기를 듣고 싶어 했어."

"아디라와 마라를?"

둘이 같이 고개를 끄덕였다.

"좋아하던가요?"

"응." 오렉이 말했다. "우리에게도 그런 전사들이 있는 줄 몰랐다고 하더구나. 하지만 특히 늙은 술의 군주를 좋아했어. 이렇게 말했지. '칼의 용기가 있고 말의 용기가 있는데, 말의 용기가 더 보기 드물지요.' 이오라스와 술터 갈바를 한자리에 모을 방법을 알았으면 좋겠어. 그 둘은 서로를 이해할 거야."

며칠 전이었다면 이 말이 불쾌했을 테지만, 지금은 옳은 말 같았다.

"이상한 일은 없었어요? 설마하니 〈자유〉를 불러보라고 하진 않았겠죠?"

오렉은 웃었다. "안 그랬지. 하지만 작은 소란이 일어나기는 했다."

그라이가 말했다. "오렉이 낭송을 시작하는데 사제들이 또 천막 안에서 경배의 노래를 부르기 시작했어. 큰 소리로. 북도 치고. 심벌즈도 잔뜩. 이오라스는 먹구름처럼 새까매졌어. 오렉에게 잠시 멈추라고 하더니 장교를 천막 안으로 보냈지. 새빨간 복장에 거울을 주렁주렁 단 모습이 호화롭기는 했지만 얼굴은 죽도록 험상궂은 우두머리 사제가 나왔어. 그 자리에 서서는, 불타는 신에 대한 성스러운 경배는 불결한 야만족의 무례에 방해받을 수 없다고 말하더라. 이오라스는 희생 의식은

해 질 녘에 이루어지지 않느냐고 말했어. 사제는 의식은 시작되었다고 했고. 이오라스는 아직 해가 지려면 두 시간이 남았다고 했지. 사제는 의식은 시작되었고 계속될 거라고 말했어. 그러자 이오라스가 말했지. '불경한 사제는 왕의 신발에 든 전갈이로다!' 그리고 노예들을 보내어 동쪽 운하 바로 위 아케이드 옆에 기둥을 세우고 양탄자를 쳐서 그늘을 만들게 했고, 모두 그쪽으로 옮겨간 후에 오렉은 낭송을 계속했어."

"하지만 이오라스는 그 힘겨루기에서 졌어." 오렉이 말했다. "사제들은 희생 의식을 계속했지. 이오라스는 결국 의식을 다 놓치지 않으려고 서둘러 천막으로 돌아가야 했어."

"사제들은 사람들이 뛰게 만드는 데 능하지." 그라이가 말했다. "벤드라만에도 사제들이 많거든. 사람들을 좌지우지해."

오렉이 말했다. "흠, 사제들은 영예를 얻고 중요한 의식들을 집전하지. 그래서 도덕과 정치에 관여하게 돼……. 이오라스가 이 무리에게 맞서려면 최고 간드의 지지가 필요할 거야."

"난 간드가 당신을 지지대로 보는 것 같아." 그라이가 말했다. "이곳 사람들과 접점을 만들어볼 방법으로 말이야. 당신을 불러온 것도 그래서일지도 몰라."

오렉은 생각에 잠긴 얼굴로 앉아서 그 말을 곰곰이 생각했다. 머리 위 높이 있는 거리를 말 한 마리가 달려갔다. 돌에 부덮치는 발굽 소리가 크고 요란했다. 매끈한 수면에 잔물결이 지며 운하 가운데를 흐르던 물이 넘실거렸다. 온종일 불던 해풍은 잦아든 상태였고, 저녁이 되어 처음으로 부는 육풍이었다. 흙바닥에 엎드려 있던 셰타르가 일어나 앉더니 낮게 노래하듯이 으르렁거렸다. 등줄기를 따라 털이 곤두서면서 몸이 부풀었다.

대리석 계단 제일 아랫단과 부두 말뚝에 물이 찰랑거렸다. 도시 위 초록색 언덕 위로 스러져가는 적금색 햇빛에 연기 빛이 섞여 있었다. 이 아래 물가에서는 모든 것이 평화로웠지만 그래도 숨을 참는 것 같았고, 모든 것이 가만히 준비를 하는 것 같았다. 사자가 팽팽하게 긴장한 채 일어서서 귀를 기울였다.

또 한 마리가 우리 위에 걸린 다리를 달려갔다. 아니, 한 마리 이상이었다. 발굽 소리가 요란하게 울렸고, 다리를 달려가는 발소리와 고함 소리가 바로 위에서도, 멀리 떨어진 곳에서도 들렸다. 우리는 이제 모두 일어서서 다리 위의 대리석 난간과 건물 뒷면들을 올려다보고 있었다. "무슨 일이지?" 오렉이 말했다.

나는 무슨 말을 하는지도 모르면서 큰 소리로 말했다. "터진 거예요. 터졌어요."

이제는 우리 바로 위에서 고함 소리가 들렸고 말이 울었고 거친 발소리와 더 많은 고함 소리와 드잡이질 소리가 들렸다. 오렉은 층계를 올라가다가 멈춰 서서 대리석 난간에 있는 사람들을, 몰려서 싸우거나 드잡이질을 하거나 명령을 내리거나 공포에 질려 비명 지르는 사람들을 보았다. 무엇인가가 난간을 넘어오자 오렉은 몸을 숙였다. 커다랗고 시커먼 것이 육중한 쿵 소리를 내며 층계 옆 진흙에 처박혔다. 층계 꼭대기에 머리가 나타났고, 사람들이 아래를 내려다보며 손짓을 하고 소리를 질렀다.

오렉이 계단에서 펄쩍 뛰어내렸다. "다리 밑으로!" 그가 말했고 우리 넷은 달려가서 다리가 물가와 만나는 곳, 다리 위에 있는 사람들이 볼 수 없는 제일 낮은 아치 아래로 숨었다.

떨어진 물체를 보았다. 크지 않았다. 그저 한 사람일 뿐이었다. 계단 발치에 지저분한 옷 뭉치처럼 누워 있었다. 머리는 보이지 않았다.

아무도 계단을 내려오지 않았다. 다리 위의 소동이 갑자기 완전히 잦아들었다. 멀리 의회당 쪽에서 엄청나게 크고 분명치 않은 소리가 들리긴 했지만. 그라이는 떨어진 남자에게 다가가서 무릎을 꿇고, 모습이 보일까 싶어 머리 위 난간을 한두 번 올려다보았다. 그녀는 금세 돌아왔다. 양손이 진흙인지 피인지로 더러워져 있었다. "목이 부러졌어." 그라이가 말했다.

"알드예요?" 내가 속삭였다.

그라이는 고개를 저었다.

오렉이 말했다. "여기 잠시 남아 있을까, 아니면 갈바만드로 돌아갈까?"

"거리로 움직이는 건 안 돼." 그라이가 말했다.

둘 다 나를 보았고, 나는 말했다. "제방을 따라서요." 그들은 무슨 말인지 몰랐다. "여기 있고 싶진 않아요." 내가 말했다.

"앞장서." 오렉이 말했다.

"어두워질 때까지 기다려야 할까?" 그라이가 물었다.

"나무 밑은 괜찮을 거예요." 나는 거대한 버드나무들이 둑 위로 몸을 굽힌 운하 상류를 가리켰다. 집에 가고 싶어 견딜 수 없었다. 수장 어른 때문에, 갈바만드 때문에 무서웠다. 나도 그곳에 있어야 했다. 나는 물을 멀리하고 벽에 가까이 붙어서 이동했고, 우리는 곧 버드나무 아래로 들어갔다. 몇 번인가 멈춰서 뒤를 돌아보았지만 이 밑에서 보이는 것이라곤 다리 위의 건물 뒷면들, 그리고 운하 너머 벽과 나무 꼭대기와 지붕들뿐이었다. 거리에서는 아무 소리도 들려오지 않았다. 공기는 탁했고, 연기 냄새가 나는 것 같았다.

우리는 제방에 도착했다. 언덕 사이로 흘러오는 순디스 강을 감싸고 나누는 요새 같은 돌벽이었다. 안술의 아이들이 다 그렇듯 나도 제방에서, 벽 사이로 깎아놓은 가파른 계단을 오르고 틈을 뛰어넘고 일꾼과 인부들이 쓰려고 판자를 사슬로 엮어 강둑 사이를 연결한 좁은 다리를 뛰어다니면서 놀았었다. 그 당시 우리는 아이들이 판자 위에서 쿵쿵 뛰어서 다리가 물 위로 거칠게 출렁이는 동안 한 명이 판자 다리를 건너게 부추기는 놀이를 했다. 지금 우리가 부추겨야 할 대상은 셰타르였다. 셰타르는 물이 넘실거리는 부서지기 쉬운 판자 다리를 한번 보더니 꼬리를 내리고, 어깨를 올린 자세로 웅크리고 앉았다. 또렷한 의사 표시였다.

그라이는 즉시 셰타르 옆에 앉아서 귀 뒤편에 손을 올려놓았다. 그라이와 셰타르는 의논을 하는 것 같았다. 거기까지는 보았지만, 마음이 급해 나는 벌써 다리를 건너고 있었다. 일단 시작하면 멈출 수 없다. 한 번에 끝까지 가야 한다. 나는 바보스럽고 절박한 기분으로 한달음에 다리를 건너서 반대편 둑에 섰다. 그때 그라이와 셰타르 둘 다 일어서더니 운하를 건너기 시작했다. 그라이는 판자에서 판자로 척척 걸음을 옮겼고, 셰타르는 그 옆에서 강인한 머리를 물 위로 내밀고 헤엄쳤다. 오렉이 그라이 뒤를 따랐다.

일단 기슭에 도착하자 셰타르는 몸을 털었지만, 고양이는 개처럼 물을 다 털어내지 못한다. 셰타르의 모피는 어스름 속에 검게 젖었고, 마르고 작고 줄어들어 보였다. 셰타르는 새하얀 이를 드러내며 무섭게 으르렁거렸다.

"다른 다리랑 배가 있어요." 내가 말했다.

"앞장서." 오렉이 말했다.

나는 그들을 이끌고 교각을 가로질러 동쪽 운하로 갔다. 이번에도 아까와 같은 방식으로 건너갔다. 그런 후에는 좁고 가파른 옆 계단을 통해 동쪽 운하와 강의 원류를 갈라놓은 쐐기 모양의 거대한 교각 위를 가로질러서 다시 강으로 내려갔다. 그 무렵에는 꽤 어두워져 있었다. 언제나 그 자리에 있는 줄배를 타고 강을 건넜다. 배는 우리 쪽 기슭에 있었다. 안에 타고 줄에 달린 배를 끌었다. 물살이 강해서, 배를 끄는 데 오렉과 나 둘의 힘이 필요했다. 셰타르는 배에 타고 싶어 하지 않았고, 배 안에 있고 싶어 하지도 않았으며, 건너는 동안 계속 으르렁거렸고 가끔은 짧게 포효하기도 했다. 셰타르는 몸을 떨었다. 추위 탓인지, 두려움 탓인지, 노여움 탓인지 몰랐다. 그라이는 이따금씩 셰타르에게 말을 걸었지만, 대개는 셰타르의 귀 뒤에 손을 얹고만 있었다.

줄배 나루터는 옛 공원 발치에 있다. 그라이는 줄을 끌렀고 셰타르는 숲의 어둠 속으로 뛰어올라 사라졌다. 우리는 그 뒤를 따라 나무 사이로 길을 찾고, 그라이와 셰타르와 내가 함께 걸었던 오솔길을 올라갔다가 다시 갈바만드로 내려가서 집 북동쪽으로 접근했다. 사자는 우리 앞에서 그림자들 속의 그림자처럼 달렸다. 우리 집은 언덕처럼 거대하고, 어둡고, 고요하게 서 있었다.

나는 공포에 질려 생각했다. '죽었어. 다 죽은 거야.'

나는 다른 사람들을 앞질러 뜰을 가로지르고 집 안으로 달려 들어가면서 식구들을 소리쳐 불렀다. 답이 없었다. 깜깜한 수장 어른의 방을 질러 그 뒤에 있는 비밀방으로 갔다. 손이 너무 떨려서 문을 여는 글자를 쓰기가 힘들었다. 방 안에는 희미한 별빛밖에 없었다. 아무도 없었다. 나에게 말을 거는 책들과 동굴 속의 존재밖에 없었다.

나는 문을 닫고 다시 어두운 복도와 회랑을 지나 사람들이 사는 구역으로 달려갔다. 넓은 뜰 저편에 따뜻한 불빛이 보였다. 다들 우리가 식사를 하는 저장고에 모여 있었다. 수장 어른, 구딧, 이스타, 소스타, 보미에 그라이와 오렉도 그쪽에 도착해 있었다. 나는 문간에서 멈춰 섰다. 수장 어른이 다가와서 나를 팔에 안았다. "애야, 애야." 나는 온 힘을 다해서 그에게 매달렸다.

우리는 식탁에 둘러앉았다. 이스타는 차려놓은 빵과 고기를 먹어야 한다고 우겼고, 실제로 나는 미친 듯이 배가 고팠다. 우리는 서로에게 아는 내용을 이야기했다.

구딧은 오랜 친구들, 그러니까 마부와 마구간지기들이 모여 앉아서 말에 대해 천천히 이야기를 늘어놓곤 하던 중앙 운하 근처 맥줏집에 가 있었다고 했다. "갑자기 의회당 언덕 위에서 요란한 소리가 들렸지. 그러더니 연기가 올랐어. 시커먼 연기가 뭉게뭉게." 나팔 소리가 울렸고, 알드 기병과 보병들이 의회당 길을 따라 달려 올라갔다. 구딧과 친구들은 갈바 거리까지는 갔지만, 이미 의회당 광장 입구에 엄청난 군중이 모여 있었다. 알드와 시민 양쪽 다. "고함을 지르고 화를 내고, 알드는 칼을 뽑아 들고 있었어." 구딧은 말했다. "난 사람이 많은 게 싫어서 집에 오기로 했지. 도리에 맞게 말이야."

구딧은 갈바 거리를 따라 오려고 했지만, 길이 시민들 때문에 막힌 데다가 앞에서 싸움이 벌어지는 것 같았다. 구딧은 겔브 거리로 우회해서 서쪽 거리로 와야 했다. 시내에서도 우리 집 쪽은 조용한 것 같았지만, 의회당으로 가는 사람들이 보였다. 그리고 구딧이 갈바만드에 도착하자 알드 기병 부대가 달려가면서 허공에 검을 휘두르며 외쳤다. "거리에서 비켜라! 집으로 들어가! 거리를 비워!"

우리는 실제로 갈바 거리에서 싸움이 있었음을 확인해주었다. 금세공인 다리에서 남자 하나가 다리에서 떨어져 죽었다는 것도.

구딧이 집에 온 직후에 보미의 친구 하나가 달려와서 '다들 하는 말이' 의회당에 불이 났다고 하더라고 전했다. 하지만 집으로 도망치던 이웃 하나는 불이 붙은 건 의회당 뜰에 있는 알드의 큰 천막이고, 안에 있던 알드 왕과 붉은 사제 무리가 같이 탔다고 말했다.

그 후에는 아무 소식도 없었다. 어두워진 데다가 알드 병사들이 깔린 길거리에 나갈 사람이 없었던 탓이다.

이스타는 완전히 겁에 질렸다. 17년 전에 일어났던 도시 함락의 공포가 돌아와서 그녀를 압도한 것 같았다. 이스타는 우리를 위해 음식을 차리고 먹으라고 명했지만, 정작 자기는 한입도 먹지 못했고 부들부들 떨리는 걸 감추려고 무릎 위에 손을 내려놓고 있었다.

수장 어른은 이스타와 소스타와 보미를 잠자리로 들여보내면서 오렉과 그라이가 집 앞쪽을 지킬 거라고 말했다. "사자와 같이 말이오. 그러니 걱정할 것 없어요. 아무도 사자 옆을 지나가진 못할 테니까."

이스타는 순순히 고개를 끄덕였다.

"그리고 구딧은 언제나처럼 말들과 같이 있게. 메메르와 나는 오래된 방들에서 불침번을 서지. 밤에 소식을 갖고 찾아올 친구가 있을지도 모르니까 말이야. 그랬으면 좋겠는데." 수장 어른이 워낙 온화하고 쾌활하게 말한 덕분에 이스타와 여자들도 용기를 내는 것 같았다. 그런 척한 건지도 모르지만. 부엌을 치우자 세 사람은 용감하게 밤 인사를 하고 함께 들어갔다. 세 사람은 앞계단 위, 대문 바로 안에 자리를 잡은 그라이를 보았다. 그라이와 셰타르는 거리를 지나거나 앞뜰로 들어오는 것은 무엇이든 볼 수 있을 터였다. 오렉은 나머지 사람들 사이의 연락을 맡아서 한 번씩 구딧이나 수장 어른에게 들러보면서 아무도 없는 집 남쪽 면을 순찰했다.

분명하든 분명하지 않든 우리 모두 같은 것을 두려워하고 있었기 때문이다. 갈바만드가 다시 한 번 알드의 두려움, 또는 복수심의 과녁이 될지도 모른다는 것.

밤은 고요히 흘러갔다. 나는 몇 번인가 상방에 올라가서 도시를 내다보았다. 특별한 징후는 없었다. 언덕 사면이 의회당을 가렸다. 연기가 올라오거나 화재의 불빛이 보이지 않나 그쪽을 노려보았지만, 아무것도 없었다. 나는 다시 내려가서 긴 회랑에 있는 수장 어른과 합류했다. 우리는 대화를 조금 나눈 후에 말없이 앉아 있었다. 따뜻한 밤이었다. 초여름의 온화한 밤이었다. 나는 위층 창가로 다시 올라가볼 작정이었지만, 저도 모르게 앉아서 잠들었다가 목소리 때문에 깨어났다.

나는 공포에 질려서 튀어 일어났다. 방 끝에, 뜰로 통하는 문간에 남자 하나가 서 있었다. "여기 머물 수 있겠습니까? 숨겨주실 수 있나요?"

"그래요, 그래." 수장 어른이 말했다. "들어와요. 같이 온 사람은 없고? 들어와요. 여기는 안전해요. 따라온 사람이 있소?" 수장 어른은 다급함이라고는 느껴지지 않게 온화하고 평화로운 투로 물었다. 그는 남자를 방 안으로 이끌었다. 나는 다른 사람이 있나 보려고 그들 옆을 지나쳐 달려나갔다. 누군가가 뜰에 서 있었다. 별빛 속에 어두운 형체를 보고 경고의 소리를 지를 뻔했지만, 다시 보니 오렉이었다.

"도망자야." 오렉이 속삭였다.

"따라온 사람은요?"

"내 눈에는 보이지 않았어. 난 다시 돌아볼 테니 여기에서 지켜봐라, 메메르."

오렉은 재빨리 아케이드를 통과해 갔다. 나는 문간에 서서 밖을 감시하며 수장 어른과 도망자의 대화에 귀를 기울였다.

"죽었어요." 남자는 쉰 목소리로 속삭였다. 말하면서 계속 기침을 했다. "다 죽었어요."

"데삭은?"

"죽었어요. 전부 다요."

"의회당을 공격했소?"

"천막을요." 남자는 고개를 저으며 말했다. "불이……." 그는 격렬하게 기침을 토했다. 수장 어른은 탁자 위에 놓인 유리병으로 물을 가져다주고, 앉아서 마시게 했다. 남자가 등잔 가까이 앉자 모습을 볼 수 있었다. 내가 아는 사람은 아니었다. 집에 온 적이 없는 사람이었다. 30대가량에, 머리는 산발이었고 옷과 얼굴은 흙인지 재인지 피인지 모를 것으로 더러웠다. 나는 그 옷이 궁전에서 일하는 노예가 입는 줄무늬 옷임을 알아차렸다. 남자는 의자에 구부정하게 앉아서 숨을 고르려 애썼다.

"천막에 불을 질렀군." 수장 어른이 말했다.

남자는 고개를 끄덕였다.

"간드가 안에 있었소? 이오라스가?"

남자는 이번에도 끄덕였다. "죽었어요, 다 죽었어. 지푸라기처럼 탔어요. 화톳불처럼……."

"하지만 데삭은 천막 안에 없었을 텐데. 아니, 물을 더 마시고 나서 말해주시오. 당신을 뭐라고 부르면 되겠소?"

"카데르 안트로입니다." 남자가 말했다.

"겔브만드 출신이로군. 아버님인 대장장이 안트로를 알고 지냈지. 내가 수장이었을 때 겔브 집안에서 말을 빌려주곤 했는데. 자네 아버지는 말발굽에 각별히 신경을 썼지. 아버님이 아직 살아계신가, 카데르?"

"작년에 돌아가셨습니다." 남자는 말했다. 그는 물을 마시고 지친 얼굴로 앉아서 멍하니 앞을 바라보았다.

"우린 불을 놓고 나왔어요. 그런데 놈들이 있었어요. 놈들이 우릴 둘러싸고 다시, 다시 불 안에 밀어 넣었어요. 모두가 비명을 지르고 밀어댔어요. 전 나왔어요. 기어나왔어요." 그는 놀란 눈으로 자기 몸을 내려다보았다.

"화상을 입었나? 다쳤어?" 수장 어른은 가까이 다가가서 남자를 굽어보고 팔을 건드렸다. "이게 화상인지, 베인 상처인지 모르겠군. 어디 한번 보세. 하지만 우선 어떻게 여기 갈바만드까지 왔는지 말해보게나. 혼자였나?"

"기어나왔어요." 카데르가 되풀이해서 말했다. 그는 우리와 같이 조용한 방 안에 있는 게 아니라 불 속에 있었다. "기어나와서…… 동쪽 운하 위까지 가서 뛰어내렸어요. 광장 전체에서 놈들이 반격을 하고 사람들을 죽였어요. 전…… 아래로…… 해안 거리까지 갔어요. 거리마다 경비병들이 뛰어다니고 있었어요. 전 집들 뒤에 숨었지요. 어디로 가야 할지 몰랐어요. 놈들이 여기로 올지도 모른다고 생각했어요. 신탁의 집으로. 어디로 가야 할지 몰랐어요."

"자넨 잘 해냈어." 수장 어른은 변함없이 사람을 달래주는 담담한 어조로 말했다. "여기 불을 더 키워서 팔을 좀 보세. 메메르? 가서 천과 물을 더 가져다주지 않겠니?"

보초를 서던 자리를 떠나고 싶지는 않았지만, 그 남자는 쫓는 사람 없이 혼자 온 것 같았다. 나는 물그릇과 물, 천과 함께 부엌에서 다쳤을 때를 대비해서 보관해둔 약초 연고를 가져갔다. 그리고 카데르의 팔에 난 화상을 씻고 붕대를 감았다. 이런 일에는 수장 어른보다 내 손이 더 나았다. 상처를 치료받고, 수장 어른이 에누 축제와 비상사태용으로 보관해둔 묵은 브랜디를 조금 마시자 카데르도 정신이 돌아오는 것 같았다. 그는 우리에게 고맙다고 하고 더듬더듬 이 집에 축복을 청했다.

수장 어른은 몇 가지를 더 물었지만, 카데르는 많은 것을 이야기해주지는 못했다. 알드의 노예와, 카데르처럼 노예로 가장한 이들이 섞인 데삭의 소규모 무리가 의식이 벌어지는 동안 대천막에 잠입해서 몇 군데에 불을 질렀다. 그러나 계획이 틀어졌다. "그자들이 오지를 않았어요." 카데르는 계속 말했다. 음모자 중에 카데르와 데삭 같은 이들은 불타는 천막을 떠나다가 붙잡혔다. 광장에서 기다리다가 불길에서 도망쳐나오는 알드 놈들을 공격하기로 했던 나머지 사람들은 오지 않았다. 이미 쓰러진 것인지, 천막 근처에도 가지 못한 것인지는 카데르도 알지 못했다. 그는 그 이야기를 하려다가 흐느끼기 시작하더니 다시 기침을 터뜨렸다. "자, 자, 이제 됐어." 수장 어른이 말했다. "자넨 자야 해." 그리고 카데르를 자기 방으로 데려갔다.

수장 어른이 돌아오자 나는 물었다. "다 죽었다고 생각하세요? 데삭도, 간드도요? 간드의 아들은 어떻게 됐을까요? 그자도 천막 안에 있었는데요."

수장 어른은 고개를 저었다. "우린 알 수 없다."

"이오라스가 죽고 이도르가 살았다면, 그자가 이어받을 거예요. 그자가 지배할 거예요."

"그렇지."

"그자는 이리로 올 거예요."

"왜 여기로 오겠느냐?"

"카데르가 이리로 온 것과 같은 이유에서죠. 여기가 안술의 심장부니까요."

수장 어른은 문간에 서서 별빛 비치는 뜰을 내다보며 말이 없었다.

"그 방으로 가셔야 해요. 그 방에 가 계셔야 해요."

"신탁을 위해?"

"안전을 위해서요."

"아." 그는 조금 웃었다. "안전이라…… 그럴지도 모르지. 하지만 우선 어둠이 걷히면 햇빛이 뭘 실어올지 보자꾸나."

그러나 아침이 오기도 전에 위층 창문에서 불길이 내다보였다. 남서쪽, 폐허가 된 대학 건물 근처였다. 불길은 반짝이다가 잦아들더니 다시 타올랐다. 웅성이는 소리가 들리고, 멀리 떨어진 거리에서 말발굽 소리와 나팔 소리, 희미하게 어수선한 목소리가, 많은 목소리가 들렸다. 의회당 광장에서 일어난 재난이 무엇이건 간에 도시는 위협받지도 진압되지도 않았다.

어둠이 잿빛으로 변하고 도시 뒤에 솟은 언덕 위로 하늘이 밝아질 무렵, 오렉이 들어왔다. 오렉과 함께 카만드의 술셈 캄도 왔다. 술셈은 수장 어른의 평생 친구이자 동료 학자였고, 이전에도 갈바만드에 구해낸 책을 많이 가져왔었다. 이번에 가져온 것은 정보였다.

"우리가 들은 풍문을 다 가져왔네, 술터." 술셈이 말했다. 그는 60대였고, 용감하고 신중했으며 스스로나 다른 사람의 품위에 신경을 많이 썼다. 수장 어른은 '철두철미한 캄'이라고 불렀다. 바로 지금도 술셈은 몹시 적확하게 말했다. "그러나 출처는 하나 이상이야. 남부인 데삭과 내 친족 아르모는 대천막에 난 불 속에서 죽었네. 알드 놈들은 여전히 도시를 쥐고 있어. 밤새 이곳저곳에서 폭동과 방화와 거리 전투가 벌어졌네. 사람들은 지붕과 창가에서 지나가는 병사들에게 돌을 던지고 있어. 그러나 알드에 대한 공격에는 지도자가 없네. 산발적으로 흩어진 공격뿐이야. 알드에게는 군대가 있고, 우리에겐 없네."

나는 누군가가 같은 말을 했던 것을 기억했다. 며칠, 아니 몇 달 전처럼 느껴졌다. 누가 한 말이었더라?

"그러면 이도르가 자기 군대를 믿게 놓아두지요. 우리에겐 도시가 있고, 알드에겐 없습니다." 수장 어른이 말했다.

"용감한 말이로군. 하지만 술터, 나는 자네 때문에 겁이 나네. 자네 식구들 때문에."

"압니다, 친구여. 그래서 위험을 무릅쓰고 여기까지 오신 것도 알아요. 감사드립니다. 우리 집과 당신 집의 모든 신과 정령들이 함께하기를. 이제 집으로 가십시오. 해가 뜨기 전에요!"

그들은 서로의 손을 부딪쳤고, 술셈 캄은 온 길로 돌아갔다.

수장 어른은 도망자를 살펴보러 갔다가 푹 잠든 것을 확인하고, 아침마다 하던 대로 뒤뜰에 있는 작은 수반에 가서 얼굴과 손을 씻은 후 아침마다 하던 경배를 돌았다. 나는 처음에는 경배를 할 수 있을 것 같지 않았다. 하지만 어떤 손이 나를 끌어당기는 듯했다. 나는 나가서 이에네의 잎을 주워 이에네 여신의 제단에 올리고, 모든 신소를 돌면서 먼지를 털고 축복을 올리기 시작했다.

이스타가 일어나서 부엌일을 하고 있었다. 소스타와 보미는 밤새 반쯤 깨어 있다가 아직 잔다고 했다. 집 앞쪽으로 가는데 커다란 안뜰에서 목소리가 들렸다.

그라이가 멀찍이 서서 어떤 여자와 이야기를 나누고 있었다. 첫 햇살이 열린 안뜰 위 지붕을 때렸고, 공기는 달았고 여름 치고는 서늘했다. 각각 흰 옷과 회색 옷을 입은 두 여자는 벽 근처 그늘에, 꽃이 핀 덩굴 아래에 그림처럼 서 있었다. 모든 것이 강렬하고 선명했다.

나는 뜰을 가로질러 그쪽으로 갔다. "이쪽은 이알바 악타모야." 그라이가 내게 말하고, 그 여자에게 말했다. "이쪽은 메메르 갈바예요."

이알바는 작고 가냘프고 섬세한 몸에 눈이 날카로운 30대 여성이었다. 궁전 노예들이 입는 회색 줄무늬 옷을 입고 있었다. 우리는 조심스럽게 인사를 나누었다.

"이알바가 궁전에서 소식을 가져왔어." 그라이가 말했다.

"티리오 악타모께서 보내셨어요. 간드 이오라스의 전언을 가져왔고요."

"죽었나요?"

이알바는 고개를 저었다. "죽지 않았어요. 습격과 불 때문에 부상을 당했죠. 이오라스의 아들이 그를 궁전에 데려다놓고 병사들에게 죽어간다고 말했어요. 곧 죽었다고 공표할 것 같아요. 하지만 이오라스는 죽지 않았어요! 사제들이 그를 감옥으로 데려갔어요. 저희 마님도 같이요. 마님은 지금 그 곁에 계세요. 이도르가 제 아버지를 죽인다면, 저희 마님도 같이 죽을 거예요. 이오라스가 살아 있는 줄 알면 장교들이 구출해줄지도 몰라요. 하지만 그곳엔 말을 할 수 있는 사람이 없어서, 밤새 숨어 있다가 언덕길로 여기에 온 거예요. 마님께서 수장 어른께 가라고, 간드가 죽지 않았다고 전하라고 하셨어요." 이알바의 목소리는 차분하고 맑았지만, 나는 그녀가 말하면서 온몸을 부들부들 떠는 것을 알아차렸다.

"춥겠네요. 밤새 밖에 계셨죠. 부엌으로 오세요."

이알바는 순순히 나와 같이 움직였다.

그녀의 이름을 말하자 이스타는 이알바를 건너다보고 말했다. "베넴의 딸이로구나. 너희 어머니 결혼식에 갔었지. 너희 어머니와 난 친구였어. 내가 기억하는데 넌 언제나 티리오 아가씨가 제일 좋아하는 아이였어. 어렸을 때부터 말이야. 앉으렴, 앉아. 금방 뜨거운 걸 가져다줄게. 이런, 옷이 흠뻑 젖었잖아! 메메르! 내 방에 데려가서 마른 옷 좀 찾아줘라!"

내가 그 말대로 하는 동안 그라이는 달려가서 수장 어른과 오렉에게 이알바의 말을 전했다. 나도 곧 이알바를 이스타의 훌륭한 손에 맡기고 세 사람에게 돌아갔다. 가면서 빵과 치즈 바구니도 가져갔다. 나는 배가 고팠고, 다른 사람들도 배가 고플지 모른다 싶었다. 우리는 앉아서 먹으면서 이야기를 나눴다. 이알바가 가져온 소식의 의미는 무엇일까? 우리가 무엇을 할 수 있을까? "일이 어떻게 돌아가는지 알아야 해!" 수장 어른이 낙담해서 말하자 오렉이 말했다. "제가 가서 알아보죠."

"길거리에 코끝도 내밀지 마." 그라이가 격하게 말했다. "당신을 모르는 사람은 없어! 내가 갈게."

"사람들은 당신도 알아." 오렉이 말했다.

"날 아는 사람은 없어요." 내가 말했다. 나는 마지막 빵과 치즈를 삼키고 일어섰다.

"이 도시에선 모두가 다른 모두를 알아." 오렉이 말했고, 그 말도 틀리지는 않았다. 그러나 갈바만드를 위해 장을 보러 다니는 혼혈 소년인지 소녀인지로 보여봤자 대단히 위험할 것은 없었고, 알드 병사들에게는 내 존재가 아무 의미가 없었다.

"메메르, 넌 여기 있어야 해." 수장 어른이 말했다.

수장 어른이 나에게 있으라고 명령했다면 복종했을 테지만 이 말은 명령이라기보다는 항의였다. 적어도 나는 그렇게 받아들였다. "조심할게요. 한 시간 안에 올게요." 나는 말했다. 옷은 이미 사내아이처럼 입고 있었다. 나는 머리를 풀어서 뒤로 묶고 북쪽 뜰을 통해서 나갔다. 그라이가 따라나와서 나를 끌어안았다. "조심해라, 사자야." 그라이가 중얼거렸다.

12

 나는 마구간을 들여다보았다. 구딧이 찌푸린 얼굴로 브랜티를 운동시키고 있었다. 구딧은 나를 보고 고개를 끄덕였다. 그는 무기 삼아 쇠스랑과 다른 기구들을 준비해두었다. 구딧이라면 마구간을, 말들을, 갈바만드를 지키다가 죽을 것이다. 아직 집과 언덕 그늘에 잠긴 앞뜰을 가로지르는데 목이 메었다. 대머리에 등이 굽은 몸으로 쇠스랑을 든 노인장이 창과 검을 든 기병대와 맞서는 모습이, 그가 칼에 베여 죽는 모습이 눈에 선했다. 옛 영웅처럼. 술의 전사처럼.
 북쪽 운하 다리를 건너는 동안 갈바 거리는 앞뒤 모두 텅 비어 있었다. 도시는 고요해 보였다. 다시 한 번 목이 메었다. 이

건 죽음의 정적일까? 이렇게 달콤한 아침 햇살과 꽃나무 향기 속에서? 내 동포들은 어디 있는 거지?

나는 겔브만드를 지나서 옛 거리를 넘는 지름길로 항구 시장으로 향했다. 감히 의회당 언덕 쪽으로는 가지 못했다. 시장 근처에서 계속되는 도시의 정적에 움츠러들어 있는데 의회당 길 쪽에서 고함 소리가 들리더니, 소름 끼치는 알드 나팔이 반복해서 울렸다. 나는 아무도 없이 뻥 뚫린 서쪽 거리를 달음질쳐 겔브 거리로 돌아갔다. 아래쪽에서 알드 기마병 몇 명이 왔다. 구딧이 묘사한 그대로, 구보로 달리면서 뽑아든 칼을 휘두르며 외쳤다. "길을 비워라! 집으로 들어가!"

나는 부서진 에누 사당 뒤에 숨었고, 병사들은 나를 보지 못했다. 그들은 계속 말을 달렸고, 곧 언덕 밑 시장을 지나 아랫길 쪽에서 발굽 소리와 고함 소리가 들렸다. 나는 사당 문턱을 만지고 축복의 말을 한 후 집과 집 사이 샛길을 따라 갈바만드로 돌아갔다. 나갈 때는 사람들 무리에 합류하여 모습을 숨기고 무슨 일이 벌어지는지 들었으면 했지만, 사람이 없었다. 병사들뿐이었다. 알아낸 것이라곤 그것뿐이었고, 마음 무거운 소식이었다.

그라이와 셰타르는 갈바만드 현관에서 나를 기다리고 있었다. 그녀는 남자 네 명이 집 뒤편으로 왔는데, 넷 다 수장 어른이 아는 사람이었고 데삭의 음모에 가담한 이들이었다고 말해 주었다. 그들은 어제, 대천막에 불이 붙으면 의회당 뜰에 있는 알드를 치기로 했던 병력과 함께 동쪽 운하에 배치되어 있었다. 그러나 불이 계획보다 일찍 붙자 모두가 거기까지 가지는 못했다. 알드 병사들은 순식간에 모여서 방어했고, 곧 공세로 전환했다. 반란군은 결딴이 났고 도망치면서 줄어들었다. 그들은 도시 전역에 흩어졌다. 지금 찾아온 네 사람은 대학 폐허에 숨었다가 게릴라 식으로 알드 부대를 공격하면서 밤을 지샜다고 한다. 그들이 갈바만드로 온 것은 누구든 안술을 위해 싸우고 싶은 자는 이곳으로, 수장 어른의 집으로, 신탁의 집으로 가야 한다는 말이 돌아서였다.

"피난을 위해서요? 저항하기 위해서요?" 나는 그라이에게 물었다.

"나는 모르겠어. 그들도 모를 거야." 그라이가 말했다. "봐."

남자들 일고여덟 명이 서쪽 거리에서 모퉁이를 돌아 우리 쪽으로 달려오고 있었다. 알드가 아니라 시민들이었다. 한 명은 팔에 붕대를 감았고 다들 상태가 처절했다. 나는 계단 위까지 나가서 그들을 맞이했다. "이리로 오시는 건가요?" 내가 외쳤다.

"알드가 이리로 오고 있어." 맨 앞에 선 남자가 대답했다. 그는 문지방 돌 앞에 멈춰 서서 돌을 건드렸다. "살아 있고 이전에 살았던 이 집의 영혼들에게 축복을. 의회당에 있던 병사들이, 그놈들이 곧 이리로 올 거야. 그렇게 들었어. 수장 어른께 문을 잠그라고 전해!"

"그러실 것 같지 않군요. 방어를 도와주실 건가요?" 내가 물었다.

"그러려고 왔지." 남자가 말했다. 다른 남자들이 올라와서 문지방 돌을 건드렸다. 한 명이 말했다. "사자가 있어, 봐."

"들어오시겠어요?" 내가 말했다.

"아니, 여기 남아서 기다리지." 무리를 이끄는 인물이 말했다. 얼굴이 가무잡잡한 남자였다. 머리 끈을 잃어버려서 검은 머리가 길게 흩어진 탓에 거칠어 보였지만, 말씨는 차분했다. "다른 사람도 올 거야. 그렇지만 물이 좀 있다면……." 그는 애타는 눈으로 깨어진 분수의 메마른 수반을 쳐다보았다.

"그러면 옆으로 돌아서 마구간으로 가세요. 흐르는 물이 있어요. 구딧에게 들여보내달라고 하세요."

"구딧이라면 내가 알아." 다른 남자가 말했다. "우리 아버지와 친하지. 가세." 그들은 총총히 마구간으로 향했다. 벌써 아까보다 규모가 큰 다른 무리가 아랫길 쪽에서 거리를 올라오고 있었다. 스무 명 남짓이었고, 날붙이로 무장한 사람도 있었으

251

며 한 명은 알드 기병도를 휘둘렀다. 우리는 그들을 환영했고, 이 사람들 역시 이른바 '뜨거운 밤일' 덕분에 갈증을 호소했기 때문에 물을 마시라고 마구간으로 보냈다.

적어도 구딧은 아까 상상한 것처럼 쇠스랑을 들고 홀로 서지는 않게 되었다.

나는 뛰어 들어가서 수장 어른에게 내가 안전하게 돌아왔음을 알리고, 도시는 텅 빈 것처럼 보이지만 갈바만드 앞뜰에는 사람이 모여들고 있으며, 알드 병사들이 이리로 온다는 소문이 있음을 보고했다.

이 소문은 갈바만드로 온 이들 모두가 확인해주었다. 사람들은 계속 도착했다. 한 번에 몇 명씩. 데삭의 음모에 가담한 사람도 있었고 의회당 광장에서의 일격이 실패한 후에 합류한 남자와 소년도 있었다. 다들 데삭과 간드 둘 다 불 속에서 죽었다고 말했다. 어떤 이는 병사 수백 명이 광장에서 죽었다고 했고, 다른 이는 죽은 사람은 거의 다 시민이고 알드는 전과 다름없이 강력하다고 말했다.

오전이 지나면서 갈바만드에 오는 사람 중에 여자의 비중이 점점 늘어났다. 여자들은 무리 지어 걸어왔고, 손에 실패를 든 여자도 있었고 아기를 매단 여자도 있었다. 한 번은 노파 다섯 명이 무리로 도착했는데, 다들 튼튼한 지팡이를 들고 으스스하게 주위를 둘러보았다. 넷은 허리를 굽히고 문지방 돌을 만졌다. 관절염으로 고생하는 다섯 번째 노파는 몸을 굽힐 수가 없어서 지팡이로 짧게 문지방 돌을 쓸고, 축복이라기보다는 저주처럼 들리는 퉁명스러운 어조로 짧게 축복의 말을 뱉었다.

나는 현관 계단 꼭대기에 서서 마치 장날 같다는, 아니면 내가 본 적 없는 과거의 성스러운 의식…… 낭독회나 축제 같다는 생각을 했다. 시민들이 모여서 이야기를 나누고, 수다를 떨고, 빈둥거리고, 기다리는 모습. 흥분해 있으면서도 끈기 있게……. 그러나 축제라면 이보다 좋은 옷을 입었을 테지. 검과 단검과 지팡이와 낫이 아니라 꽃가지를 가져왔을 테지.

석궁을 든 남자 둘이 문 양 옆에 자리를 잡았다.

갈바 거리 남서쪽, 의회당 방향에서 엄청난 소리가 났다. 트럼펫과 나팔이 울리고 북 치는 소리와 함성 소리가 났다. 소리는 한동안 이어지다가 멈추더니 다시 시작되었다.

일고여덟 살쯤 된 사내아이가 머리를 휘날리며 날듯이 거리를 달려왔다. "새로운 간드예요!" 아이가 외쳤다. "병사들을 다 데리고 와요! 붉은 모자들이 연설을 하고요!"

다들 아이 주위로 모여들었다. 한 남자가 아이를 목말 태웠고, 아이는 자기가 들은 전언을 그대로 외쳤다. 아이의 가늘고 귀여운 목소리로 그런 말을 들으니 정말 이상했다. "간드 이오라스는 죽었다. 간드 이도르가 통치한다! 태양의 아들이자 아스의 검, 아스의 적을 굴복시키고 안술의 악마를 멸하러 온 지배자 이도르를 찬양하라!"

메아리처럼 거리 저편에서 트럼펫과 나팔이 다시 울려 퍼지고, 함성이 오르고, 북이 울렸다.

갈바만드를 에워싼 군중에게서 그에 응하는 신음 소리가 퍼졌다. 사람들이 불편하게 몸을 옴죽거렸다. 몇 무리가 낮은 벽을 타넘어 거리 반대편에 있는 버려진 정원으로 들어가는 것이 보였다. 안전을 구하는 것이다.

나는 몸을 돌려 다시 한 번 집 안으로 뛰어 들어갔다. 뜰과 복도를 지나 오래된 방들로, 오렉과 수장 어른이 서서 페르 악타모와 다른 악타모 가의 남자들과 이야기를 나누는 곳으로 갔다. 그들은 나를 돌아보았다. "오렉, 혹시 가서 사람들에게 이야기를 하실 수 있겠어요?"

다들 나를 빤히 바라보았다.

"새 간드와 군대가 이리로 오고 있어요. 사람들이 뭘 할지 모르는 상태예요."

"당신은 가야 합니다." 수장 어른은 오렉에게 말했다. 사람들에게 나가라는 뜻이 아니라, 언덕 너머로 달아나라는 뜻이었다. "지금."

"아니, 아닙니다." 오렉이 말했다. 그는 수장 어른의 팔을 잡았다.

잠시 동안 두 사람 다 가만히, 말없이 서 있었다. 그러다가 수장 어른이 몸을 돌렸다.

"다 사라지겠군." 수장 어른은 절망과 비탄에 잠겨 큰 소리로 말했다. "책은 사라지고, 작가는 죽고." 그는 망가진 손으로 얼굴을 가렸다.

그 외침에 뒤흔들려 우리는 아무 말 없이 서 있었다.

수장 어른은 마침내 고개를 들고 나를 보았다.

"같이 가겠느냐, 메메르? 최소한 너는 구할 수 있겠지?"

나는 대답할 수 없었다. 그러나 따라갈 수도 없었다.

수장 어른은 알아보았다. 그는 다가와서 내 이마에 입을 맞추고 나를 축복했다. 그런 다음 심하게 절룩거리며 떠났다. 집 뒤편으로, 비밀방으로.

"안전하실까?" 오렉이 나에게 물었다.

"네." 나는 말했다.

이제는 갈바만드의 벽 안에서도 트럼펫 소리를 들을 수 있었다.

우리는 더 말하지 않고 다 같이 움직였다. 큰 뜰과 높은 회랑을 통과하여 앞문으로, 그라이와 셰타르가 여자와 사자 조각상처럼 서 있는 곳으로 갔다.

나는 그라이에게 가서 팔을 둘렀다. 누군가 붙잡을 사람이 필요했다. 나는 사랑하는 수장 어른을 보냈다. 그분을 잡지 않았다. 안전하시도록, 살아남으시도록, 다시 다치는 일 없도록 홀로 가시게 했다. 그러나 나에겐 붙잡을 사람이 필요했다.

그라이는 내게 팔을 둘렀다. 우리는 그렇게 문 안에 서 있었다. 페르 악타모와 다른 이들은 밖으로 나갔지만, 오렉은 우리 뒤로 물러섰다. 그는 지금 나가서 군중에게 모습을 보이면 행동해야 한다는 것을, 말을 해야 한다는 것을 알았고 아직 행동하거나 말할 준비가 되어 있지 않았다. 아직 때가 오지 않았다.

사람들이 왔다. 길거리와 건너편 정원도 북적였다. 안술 사람들이 점점 더 늘어났다. 이제는 앞뜰의 회색과 검은색으로 이루어진 미로가 안 보였다. 앞뜰은 살아 움직이는 사람들로 포장되어 있었다. 내 평생 본 적 없는 광경이었다. 군중이 모여들고 또 모여들었다. 이제는 갈바 거리가 북쪽으로나 남쪽으로나 사람으로 꽉 찼다.

오싹한 트럼펫 소리가 다시 울리고 북소리가 가까워왔다.

남쪽 거리에 모인 사람들 사이에서 운하를 거슬러오르며 앞에 있는 모든 것을 밀어내는 조석단과 같은 파도가 일었다. 사람들이 소리를 지르고 비명을 지르며 연석과 벽 위로 올라가서 그들을 거리에서 내몰고 옆으로 밀어내는 병력에 길을 내주었다. 알드 기병들이었다. 휘어진 칼이 허공을 때리고 쓸었고 그들이 탄 말이 몸을 들어 올리고 발굽으로 주위를 차댔다. 그들은 거리에 모인 군중을 뚫고 갈바만드 앞에 멈춰 섰다. 쉰 명 남짓한 기병으로 구성된 소규모 부대였다. 그들과 함께, 아니 그들 속에서 그들의 보호를 받는 붉은 옷과 붉은 모자의 사제들이 알드 귀족 특유의 넓고 뾰족한 모자를 쓰고 흐르는 듯한 금색 외투를 두른 남자를 에워싸고 달렸다. 사제들은 여덟 명에서 열 명 정도 되었다.

기병대 뒤에서는 많은 사람이 아직도 공황 상태에 빠져서 길에서 벗어나려 애쓰는 한편, 다른 사람들은 넘어지거나 얻어맞은 사람들을 도우러 가려고 발버둥쳤다. 엄청난 혼란과 공포가 만연했다. 그러나 내려가는 길에 보이는 사람이라곤 안술의 남자와 여자들뿐이었다. 기병대 뒤에 따라오는 병사들이 있었다면 군중을 뚫지 못한 것이다.

앞뜰에 선 기병대 주위로 텅 빈 원이 그려졌다. 시장에서 처음 본 날 그라이와 셰타르 주변에 만들어졌던 빈 공간과 비슷하지만, 그보다 훨씬 큰 원이었다. 콧김을 뿜으며 안절부절못하는 말들의 원 안쪽으로 보도에 그려진 미로 문양을 볼 수 있었다.

붉은 사제 무리가 계단까지 달려왔고, 금색 옷을 입은 남자가 그 사이에서 앞으로 나왔다. 간드의 아들 이도르, 그 덩치 크고 잘생긴 남자였다. 그가 입은 외투가 햇살처럼 반짝였다. 이도르는 등자 위에 서서 검을 높이 치켜들었다. 그가 무슨 말인가를 외쳤지만, 병사들의 고함 소리와 군중의 으르렁거리는 소리 때문에 들리지 않았다.

그러다 가까이에서 모든 소리가 딱 끊기고, 멀리 있어 무슨 일이 일어나는지 보지 못하는 사람들이 내는 소리만 남았다.

내가 본 것, 병사들과 가까이 모인 군중과 이도르가 본 것은 그라이였다. 끈을 매지 않은 셰타르를 옆에 거느리고 문을 나서는 그라이였다. 여자와 사자는 똑바로 이도르를 향해 걸어가서 넓은 계단을 천천히 내려갔다.

그리고 이도르는 뒷걸음질쳤다.

어쩌면 말이 주춤하는 것을 막을 수 없었는지도 모르고, 어쩌면 본인이 고삐를 당겼는지도 모른다. 하얀 말과 황금색 외투를 번쩍이는 기수는 한 걸음, 그리고 다시 한 걸음 뒤로 물러났다.

그라이는 가만히 서 있었고 사자는 그 곁에 꼼짝 않고 서서 으르렁거렸다.

"넌 이 집에 들어올 수 없다." 그라이가 말했다.

이도르는 말이 없었다.

군중 사이에 작고 낮게 비웃음이 퍼지기 시작했다.

한참 떨어진 거리 저편에서 트럼펫이 울렸다. 그 소리가 마비 상태를 깨뜨렸다. 이도르의 말은 본래 자리로 돌아가서 굳건히 섰다. 이도르는 등자를 밟고 서서 강력한 목소리로 외쳤다. "간드 이오라스는 죽었다. 반역자와 배신자 손에 살해당했다! 이오라스의 후계자인 나, 안술의 간드 이도르는 복수를 요구한다. 이 집은 저주받았음을 선언한다. 이 집은 파괴될 것이다. 돌이 무너지고 그와 함께 모든 마귀가 사멸할 것이다. 밤의 입은 막히고 고요해지리라. 오직 하나의 신이 안술에 군림하리라! 신께서 우리와 함께하신다! 신께서 우리와 함께하신다! 신께서 우리와 함께하신다!"

병사들이 그와 함께 마지막 말을 외쳤다. 그러나 다른 소리가 퍼져나가면서 그들의 함성을 침범했다. 군중 사이에 중얼거리는 소리가 퍼져나갔다. "봐! 봐! 분수를 봐!"

나는 아직 문 안에, 석궁을 이도르에게 겨누고 갈바만드의 문을 지켜선 두 궁수 사이에 서 있었다. 한 남자가 와서 내 옆에 섰다. 처음에는 오렉인 줄 알았지만, 곧 누구인지 알 수 없어졌다. 키 큰 남자는 손을 뻗어 신탁의 분수를 가리켰다. 분사기가 망가진 수반은 마침 기병들의 원 안쪽에 있었다.

그제야 그를 보았다. 일생 처음으로 그의 예전 모습을, 내 마음으로 언제나 알고 있던 모습을 보았다. 키가 크고 곧고 아름다운 남자가 눈에 불길을 담고 미소 짓고 있었다. 그의 손가락을 따라가보니 아래에 있던 사람들이 보던 게 무엇인지 보였다. 가느다란 물줄기가 빛 속으로 튀어올랐다. 물줄기는 허공에 멈췄다가 떨어지면서 마른 수반에 맑은 물소리를 일으켰다. 물이 가라앉았다가 다시, 더 높고 더 강하게 튀어올랐고 떨어지는 물소리가 허공을 채웠다.

"분수가!" 사람들이 외쳤다. "신탁의 분수가!" 더 잘 보려 하면서, 또는 손을 뻗으려 하면서 앞으로 움직인 군중이 기병들을 압박했다. 장교 하나가 명령을 내리자 기병들은 말을 바깥쪽으로 돌리고 군중을 마주했다. 그러나 밀집 대형은 깨어졌고, 장교의 목소리는 새로 일어난 함성에 묻혀버렸다.

수장 어른이 내 어깨에 손을 얹고 말했다. "같이 가자, 메메르."

그라이와 셰타르는 분수대 위 계단에 비켜 올라 있었다. 나는 수장 어른과 함께 넓은 계단 맨 위층으로 나갔고, 수장 어른은 그 자리에 멈춰서 말했다.

"이오라스의 아들, 메드론의 이도르여." 수장 어른의 목소리는 오렉의 목소리처럼 허공을 채우고 귀를 지배하고 마음을 사로잡았으며 군중은 고요해졌다. "너는 거짓말을 하고 있다. 네 아비는 살아 있다. 네가 그를 감금하고 거짓되이 권력을 주장했지. 너는 아비를 배신하고, 너에게 충실하게 봉사한 병사들을 배신하고, 너의 신을 배신했다. 아스는 너와 함께하지 않는다. 아스는 배신자를 증오하지. 이 집은 무너지지 않는다. 이곳은 분수의 집, 샘물의 신이 보호하시며 그 물로 축복을 보내는 집이다. 이곳은 신탁의 집이며, 이 집의 책에 네 운명과 우리 운명이 적혀 있다!"

수장 어른은 왼손에 작은 책을 한 권 들고 있었는데, 이제 계단을 성큼성큼 내려가면서 그 책을 들어 올렸다. 절뚝거리지 않았다. 유연하고 민첩했다. 나는 수장 어른 곁으로 갔다. 세타르 곁을 지나면서 세타르가 웃는 듯 이를 드러내는 모습을 보았다. 우리는 포장 바닥에서 몇 계단 위에 멈춰 서서, 안절부절못하는 말 위에 앉은 이도르와 눈높이를 맞추었다. 수장 어른은 이도르의 면전에서 책을 활짝 열었다. 나는 반짝이는 외투를 입은 남자가 책 앞에서 뒷걸음질치지 않으려고 스스로를 억제하는 것을 알 수 있었다.

"읽을 수 있나, 이오라스의 아들이여? 못 읽나? 그러면 책이 너에게 읽히리라!"

그러더니 내 귓속이 윙윙거렸다. 내가 들은 소리가 무엇이었는지, 그날 아침 그 자리에 있던 사람들이 들은 소리가 무엇이었는지 정확하게 이야기할 수는 없지만, 나에게는 어떤 목소리가 부르짖은 것 같았다. 크고 기묘한 목소리가 사방에 울리고, 분수가 솟구치는 앞뜰을 넘고 갈바만드의 벽에 부딪쳐 울려 퍼지는 것 같았다. 어떤 이는 부르짖은 것은 책 자체였다고 했고, 나도 그랬다고 생각한다. 어떤 이는 나였다고, 내 목소리였다고 한다. 나는 내가 그 책에 있는 말을 읽지 않았음을 안다. 나에게는 책장이 보이지 않았다. 나는 부르짖은 것이 누구 목소리였는지는 모른다. 그것이 내 목소리가 아니었는지 알지 못한다.

내가 들은 말은 이러했다. '그들을 자유롭게 하라!'

그러나 다른 이들은 다른 말을 들었다. 그리고 어떤 이들은 정적 속에서 부서지는 분수의 물소리밖에 듣지 못했다.

이도르가 무슨 말을 들었는지는 모른다.

이도르는 몸서리를 치며 책에서 몸을 돌렸고, 얻어맞기라도 한 것처럼 안장 위에 몸을 굽히고 어깨를 구부렸다. 그는 말을 앞으로, 혹은 뒤로 재촉하려고 고삐를 당겼지만 서툴게 움직였고, 말은 자리를 박차고 뛰면서 이도르를 떨어뜨렸다. 반짝이는 금색 옷을 입은 인물은 흔들리고 미끄러져 떨어지고, 말이 새된 소리를 지르며 그를 반쯤 끌고 뒷걸음질치는 바람에 바닥에서 비틀거렸다. 우리는 가만히 계단 위에 서 있었다. 그라이와 셰타르가 와서 함께 섰고, 오렉도 합류했다.

사제들이 이도르 주위에 모여들었다. 몇 명은 말 등에서, 몇 명은 내려서서 이도르를 도우려 했다. 이 혼란 위로 수장 어른의 목소리가 투명하게 울려퍼졌다. "아수다르의 백성이자 간드 이오라스의 병사들이여, 너희 주인은 궁전 감옥에 갇혀 있다. 가서 풀어주겠는가?"

이어서 오렉의 목소리가 울려퍼졌다. "안술의 백성이여! 정의가 이루어지는 것을 보겠습니까? 죄수와 노예들을 풀어주겠습니까? 우리 손으로 자유를 찾겠습니까?"

그 말에 거친 함성이 올랐고, 군중이 의회당을 향해 움직이기 시작했다. "레로! 레로! 레로!" 굵고 낮은 구호가 군중 속을 흘렀다. 그들은 바다가 바위 주위로 흐르듯 기병들 주위로 흘러내려갔다. 장교가 큰 소리로 지시를 내리고 트럼펫이 짧은 명령을 불자 기병들은, 일부는 한 몸처럼 움직이고 일부는 뒤로 처져서 군중과 같이, 군중 속에서, 군중을 참아내며 의회당을 향해 갈바 거리를 내려가기 시작했다.

붉은 모자 사제들은 이도르를 다시 말에 앉혔다. 그들은 서로에게 고함을 지르며 거대한 군중을 따라갔다. 호위병들은 누구 하나 남아서 그들을 기다리지 않았다.

오렉은 그라이와 짧게 말을 나누더니, 수장 어른과 내가 선 계단 위로 올라와 있던 페르 악타모와 다른 남자들 사이에 들어왔다. "가게, 어서 따라가!" 수장 어른이 재촉하자 오렉과 다른 이들은 이도르와 사제들을 쫓아 떠났다.

군중 모두가 궁전을 향해 갈바 거리를 달려 내려간 것은 아니었다. 거리와 앞뜰에 사람들이 남아 있었는데, 대부분 여자와 노인이었다. 다들 높이 솟은 물줄기와, 이제 절뚝거리면서 계단을 내려가서 넓은 수반 가장자리에 힘겹게 앉은 절름발이 사내에게 이끌리는 동시에 외경심을 느끼는 것 같았다.

내가 늘 알던 그대로인 수장 어른이었다. 키가 크고 곧은 몸이 아니라 굽고 절름발이인. 그러나 언제나 변함없이 내 마음의 주인인 그분이었다.

수장 어른은 집 그늘 위로 뛰어올라 아침 햇살을 받는 물줄기를 올려다보았다. 물인지 눈물인지로 얼굴이 반짝였다. 그는 넓은 돌 수반에 차오르는 물 속으로 손을 넣었다. 나는 따라가서 그 곁에 가까이 섰다. 그는 레로와 샘물의 주인을 향한 찬미를 속삭이고 있었다. 몇 번이고 되풀이해서. 사람들이 쭈뼛거리며 분수 가장자리로 모여들었고, 그들 역시 물을 만지고 햇빛을 받는 물줄기를 올려다보며 안술의 신들에게 말을 걸었다.

그라이가 다가왔다. 이제는 셰타르에게 짧은 줄을 매어 쥐고 자주 머리를 쓰다듬어주고 있었다. 사자는 아직도 요란한 소리와 군중 탓에 흥분하고 화가 나서 계속 으르렁거리며 입을 벌렸다. 나는 그라이가 왜 오렉을 따라가려 하지 않았는지 알아차렸다. 가고 싶은 마음이 간절할 텐데도. "그라이, 셰타르는 내가 데리고 있을 수 있어요."

"넌 가야 해." 그라이가 말했다.

나는 고개를 저었다. "난 여기 머물 거예요." 그 말은 내 심장에서 내 목소리로 나왔고, 나는 그 말을 하면서 기쁨에 미소 지었다.

청동 원통에서 튀어올라 높이 솟았다가, 꼭대기에서 밝고 거대한 소나기로 피어나는 물기둥을 올려다보았다. 물이 떨어지면서 맑게 부서지는 소리가 굉장했다. 나는 수반의 널찍한 녹색 테두리에 앉아서 수장 어른이 한 대로 했다. 양손을 물에 넣고, 물보라가 내 얼굴에 떨어지게 하면서 내 집과 도시의 신과 그림자와 정령들에게 감사와 찬미를 바쳤다.

구딧이 뜰 모퉁이를 돌아서 나타났다. 쇠스랑을 들고 있었다. 그는 멈춰 서서 조용히 흩어져 있는 사람들을 둘러보았다.

"놈들은 갔나?"

"궁전으로, 아니 의회당으로요." 그라이가 마주 외쳤다.

"암, 도리가 그렇지." 노인은 말하고 몸을 돌려 마구간으로 터벅터벅 걸어가다가, 다시 몸을 돌리고 분수를 응시했다.

"자비로우신 에누여." 구딧이 한참 만에 말했다. "분수가 다시 흐르다니!" 그는 뺨을 긁으며 잠시 더 분수를 바라보다가 말들이 있는 곳으로 돌아갔다.

13

 의회당에서 무슨 일이 벌어졌는지는 나중에 오렉과 페르 악타모에게 들었기에 전할 수 있다. 이도르를 에워싼 사제 부대는 갈바 거리에 운집한 군중을 뚫고 앞으로 나갔다. 오렉과 페르는 용케 바로 뒤에 붙을 수 있었다. 그들이 의회당 광장에 도착하자, 광장을 지키던 병사들이 "간드 이도르를 통과시켜라!"라고 외치면서 사제 부대가 지나갈 길을 열기 시작했다. 그러나 사람이 적어지면서 속력을 얻은 이도르와 붉은 모자들은 쏜살같이 광장 앞을 지나쳤다. 오렉은 그들이 도시에서 탈출하고자 이스마 다리로 간다고 생각했지만, 그들은 의회당 뒤편으로 빙 돌아서 알드 막사 너머에 있는 입구로 들어갔다. 병사들이 뒤뜰을 가르는 1미터 높이의 돌벽을 지키고 있었다. 이도르가 큰 소리로 명령을 내리자 병사들은 문을 열었고, 사제 집단은 안으로 뛰어들어갔다.

그러나 그들과 함께 시민 군중도 들어갔다. 시민들은 사제들을 따라가던 오렉과 페르에게 합세하여 입구를 지나 광장으로 들어갔다. 병사들은 열린 문을 밀고 벽을 타넘는 시민들을 공격했고, 시민들은 떼 지어 병사들을 습격했다. 이도르와 붉은 모자들은 혼란을 뚫고 말에서 뛰어내려 곧장 의회당 뒷문으로 향했다. 오렉과 페르는 혼전을 뚫고 그들 뒤에 따라붙었다. 오렉은 '혜성 꼬리처럼'이라고 표현했다.

그들은 저도 모르게 이도르와 사제들 꽁무니에 붙어서 의회당 안에 들어가 있었다. 사제들은 목적지로 가는 데 열중한 나머지 뒤쫓는 이들에게는 관심이 없었다. 다들 높은 복도를 질주해서 계단을 내려갔다. 층계 밑에는 지상층 높이 벽에 난 작은 창문들로만 빛이 새어 들어오는 어두운 지하실 복도가 있었다. 이 복도는 넓고 천장 낮은 위병실로 이어졌고, 사제들과 이도르는 그곳에 멈춰 서서 지시를 내렸다……. 그런데 그곳에 배치된 경비병들에게 내리는 명령이었을까, 광장에서부터 들어오는 적 병력에게 지르는 소리였을까? 오렉은 한동안은 고함 소리와 혼란뿐이었다고 했다. 알드끼리 싸워댔다. 오렉과 페르는 뒤로 물러서 있다가, 이 혼란을 틈타 조심스럽게 전진했다.

 붉은 모자의 사제들과 일군의 병사들이 마주 보고 서 있었다. 장교들은 간드 이오라스를 보겠다고 요구했고, 사제들은 "간드는 돌아가셨다! 애도 의식을 더럽힐 순 없어!"라고 말했다. 사제들은 문을 등지고 단단히 버텨 섰다. 그 사이에서 이도르는 잘 보이지 않았다. 금색 모자와 외투를 벗어버린 모양이었다. 사제 하나가 장교들 쪽으로 나아갔다. 높은 붉은색 모자와 로브를 입은 무서운 모습으로 양팔을 들어 올리고, 흩어지지 않으면 아스의 이름으로 저주하겠노라고 외쳤다. 병사들은 겁을 먹고 물러섰다.

 그때 갑자기 오렉이 사제를 향해 걸어가며 외쳤다. "이오라스는 살아 있소! 저 방 안에 살아 있지! 신탁이 말했소! 감옥의 문을 여시오, 사제들이여!" 페르는 그렇게 기억했다. 오렉 본인은 이오라스가 죽지 않았다고 외친 것만 기억했다. 곧 장교들이 외쳤다. "문을 열어! 문을 열어라!" 오렉은 우리에게 말했다. "그리고 나는 몸을 숙이고 빠져나왔지." 양쪽에서 검과 단검이 번득이고, 병사들이 문을 지키는 사제들을 공격하여 복도 저편으로 몰아냈기 때문이다. 장교 하나가 앞으로 튀어나가서 빗장을 풀고 문을 열었다.

문 너머 방은 불빛 없이 캄캄했다. 문간에 등불 빛이 번득이자 어둠 속에서 유령처럼 하얀 형체 하나가 나타났다.

그녀는 알드 노예의 줄무늬 옷을 입었는데, 옷이 찢어지고 피와 오물이 묻어 있었다. 얼굴에는 멍이 들었고 한쪽 눈은 부어올라서 떠지지 않았으며, 머리는 머리털이 한 움큼 뜯겨 나가면서 시커멓게 굳은 피로 덮여 있었다. 그녀는 손에 부러진 막대기를 움켜쥐고 있었다. 오렉은 그녀가 촛불처럼 흔들리고 빛나는 모습으로 서 있었다고 말했다.

그러다가 오렉 옆에 선 남자 페르 악타모를 본 그녀의 얼굴이 서서히 변했다. "페르." 그녀가 말했다.

페르가 말했다. "티리오 누님. 저희는 간드 이오라스를 풀어주러 왔어요."

"그럼 들어와." 그녀가 말했다. 오렉은 그녀가 마치 집에 손님이라도 들이듯이 부드럽고 예의 바르게 말했다고 했다.

복도에서는 싸움이 한층 심해졌다가 조용해졌다. 병사 하나가 위병실에서 등불을 가져왔고, 감옥으로 들어가는 장교들 주위로 빛과 그림자가 뛰놀았다. 페르와 오렉은 그들을 따라갔다. 넓고 천장 낮은 방이었는데, 바닥은 흙이었고 축축하고 지저분한 냄새가 났다. 이오라스는 팔다리가 사슬에 묶인 채 긴 상자인지 탁자인지 모를 곳에 누워 있었다. 머리털과 옷은 반쯤 타고 그을었고, 다리와 발은 피투성이에 화상으로 딱딱했다. 그는 고개를 들고 놋쇠 그릇에 솔질을 하는 듯한 목소리로 말했다. "풀어다오!"

장교들이 사슬을 벗겨내느라 바쁜 사이 이오라스는 오렉을 물끄러미 바라보았다.

"시인이여! 어떻게 여기 온 거요?"

"당신 아들을 따라왔지요."

이 말에 이오라스는 주위를 노려보며 연기에 상한 목소리로 씨근거렸다. "그놈은 어디 있소? 어디 있어?"

오렉과 페르와 장교들은 주위를 둘러보고 위병실까지 돌아갔다. 사제 네 명이 병사들에게 잡혀 있었다. 나머지는 사라졌다. 이도르도 사라졌다.

장교 한 명이 말했다. "간드시여, 저희가 찾아내겠습니다. 하지만 지금, 지금 혹시 부대에게 모습을 보여주신다면…… 다들 주군께서 돌아가신 줄 믿고 있어서……."

"그렇다면 서두르라!" 이오라스가 으르렁거렸다.

그는 팔이 풀리자마자 손을 뻗어 말없이 곁에 서 있던 여자의 손을 잡았다.

다리가 풀리자 이오라스는 일어서려 했지만, 불에 탄 발은 그의 무게를 지탱하지 못했다. 그는 욕설을 뱉으며 주저앉다. 손은 여전히 티리오 악타모의 손을 잡고 있었다. 장교들이 의자째로 옮기려고 주위에 모여들었다. 그는 초조하게 손짓하며 말했다. "이 사람과 같이. 저들도 같이!" 뒷부분은 오렉과 페르를 두고 한 말이었다.

그리하여 모두 함께 계단을 올라가서 대회의실을 둥글게 에워싼 높은 회랑을 따라 건물 앞으로 향했고, 현관 대기실을 통과했다. 그들은 의회당 광장이 내다보이는 연설 테라스로, 주랑 현관 기둥들 아래로 쏟아지는 눈부신 햇살 속으로 나갔다.

광활하게 뻗은 광장 전체에 사람이 찼고, 아직도 사방 입구에서 더 밀려들어오고 있었다. 오렉이 한 번도 본 적 없는 엄청난 숫자였다. 시민이 알드 병력보다 수천 명은 더 많았다.

새로운 지배자이자 장군이라고 생각했던 이도르가 아무 신호도 없이 의회당 길 쪽 입구로 달려나가버리자 당황한 병사들은 점점 번져나가는 간드 이오라스가 살아 있다는 소문에 귀를 기울였다. 혼란에 빠지고 충성심이 갈라진 그들은, 서로 상대를 이오라스에 대한 배신자라고 부르거나 이도르에 대한 배신자라고 불렀고 대열도 깨어졌다. 시민들은 가진 물건은 아무거나 무기로 삼아서 광장으로 밀려들어갔다. 진짜 전투가 시작되기 전에 자기들이 얼마나 열세인지 깨달은 장교들은 얼른 병사들을 불러 모아 군중 앞에서 후퇴했다. 이제 알드는 거의 의회당 계단과 앞 포장도로에 서 있었다. 푸른 외투를 입은 그들은 단단한 반원 대형으로 안술 군중과 대치했고, 바로 공격할 작정은 아니지만 물러설 생각도 없이 검을 빼어 들고 섰다.

격앙되기는 했어도 군중은 물러나서 맨 앞 열과 병사들 사이에 무인 지대를 만들었다.

오렉은 우리에게 말했다. "끔찍한 탄내가 났지. 숨도 못 쉬게 지독했어. 공기 중에는 미세한 검은 먼지가 떠다녔어. 군중이 밟고 걷어찬 재가. 그리고 그런 탁한 공기와 밀려드는 사람들 사이로 삐죽이 솟은 이상한 물건이 보였어. 꼭 난파선 앞머리 같았지. 난 한참 만에 겨우 그게 대천막의 골격 일부라는 걸 깨달았어. 불에 탄 천이 매달린……. 그리고 사람들의 바다 안에 여기저기 소용돌이가 있었는데, 물밀듯이 광장으로 들어오다가 죽거나 다친 사람들이 누운 자리에 어떤 사람은 여전히 밀려들고 어떤 이들은 쓰러진 사람을 보호하려고 멈춰 서는 바람에 생긴 소용돌이였지. 그리고 그 소리라니. 사람이 그런 소리를 낼 수 있는 줄은 몰랐어. 끔찍했지. 멈추지 않는 거대한 울부짖음 같은……."

오렉은 앞으로 나가서 그 군중을 대면하고 서는 것은 불가능하다고 생각했다. 머리가 빙빙 돌았다. 같이 있던 장교들도 겁에 질리고 확신이 없는 것은 분명했지만, 그래도 그들은 충실하게 간드를 떠받들고 앞으로 나갔다. 그리고 외쳤다. "간드 이오라스께서 살아 계시다!"

아래 있던 병사들이 몸을 돌려 위를 보더니 외치기 시작했다. "살아 계시다!"

이오라스는 의자를 들고 온 부하들에게 신경질적으로 말하고 있었다. "내려놓아!" 그들은 한참 만에 명령에 복종했다. 이오라스는 한 손으로 장교 한 사람의 팔을 움켜쥐고, 반대쪽 손으로는 티리오의 어깨를 짚었다. 그는 고통에 일그러진 얼굴로 겨우 한 걸음을 내디뎠고, 그 자리에 서서 군중을 마주했다. 병사들의 커다란 목소리는 한동안 군중의 노호를 찍어눌렀으나 그 끔찍한 소리는 곧 다시 커져서 "살아 계시다!"라는 외침을 "압제자에게 죽음을! 알드에게 죽음을!"이라는 고함 속에 집어삼켰다.

이오라스는 손을 들어 올렸다. 이 불에 타고 망가지고 위태위태한 인물의 권위가 침묵을 가져왔다. 그는 말했다. "아수다르의 병사들이여, 안술의 시민들이여!"

그러나 연기에 상한 이오라스의 목소리는 멀리 전해지지 않았다. 사람들은 그의 목소리를 들을 수 없었다. 장교 하나가 앞으로 나섰지만, 이오라스는 그를 뒤로 물렸다. "그 사람, 그 사람을!" 그는 오렉에게 나서라고 손짓하며 말했다. "사람들이 저 사람 말은 들을 거야! 사람들에게 말하시오, 시인이여. 사람들을 가라앉혀요."

사람들은 그제야 오렉을 보았고, 다시 함성이 올랐다. 그들은 외쳤다. "레로! 레로!" 그리고, "자유!"

그 소란 속에서 오렉은 이오라스에게 말했다. "제가 저들에게 말을 한다면, 저들을 위해 말할 텐데요."

간드는 조바심치며 고개를 끄덕였다.

그래서 오렉은 손을 들어 사람들을 조용히 시켰고, 어마어마한 인파 속에 침묵이 퍼져나갔다. 낮게 중얼거리는 소리만 남았다.

오렉은 당시에 한 마디 한 마디를 어떻게 이어갈지 아무 생각이 없었다고 했고, 무슨 말을 했는지도 기억하지 못했다. 다른 사람들은 잘 기억했고, 나중에 그 말을 기록했다. "안술의 백성들이여, 우리는 죽은 분수에 물이 흐르는 것을 보았습니다. 소리 없이 말하는 목소리를 들었습니다. 신탁은 우리에게 자유롭게 하라고 명했습니다. 그리하여 우리는 오늘 그렇게 했습니다. 주인을 자유롭게 하고, 노예를 자유롭게 했습니다. 아수다르의 남자들에게 노예가 없음을 알게 하고, 안술의 백성들에게 주인이 없음을 알게 합시다. 알드가 평화를 지키게 하고, 안술은 그들과 평화를 지킵시다. 저들이 동맹을 구하게 하고 우리는 저들과 동맹을 맺읍시다. 그 평화와 동맹의 표시로 여기 안술의 시민인 티리오 악타모, 간드 이오라스의 아내에게 한마디 듣겠습니다!"

간드는 허를 찔렸을지도 모르지만 망가지고 상한 얼굴에 아무 기색도 드러내지 않았다. 그는 그 자리에 서 있었다. 버텨 서는 것 이상 많은 것을 할 수 없는 몸으로, 티리오가 연설하는 동안 그녀를 잡고 서 있었다. 티리오의 목소리는 투명하고 씩씩했지만 연약했고, 아직도 근처 거리에서는 떠들썩한 소란이 이어졌지만 광장에 모인 인파는 그녀의 말을 듣기 위해 조용해졌다.

"안술의 신들께서 다시금 축복받으시기를. 그분들이 평화로 우리에게 축복을 내리시리니." 티리오는 말했다. "여기는 우리 도시입니다. 늘 그랬듯 합법적으로 이 도시를 지킵시다. 다시 한 번 자유민이 됩시다. 행운과 레로와 다른 모든 신이 우리와 함께하시기를!"

티리오의 말에 뒤따라 군중 속에서 "레로! 레로!" 하는 굵고 낮은 구호가 올랐다. 그러더니 한 남자가 튀어나와서 외쳤다. "우리 도시를 내놔! 우리에게 의회당을 돌려줘!"

그 자리에 있던 사람들은 그때가 가장 위험한 순간이었다고 말했다. 의회당을 점령하려고 군중이 저항할 수 없는 거대한 힘으로 밀어붙이다가 굳건히 선 군대와 맞닥뜨렸다면, 그들은 싸웠을 것이다. 알드 병사들은 죽을 때까지 싸운다. 살육을 막은 것은 이오라스였다. 그는 쉰 목소리로 장교들에게 명령을 내렸고, 장교들은 우렁찬 소리로 명령을 외치고 트럼펫으로 전달하여 병사들을 규합해, 한 덩어리로 의회당 계단에서 물러나서 동쪽으로 이동하게 했다. 그들이 비운 계단 위로 열광한 군중이 몰려 올라갔고 건물 안으로 밀려들어갔다. 오렉은 전투가 벌어졌을 경우에 죽었을 군인들과 수천의 시민들을 구한 것은 병사들의 기강이었다고 말했다. 간드의 명령은 "무기를 내려라."였고, 환호하는 복수심에 찬 민간인들이 밀고 때리고 밀쳐도 알드 병사는 누구 하나 검을 올리지 않았다.

몰려드는 인파에서 벗어나기 위해 오렉과 페르는 장교들과 함께 머물렀다. 장교들은 다시 의자째로 이오라스를 들어서 테라스 왼쪽 끝으로 달려갔고, 옆 계단을 내려가서 그쪽에서 대오를 정비한 병사들과 합류했다. 티리오, 페르, 오렉은 그들을 따라갔다. 그들은 간드를 위해 가마를 가져왔다. 장교들이 가마에 내려놓자 이오라스는 얼른 오렉을 불렀다.

"잘 말했소, 시인이여." 이오라스는 음울하게 목례하며 들릴락 말락 한 소리로 말했다. "하지만 나에겐 안술과 동맹을 맺을 권한이 없어요."

"받아들이심이 최선입니다." 티리오 악타모가 투명한 목소리로 말했다.

늙은 간드는 티리오를 올려다보았다. 그제야 처음으로 그녀의 멍과 부은 눈, 뜯겨 나간 머리털과 피범벅인 머리를 본 모양이었다. 그는 앉아서 그녀를 바라보며, 노려보며, 속삭이듯이 외쳤다. "그 저주받을…… 그 망할 배신자…… 아스께서 놈을 쳐죽이시길! 그놈은 어디 있나?"

장교들은 서로를 쳐다보았다.

"그놈을 찾아!" 간드는 씨근거리며 말하다가 기침을 터뜨렸다.

티리오 악타모는 가마 옆에 무릎을 꿇고 이오라스의 손을 잡았다. "이오라스, 잠시 동안은 말을 하지 말아야 해요."

그는 기침 사이로 웃고 티리오의 손을 잡았다. 그리고 오렉을 올려다보고 말했다. "우릴 혼인시켰겠다?"

∞

오렉이 갈바만드로 돌아오기까지 오랜 시간이 걸린 것 같았지만, 시간은 아직 이른 오후였다. 이미 1년처럼 긴 하루였다.

수장 어른은 식사를 하고 잠깐이라도 쉬라는 내 재촉에 안으로 들어갔지만, 그 후에 다시 접객홀로 돌아갔다. 집 앞면을 따라 뻗은 이 접객홀은 높은 회랑이라고도 불렸는데, 내가 태어난 후에 사용된 적이 없었고, 가구도 하나도 없었다. 접객홀 문, 그러니까 갈바만드의 넓은 현관문은 이제 활짝 열려 있었다. 수장 어른은 의자와 긴의자들을 가져오라고 했고, 많은 손이 기꺼이 의자를 가져왔다. 다른 방들만이 아니라 근처에 있는 다른 집에서도 의자가 왔다. 수장 어른은 그곳에 앉아서 찾아오는 사람들을 맞이할 준비를 했다.

그리고 사람들이 왔다. 수십 명, 수백 명이었다. 사람들은 신탁의 분수가 흐르는 것을 보려고 왔고, 그 자리에 있던 사람들에게 신탁이 어떻게 말했으며 무슨 말을 했는지 들으려고 왔다. 나는 그때 처음으로 모두가 같은 말을 들은 것은 아님을 알았다. 아니면 말이 되풀이되면서 바뀌고 또 바뀐 건지도 모른다. 사람들은 '읽는 자' 갈바인 수장 어른을 보고 인사하고 상담을 하러 왔다. 일하는 남자 여자들이 대부분이었고 그 외에는 상인, 행정관, 도시 공무원과 의회 구성원인(또는 구성원이었던) 이들이 있었다. 누구나 다 가난했다. 우리 모두 가난했기 때문이다. 옷으로는 구두장이와 선주를 구분할 수 없었다. 노동자들 일부는 그저 우리 집의 신들에게 축복을 올리고 외경심과 기쁜 존경의 마음을 담아 신탁을 읽는 자에게 인사를 드리고 다시 사라졌지만, 다른 이들은 남아서 구청장과 의원들과 상인들과 대가문 사람들과 어울려 앉아 무슨 일이 일어나고 있는지 이야기하고 무슨 일을 할 수 있으며 해야 하는지에 대한 의견을 피력했다. 그렇게 하여 나는 처음으로 시민이 된다는 것, 수장이 된다는 것이 어떤 일인지 보았다.

나는 수장 어른에게 필요할 경우에 대비하여, 그리고 수장 어른이 있어달라고 했기 때문에 그 자리에 머물렀다. 사람들이 외경심과 공포가 섞인 얼굴로 나를 보았기 때문에 쉽지는 않았다. 어떤 이들은 나에게 경배의 몸짓을 하기도 했다. 나는 더없이 어색하고 바보스러운 기분이었고, 누구에게 무슨 말을 해야 할지도 몰랐다. 그러나 사람들에게는 수장 어른이 있었다. 그리고 다행히 나는 꽤 자주 부엌에 가서 이스타를 도와야 했다. 이스타는 흥분과 불안으로 미칠 지경이 되어 있었다. 우리 집이 마침내 다시 꽉 차서 이스타는 "옛날 같구나!"란 말을 몇 번이고 되풀이했지만, 손님에게 내놓을 음식이 없었다. "물도 대접할 수 없다니!" 이스타는 분김에 눈물까지 글썽였다. "물 잔이 모자라서 말이야!"

"빌려와요." 보미가 말했다.

"안 돼, 안 돼." 이스타는 그 생각에 마음이 상했지만, 나는 "안 될 것 있어요?"라고 말했고 보미는 얼른 이웃집에서 잔을 빌려오려고 뛰어나갔다. 나는 접객홀로 돌아가서 에눌로 캄에게 말을 걸었다. 그녀는, (1년 전은 된 것 같은!) 어젯밤에 왔다가 이제 아내와 아들을 데리고 다시 찾아와 앉아서 수장 어른과 다른 이들과 이야기를 나누고 있는 술셈 캄의 아내였다. 나는 우리에게 무엇이 필요한지 설명했고, 곧 카만드의 사내아이들 몇 명이 무거운 유리잔 쉰 개를 가져왔다. 그들은 이스타에게 지시받은 대로 말했다. "저희 집에서 축복받은 분수의 집에 드리는 선물입니다." 이스타는 얼굴을 찡그렸지만, 이 말에 마음이 상하기는 힘들었다. 그 순간부터 이스타는 보미와 소스타가 모든 손님에게 물을 가져다주고, 잔을 다시 부엌으로 가져가서 씻느라 미칠 지경이 되도록 몰아세웠다. 물론 이스타는 아직도 모두에게 먹을 것을 내놓고 싶어했지만, 나도 먹을 것을 그 정도로 빌려올 방법은 떠오르질 않았다. 나는 사람들은 먹으러 온 게 아니라 이야기하러 왔다고 말했다. 이스타는 또 얼굴을 찌푸리며 입술을 깨물더니, 고개를 돌렸다. 나는 그제야 내가 이스타에게 지시를 내렸다는 것을, 그리고 그녀가 받아들였다는 것을 깨달았다.

나는 이스타에게 가서 팔을 둘렀다. 이스타가 나를 때리지 않은 지는 몇 년이나 지났지만, 그래도 끌어안는 데 익숙한 사람은 아니었다. 나는 말했다. "우리 대모님, 속 태우지 마! 우리 집의 정령과 그림자들과 같이 기뻐해. 우리 손님들은 신탁의 분수에서 솟는 물 외에 다른 건 바라지 않아요."

"아, 메메르! 어떻게 생각해야 할지 모르겠다!" 이스타는 내 팔을 풀고 내 어깨를 가볍게 두드리며 말했다.

그날은 누구도 어떻게 생각해야 할지 알지 못했다.

마침내 집에 돌아왔을 때 오렉은 혜성 꼬리가 아니라 혜성 그 자체였다. 의회당 광장에서부터 사람의 물결이 그를 따라왔다. 그는 도시의 영웅이었다. 오렉은 신탁의 분수 옆에 멈춰서더니 내가 수많은 얼굴에서 본 것과 똑같은 웃음과 놀라움이 담긴 얼굴로 그침 없이 솟구치는 은빛 물줄기를 올려다보았다. 그라이가 나가서 그를 맞이했다. 셰타르는 상방에 갇혀 있었다. (그라이가 말해주기로는 부루퉁해진 나머지 불쌍한 낡은 양탄자를 갈기갈기 찢어놓고 있다고 했다.) 오렉과 그라이는 서로 한참 끌어안고 있다가 계단을 올라 접객홀로 들어왔다.

다들 오렉 뒤로 몰려들었다. 오렉은 일단 수장 어른에게 인사한 후, 내가 방금 적은 의회당에서의 오전을 빠짐없이 이야기해야 했다. 일어난 일 중 몇 가지는 갈바만드와 광장을 오가던 사람들에게 들어 알았지만, 이도르와 사제들을 감옥까지 추적하고 이오라스와 티리오를 찾아낸 부분은 새로웠다. 이도르가 사라졌다는 소식도.

오렉이 군중에게 자기가 한 말을 전해줄 수 없었다 해도, 그 내용을 전할 수 있는 사람은 많았다. 어느 노인은 이렇게 외쳤다. "시인은 이렇게 말했지. '그들이 동맹을 구걸하게 하고 우리는 동맹을 맺어줍시다!' 삼파의 힘으로, 놈들이 빌게 하자고! 기게 해! 그리고 우린 우리의 좋은 시간을 포기하지 않을 거야!"

그게 그날 도시의 분위기였다. 열렬한 기쁨, 호전적인 분위기, 거의 자제할 수 없는 복수심.

이오라스는 병사들에게 거리에 나가지 말고 의회당 남쪽과 동쪽에 있는 막사 안에 머물라고 지시했다. 주위에는 비상 경계선을 쳤다. 말과 일부 병사들이 있는 의회당 마구간에 가고 싶은 병사들은 막사와 마구간 사이를 통행할 수 있게 하려고 했지만, 광장에 있는 사람들이 불쾌하게 받아들였다. 돌이 날아갔고, 간드는 부하들에게 막사든 마구간이든 지금 있는 곳에 머물라고 명령했다.

알드는 도발하지도, 공포를 드러내지도 않으려고 주의하고 있었다. 그들의 위치는 너무 포위되기 쉬웠다. 어쩌면 이미 포위 상태인지도 몰랐다. 일단 그동안 몸에 밴 두려움을 털어낸 시민들은 그토록 오랫동안 자기들을 지배해온 정복자들이 보급품에 의존하며, 아무리 무장을 갖추고 강력한 군대라 해도 수적으로는 열세라는 사실을 깨달았다. 이오라스가 부하들을 자제시킨 것을 약하다는 의미로, 싸울 의지가 없다는 뜻으로 오해한다면 대량 학살이 일어날 수도 있었다.

접객홀에서는 그런 문제를 이야기했다. 그리고 데삭과 그 무리에 대해서 이야기했다. 그들의 계획이 무엇이었는지, 어쩌다가 계획이 틀어졌는지. 우리 집으로 피신했던 남자 카데르 안트로가 있었고, 다른 사람들이 그의 이야기를 확인하고 넓혀 주었다. 불을 붙인 것은 알드 조신들이 하인과 청소부로 쓰던 안술 노예들이었다. 대천막을 태우자는 생각은 처음부터 노예들 중 하나가 낸 것이었다. 그들은 노예처럼 차려입었지만 무장을 한 음모자들을 몰래 천막에 들였고, 음모자들과 함께 준비해서 불이 여러 군데에서 동시에 시작되어 천막이 화염에 휩싸이는 사이 데삭 네 사람들이 두 방향에서 광장으로 쏟아져 들어가서 경비하던 병사들을 공격하기로 했다. 이도르와 이오라스와 다수의 장교와 조신들이 천막 안에 있을 때 불이 나도록 이 모든 일이 일몰 의식에 벌어질 예정이었다.

그러나 이도르가 오렉의 낭송을 방해하고 싶어 한 탓에 사제들이 계획보다 일찍 의식을 시작했고, 그래서 공격 시간이 바뀌었으며 바뀐 계획은 가담자 모두에게 전해지지 않았다. 불이 났을 때 의식은 이미 끝나갔다. 이오라스는 늦게 들어갔기 때문에 남아서 기도하고 있었으나, 이도르와 고위 사제들은 천막을 떠난 직후였다. 불은 무섭도록 빨리 번졌고, 안에 있던 데삭 네 사람들은 모두 공격을 감행했지만, 병사들은 잽싸게 대오를 정비했고 불을 무서워하는 것 같지도 않았다. 그들에게 불은 불타는 신의 포옹이 약속된 길이었다. 전투와 연기와 혼란 탓에, 이오라스가 비틀거리며 불길에서 벗어나는 모습을 본 것은 이도르와 사제들뿐이었던 것 같다. 그들이 이오라스를 붙잡아 의회당으로 데려가는 사이 병사들은 음모자들을 불 속에 몰아넣어 산 채로 태워 죽였다. 달아나려는 사람이나 공격하려는 사람이나 마찬가지였다. 데삭도 그렇게 죽었다.

나는 그저 오렉이 우리에게 말해준, 사람들의 발길에 채여 날던 까만 재와 먼지들밖에 생각할 수 없었다.

이 이야기를 들은 사람들은 한참 동안 말이 없다가 겨우 다시 입을 열었다.

어떤 남자가 말했다. "그러니까 이도르는 늙은 간드가 죽은 거나 다름없는 상황에서 기회를 본 거군요."

"왜 감옥에 넣었을까? 끝을 내지 않고?"

"어쨌든 아버지니까."

"알드 놈들에게 그게 뭐 대수라고?"

나는 아버지를 자랑스러워하다 못해 아버지의 말까지 자랑하던 시미를 생각했다.

"그놈은 아버지에게 복수할 참이었어. 17년이나 기다려온 게지!"

"그리고 늙은이의 안술 정부도 말이지."

"재미로 고문했을 거야."

그 말에 또 침묵이 내려앉았다. 사람들은 불편하게 수장 어른을 흘끔거렸다.

"그래서 그자가 붉은 모자들을 끌고 어딜 가겠어요?" 어떤 여자가 물었다. 사람들은 알드 사제들을 병사들보다 더 미워했다. "숨어있어봐야 사람들이 찾아낼 거예요. 놈들은 살아서 거리를 통과하지 못할걸요."

그 여자 말이 옳았다. 우리는 그날 늦게 소식을 들었다. 소식은 지속적으로 거리를 거쳐 우리에게 전해졌다. 지저분해지고 흥분하고 지친 사람들이 광장에서 소식을 가져왔다. 시민들은 의회당 안으로 몰려 들어가서 그 장소를 되찾고, 그곳을 자기네 숙소로 쓰던 알드 조신과 장교들의 물건과 가구를 다 들어내고, 돔 기단부에 있는 작은 다락방에 숨어 있던 이도르와 사제 세 명을 찾아냈다. 그들은 끌려 내려가서 이오라스와 티리오가 밤새 갇혀 있던 지하실에 갇혔다. 술터 갈바가 1년 동안 갇혔던 그 고문실에.

그 소식은 우리의 마음을 가볍게 해주었다. 우리는 자신이 악마를 몰아내고 악을 멸하기 위한 성스러운 사자라는 이도르의 믿음에 많이 고통받았고, 이제 그가 망신당하고 감옥에 갇히자 그 믿음의 힘도 깨어진 것처럼 느꼈다. 적은 여전히 남아 있었으나, 미친 신이 아니라 인간 적이었다.

그리고 의회당으로 밀려들어간 성난 군중이 사제들을 찾아낸 자리에서 갈기갈기 찢어버리는 대신 가둬놓고 정의―우리의 정의든, 알드의 정의든―기다리기로 했다는 것 또한 마음 놓이는 일이었다.

"그 아비보다 우리가 이도르를 더 관대하게 다룰지도 모르지." 술셈 캄이 말했다.

"그 사람이 아들에게 친절하게 굴 것 같진 않군요." 오렉이 찌푸린 얼굴로 말했다.

"부인과 사자보다 친절하진 않겠지요." 페르 악타모가 말했다. 그는 이곳에서 오렉과 다시 만나, 오후 내내 새로 오는 사람들이 청할 때마다 아침의 위업과 모험을 되풀이해 이야기하는 것을 거들었다. "이도르의 종말은 그때 시작된 겁니다. 군중 앞에서 움찔하고 뒷걸음질쳤을 때 말입니다. 사자는 어디 있습니까, 레이디 그라이? 여기에서 찬양을 받아야지요."

"셰타르는 기분이 무척 안 좋아요. 금식일인 데다가 종일 문

안에 가둬놔야 했거든요. 지금쯤이면 양탄자를 반은 먹어 치웠겠네요."

"금식 말고 잔치를 베풀어야죠!" 페르가 말했고, 사람들은 웃으면서 셰타르를 "우리 편에 있는 유일한 알드!"라고 불렀다. 그래서 그라이는 가서 셰타르를 데려왔다. 실제로 기분이 뚱해 있었다. 셰타르는 전날 밤의 수영과 배 타기, 이날 아침의 군중을 달가워하지 않았다. 도시에 지속되는 긴장을 감지했고, 고양이들이 다 그렇듯 소란과 흥분과 변화를 싫어했다. 셰타르는 노래하는 듯 으르렁거리고 노란 눈을 번득이면서 접객홀로 걸어 들어왔다. 모두 그녀에게 움직일 공간을 넉넉하게 만들어 주었다. 그라이는 셰타르를 수장 어른 앞으로 데려가서 절하듯 몸을 뻗게 했다. 사람들은 또 웃으며 셰타르를 칭찬했다. 그들은 셰타르가 오렉에게, 페르에게, 부모와 같이 온 세 살배기 소년에게 절을 하도록 청했다. 그래서 셰타르는 위로품을 많이 받았고, 기분도 나아지기 시작했다.

저녁이었다. 큰 방에 어둠이 깔리고 있었다. 이스타가 지난 밤에 너무나 중요한 전언을 가져왔던 이알바와 함께 등불을 들고 왔다. 예전에는 그것이 손님에게 떠나라는 신호였다고 이스타가 말해준 적이 있었다. 그리고 마치 우리네 방식과 관습이 오늘 우리에게 돌아온 것처럼 방문객이 하나씩 둘씩 일어나서 수장 어른에게 인사를 했다. 그들은 오렉과 그라이에게, 그리고 나에게 말을 걸었고 문을 통과하면서 우리 집의 영혼과 그림자들에게 말을 걸었다. 저녁 하늘로 튀어오르는 분수 옆을 지나면서 샘과 물의 지배자께 축복을 올렸고, 문지방 돌을 지나면서 몸을 굽혀 돌을 건드렸다.

14

 잠이 달만큼 멀던 그날 밤, 나는 침대에 누워서 긴 하루를 되새겼다. 그라이와 사자가 사제들과 병사들과 금색 외투를 입은 남자에게 대치해 서는 장면을 다시 보았다. 분수 물이 햇빛 속으로 뛰어오르는 장면을 다시 보았다. 수장 어른이 내 곁에서 성큼성큼 걸어나가 계단을 내려가는 모습을 보고, 그분이 이도르와 우리 앞에 책을 들어 올리는 모습을 보고, 기묘하게 내면을 꿰뚫던 목소리를 들었다. '그들을 자유롭게 하라…….' 그 외침은 내가 외쳤던, 나를 통과해서 나왔던 다른 말 '부서진 것이 부서진 것을 고치리라.' 와 함께 마음속에 메아리쳤고, 짧은 순간이지만 이해할 것 같았다.

그러나 내가 오렉과 다른 사람들과 같이 집 앞으로 나갔을 때 수장 어른은 절망에 빠진 얼굴로 피신처를 찾아 비밀방으로 돌아갔다는 사실을 떠올리자 다시 어리둥절했다. 신탁의 동굴까지 들어갔을 리가 없었다. 시간이 부족했다. 그는 곧장 그림자 쪽으로 가서, 그쪽에 놓인 서가에서 책을 뽑아, 저택의 방과 복도와 뜰을 통과하여 이도르와 대적하러 나갔다. 망가지고 발을 저는 몸이 아니라 치유되고 완전한 몸으로…… 그 짧은 시간에. 정확히 필요한 순간에.

신탁에 질문을 던졌을까? 그 책이 무엇을 말하는지 알고 있었을까? 그건 무슨 책이었지?

나는 수장 어른의 손에 들린 작은 책밖에 보지 못했다. 책 속은 보지 못했다. 그 책을 보고 읽은 게 아니다. 그랬을 수가 없다. 분명히 입을 열어 말한 것은 내가 아니라 그 책이었다. 나는 이제 그 말조차 확신할 수 없었다. '그들을 자유롭게 하라'였는지 그냥 '자유로워지라'였는지 아니면 '자유를!'이었는지? 마음속에서 목소리는 들을 수 있었으나 말의 내용은 들을 수 없었다. 그것이 마음에 걸렸다. 들어보려고 애썼지만 그 말은 맑은 물을 잡는 것처럼 손아귀를 빠져나갔다. 나는 분수를 보았다. 갈바만드의 지붕들 너머에서 아침 햇살이, 높이 피어오르는 분수의 물을 밝히는 광경을…….

그리고 실제로 아침이었다. 이른 아침의 햇살이 내 작은 방 벽을 비췄다.

그날은 에누의 축일이었다. 에누, 여행자의 길을 수월하게 만들어주고 일의 속력을 높여주고 싸움을 중재하고 우리를 죽음으로 이끌어주는 신. 그녀는 검은 고양이의 모습으로 죽어가는 영혼 앞을 걸어가며, 죽은 그림자가 머뭇거리면 멈추어 돌아보고는 끈기 있게 앉아서 따라오기를 기다려준다고 한다. 우리 신 중에 형상이나 모습이 주어진 신은 별로 없다. 레로가 돌의 형태를, 이에네가 삼나무와 버드나무의 형태를 취할 뿐이다. 그러나 에누는 오팔 눈에 미소를 띤 작은 고양이로 조각될 때가 많았다. 나도 어머니에게서 물려받은 그런 조각상이 하나 있었다. 그 고양이는 내 침대 옆 벽감에 앉아 있었고, 나는 아침저녁으로 그 상에 입을 맞췄다. 갈바만드 안에서 에누의 사당은 오래된 안쪽 뜰에 있는데, 받침대 위에 조가비 모양 돌이 놓이고 고양이 발자국이 그 바닥을 가로질러 희미하게 새겨져 있다. 몇백 년 동안 축복을 올리며 만진 손가락들 덕분에 닳아 없어지기 직전이다. 나는 일어나서 옷을 입고 그릇을 들고 신탁의 분수에 가서 물을 뜨고 부엌에 있는 상자에서 곡식 가루를 한 줌 집어서 공물을 바치러 에누 사당으로 갔다. 수장 어른을 사당에서 만났고, 우리는 함께 에누에 대한 찬양을 올렸다.

이스타가 우리가 먹을 아침을 준비해두었고, 그 후는 전날과 같았다. 수장 어른은 집 앞 회랑에 자리를 잡았고, 하루 종일 사람들이 와서 수장 어른과 이야기하고 서로 이야기를 했다. 안술의 공동체가 바로 여기에서 다시 직조되고 있었다.

수장 어른은 내가 그 자리에 있길 바랐다. 그는 사람들이 내가 그 자리에 있길 바란다고 말했다. 사실이었다. 인사가 아닌 다른 말을 거는 사람은 별로 없었어도 사실이었다. 사람들의 존경 어린 인사를 받으려니 마치 내가 누군가 중요한 인물인 척하고 있는 것 같았다. 때로는 사람들이 어린아이를 보내어 꽃을 전하기도 했다. 아이들은 내 무릎 위나 발치에 꽃을 떨어뜨리고 달려갔다. 어느 정도 시간이 지나자 꽃투성이가 되어, 길거리 사당이 된 기분이었다.

나는 내가 사람들에게 무엇인지 이해하려 했다. 사람들은 나에게서 어제 분수에 일어난 신비로운 일과 신탁의 목소리를 보았다. 내가 그 신비였다. 수장 어른은 익숙한 친구이자 지도자, 옛 시절의 연결 고리였다. 나는 새로웠다. 그는 갈바였다. 나는 갈바의 딸이었고, 나를 통해 신들이 말했다.

그러나 사람들은 내가 말하지 않는 데 흡족해했다. 나는 그저 미소만 짓고 아무 말도 하지 않아야 할 존재였다. 신비는 신비로 족한 법이다.

사람들은 수장 어른과 이야기하고, 서로 이야기하고 논쟁하고 토론하면서 말과 열정과 언쟁으로 꽉 찬 17년간의 침묵을 깨고 싶어 했다. 그리고 그렇게 했다.

찾아온 사람 중 몇 명이 의회당으로 가서 회의를 해야 한다고 말했고, 이 발상에 흥분한 사람들은 다들 당장 의회당으로 가서 그곳을 우리 정부의 중심지로 재정립할 태세였다. 술셈 캄과 페르 악타모는 조용하고 편안한 어조로 사람들에게, 움직이기 전에 힘을 모아야 하며 계획을 짜고 계획대로 행동해야 한다고 이야기했다. 투표를 치르지 않았는데 어떻게 의회를 열 수 있겠는가? 그들은 안술은 언제나 권력을 자기 권리로 주장하는 사람들을 경계했다고 말했다.

"안술에서 권력은 갖는 게 아니라, 빌리는 거라오." 술셈 캄이 말했다.

"이자도 내야 하고." 수장 어른이 건조하게 덧붙였다.

안술이 스스로를 통치하던 방식에 대해 기억이 없고 기억할 수 없는 정부를 어떻게 복구해 나가야 할지 확신이 없는 젊은이들에게 나이 든 사람들의 말은 무게감 있게 다가왔다. 그들이 상대적으로 젊은 페르의 말에 귀를 기울이는 것은 그가 아디라와 마라처럼 오렉과 같이 움직였기 때문이었다. 페르는 도시의 두 번째 영웅이었다. 또한 나는 4대 가문 사람들이 말을 하면 사람들이 존중해 듣는다는 사실을 알았다. 그것은 오직 습관과 전통, 알려진 이름에 대한 존중이었다. 그러나 지금은 그런 존중이라도 유용했다. 그나마도 없었다면 경쟁적으로 자기 의견을 소리치는 꼴이 되었을 곳에 그런 존중이 구조와 기준을 세워주었다. 그중에서도 제일 존경받는 술터 갈바는 사실 제일 적게 말했고, 다른 사람들이 각자 열정과 이론을 토해내게 놓아두며 열심히 귀를 기울였다. 태풍의 눈 같았다.

수장 어른은 자주 나를 쳐다보거나, 고개를 돌리고 내가 어디에 앉아 있는지 보았다. 그는 내가 가까이 있기를 바랐다. 우리는 서로의 침묵을 공유했다.

시간이 갈수록 갈바만드에 찾아온 사람들 사이에 무장한 이들이 늘었다. 어떤 이들은 막대기와 곤장으로만 무장했지만 어떤 이들은 긴 단검, 새로 만든 촉을 단 창, 이틀 전 거리 전투에서 알드 병사들에게서 빼앗은 검으로 무장했다. 긴 토론이 이어지는 가운데 나는 신선한 공기를 마시고 분수를 보러 나갔다. 앞뜰을 돌아 구딧에게 가보았고, 구딧은 마구간에 딸린 작은 대장간에서 창촉을 메질하고 있었다. 한 청년이 창대로 쓸 긴 장대를 들고 기다렸다.

돌아갔을 때, 집 앞쪽에 자리한 천장 높은 방에서의 대화는 회의와 투표와 법보다는 공격, 습격, 알드 살육에 더 쏠려 있었다. 드러내놓고 말하지는 않았다. 그저 힘을 모아야 한다, 도시의 힘을 하나로 모아야 한다, 무기를 비축해야 한다, 최후통첩을 내려야 한다는 말만 했다.

나는 그때부터 지금까지 당시에 들은 말과 그들이 쓰던 언어들에 대해 생각해보았다. 남자들은 여자들보다 쉽게 사람을 숫자로 여기는 게 아닐까. 생명이나 살아 있는 몸으로 생각하기보다 숫자로, 마음속의 전장에 밀어 넣을 수 있는 마음속의 장난감으로 여기는 게 아닐까. 이런 추상화는 즐거움을 주고 그들을 흥분시키고 행동 자체를 위해 행동하게 해준다. 놀이말처럼 숫자를 조종할 수 있게 해준다. 그들은 신들에게, 그리고 그 놀이 속에서 고통받고 죽이고 죽는 사람들에게 자기들의 즐거움을 정당화하기 위해 애향심, 혹은 명예, 혹은 자유란 이름을 내놓을지도 모른다. 그리하여 사랑, 명예, 자유 같은 말은 본래 성질을 잃는다. 그러면 사람들은 이런 것들이 무의미하다고 경멸하게 되고, 시인들은 그 말들에 본래 모습을 되찾아주기 위해 싸워야 한다.

오후 늦게 이런 무리의 지도자 중 하나로 매 같은 얼굴에 잘생긴 청년인 겔브만드의 레터 겔브가 도시에서 알드를 추방하자는 계획을 내세웠다. 다른 무리 중에서 반대가 나오자 그는 수장 어른에게 돌아섰다. "갈바! 당신께서 손에 신탁의 책을 들었고, 우리 모두 그 목소리를 듣지 않았습니까? 자유를! 우리를 노예로 만드는 알드가 여기 있는데 어떻게 우리 백성들에게 자유를 줄 수 있겠습니까? 그 말의 의미가 더 분명할 수가 있겠습니까?"

"그럴지도 모르지." 수장 어른이 말했다.

"그 뜻이 분명하지 않다면 다시 한 번 신탁을 청하세요, 읽는 자여! 지금이 우리가 자유를 쥘 때가 아닌지 물어보란 말입니다!"

"자네가 직접 읽어볼 수도 있네." 수장 어른은 온화하게 말하고 주머니에서 책을 한 권 꺼내 레터에게 내밀었다. 위협적인 몸짓이 아니었으나, 청년은 주춤 물러서서 책을 응시했다.

그만큼 젊은 사람이었다. 알드 밑에서 살아온 많은 안술 사람처럼 그도 책을 만져본 적이 없고, 조각조각 찢겨서 운하에 던져질 때가 아니면 본 적도 없을 터였다. 아니면 초자연적인 신탁에 대한 두려움에 사로잡혔는지도 모른다. 레터 겔브는 한참 만에 쉰 목소리로 말했다. "전 읽을 수 없습니다." 그리고 그는 부끄러워하며, 도전적인 투를 회복하려고 애쓰며 나를 보고 말했다. "읽는 자는 당신들 갈바 집안이지요."

"읽기는 예전에 우리 모두가 공유하는 선물이었네." 수장 어른의 목소리는 이제 온화하지 않았다. "아마 우리 모두 다시 배울 때가 오겠지. 어쨌든 받은 답을 이해하기 전에는 새로운 질문을 던져봐야 쓸모가 없어."

"이해하지 못하는 답에는 무슨 쓸모가 있습니까?"

"자네에겐 분수의 물이 충분히 투명하지 않은가?"

수장 어른이 그렇게 화난 모습은 본 적이 없었다. 차갑고 칼날 같은 분노였다. 청년은 다시 주춤했다. 그는 잠시 사이를 두고 고개를 숙이며 말했다. "수장께 용서를 빕니다."

"레터 겔브, 나는 그대에게 인내심을 빌겠소." 수장 어른은 여전히 차가운 목소리로 응답했다. "분수에 피가 흐르기 전에 물부터 흐르게 합시다."

수장 어른은 책을 탁자에 놓고 일어섰다. 갈색 천으로 장정한 작은 책이었다. 그것이 우리에게 신탁을 전했던 책인지 다른 책인지는 잘 알 수 없었다.

이스타와 소스타가 등불을 들고 들어왔다.

"다들 좋은 저녁과 평화로운 밤을 보내시길." 수장 어른은 그렇게 말하고 책을 다시 집어 들더니 절뚝이며 사람들에게서 멀어졌다. 어두운 복도로 돌아갔다.

사람들은 나에게 차분히 밤 인사를 건네고 집을 떠났다. 그러나 상당수는 앞뜰 미로 주위에 서서 계속 이야기했다. 도시 전체에 불안한 기운이 감돌았다. 어두워져가는, 따뜻하고 바람

부는 공기 속에 술렁임이 있었다.

그라이는 셰타르에게 줄을 매어 집을 나서면서 나에게 말했다. "의회당까지 걸으면서 어떻게 돌아가나 보자." 나는 기쁜 마음으로 따라나섰다. 오렉은 집 안에서 글을 쓰고 있다고 했다. 오렉은 거의 온종일 상방에 머물렀다. 그라이는 그가 토론과 논쟁에 끼어들고 싶어 하지 않았다고 했다. 안술 시민도 아니건만 사람들은 그가 하는 말은 무엇이든 열성적으로 받아들일 테고, 의도하지 않은 무게마저 부여할 테니 말이다. "그이는 그걸 걱정해. 그리고 무슨 일이 일어날 거라는, 뭔가 폭력적이고 돌이킬 수 없는 일이 벌어질 거라는 느낌도……."

걷는 동안 사람들이 끊임없이 인사를 하고, 그라이와 사자에게 절을 했다. 이도르와 붉은 모자들에게 처음 맞선 이들에게. 그라이는 미소 지으며 인사에 답했지만, 대화로 이어지지 않게 짧고 조심스러운 태도로만 응대했다. 나는 말했다. "영웅이 되는 게 무서워요?"

"그래." 그라이는 조금 웃더니 나를 곁눈질했다. "너도 그럴 텐데."

나는 고개를 끄덕였다. 나는 아무도 만나지 않고 조용히 대화하면서 걸을 수 있도록 갈바 거리에서 샛길로 빠졌다.

"그래도 넌 이 사람들을 다 알기나 하지. 아, 메메르, 내 고향이 어떤 곳인지 네가 안다면! 안술의 거리 하나에만 고원지대 전체보다 많은 집이 있어. 몇 달이고 몇 년이고 새로운 얼굴을 보지 못했어. 온종일 나다니면서 한 마디도 안 하곤 했지. 난 사람과 같이 살지 않았어. 개, 말, 야생 동물, 그리고 산과 같이 살았지. 그리고 오렉과 같이……. 우린 다른 사람과 같이 산다는 게 어떤 건지 몰랐어. 오렉의 어머니만 빼면 아무도. 멜 아주머니는 저지대 데리스워터 출신이었지. 정말 사랑스러운 분이었어……. 난 오렉이 어머니에게서 선물을 물려받았다고 생각해. 우리에게 이야기를 들려주시곤 했거든……. 하지만 오렉이 정말 닮은 건 아버지 쪽이야."

"어떻게요?"

그라이는 잠시 생각하고 말했다. "카녹 아저씨는 아름답고 용감한 남자였어. 하지만 자기 선물을 두려워했고, 그래서 자기 마음을 감췄지. 때로 오렉이 그러는 걸 봐. 지금까지도. 책임을 진다는 건 힘든 일이야."

"책임을 빼앗기는 것도 힘든 일이에요." 나는 내가 알아온 세월 내내 수장 어른의 삶이 어땠는지 생각하며 말했다.

우리는 금세공인 다리에서 큰길로 되돌아가 의회당 광장으로 올라갔다. 많은 사람이 서성였는데, 대부분 남자였고 많은 수가 무기를 들었다. 누군가가 의회당 테라스에서 군중을 향해 열변을 토했는데, 사람들이 가서 듣다가 다시 흩어지기를 반복하는 것을 보면 그리 성공적인 연설은 아니었다. 광장 동편에는 남자들과 여자들로 이루어진 단단한 선이 있었다. 사람들은 나란히 서거나 앉은 채 자리를 지키며 경계하고 있었다. 우리 이웃 사람 중 하나인 마리드라는 여자에게 말을 걸었다. 그녀는 '아이들이 말썽에 휘말리지 않게 지키는' 중이라고 했다. 그들 너머, 언덕 아래에서 횃불 빛이 여기가 막사를 지키는 알드 병사들과 시민 사이의 경계선임을 알려주었다. 이 시민들은 시민과 병사 사이에 방어선을 만들고, 무분별한 모욕이나 싸움을 찾는 젊은이들과 쓸데없이 돌을 던지는 사람들의 진출을 막고 있었다. 병사들을 약 올려 폭력을 유발하려는 사람은 먼저 동료 시민의 방어선을 뚫어야 했다. 이 방어선은 광장을 가로질러 마구간 앞까지 이어졌다. 내가 앉아서 시미와 이야기하던 자리까지.

"정말 놀라운 사람들이야." 그라이는 광장을 가로질러 왔던 길로 돌아가면서 말했다. "너희는 뼛속에 평화를 새기고 있는 것 같아."

"그랬으면 좋겠어요." 내가 말했다. 우리는 광장 한가운데에 있었다. 대천막이 있던 자리였다. 천막의 잔해는 사라지고 없었다. 포장돌에 남은 그을음, 발 아래 부서지는 잿더미 외에는 아무 흔적도 없었다. 우리는 데삭이 자기가 지른 불 속에서 산 채로 타 죽은 자리를 걷고 있었다. 나는 몸서리를 쳤고, 동시에 셰타르는 길고 기묘한 소리를 내며 머리를 뻗었다. 나는 셰타르가 데삭을 당황시키고 노려보던 것을 기억했다. 허리를 곧게 펴고 군인답게, 오만하고 열정적으로 수장 어른에게 말하던 그의 모습이 보였다. '우린 이곳에서, 자유로운 도시의 자유민으로 다시 만날 겁니다!' 그렇게 말했었지. 그의 그림자가 사방에 깔려 있었다.

돌아가는 길에 우리는 다리를 건너다가, 아래로 떨어져 죽은 남자를 보았던 난간 옆에 잠시 발을 멈췄다. 내려다본 어두운 운하에 다리 위에 있는 집들의 불빛이 한두 개 비쳐 흔들렸다. 셰타르는 살짝 으르렁거리면서 우리에게 그 밑으로 다시 갈 생각도 없고 다시 헤엄칠 생각도 없음을 알렸다.

사내아이 한 무리가 그날 거리에서 몇 번 들었던 구호를 외치며 달려갔다. "알드 놈들 몰아내라! 알드 놈들 몰아내라! 알드 놈들 몰아내라!"

"레로의 돌까지 가요." 내가 말했고, 우리는 그렇게 했다. 이 이상한 밤, 온 도시가 깨어 술렁이는 이 밤에는 둘 다 집 안에 들어가고 싶지 않았고, 온종일 앉아서 사람들의 말을 듣고 나니 걷는 것이 좋기도 했다. 우리는 겔브 거리에서 '기울어진 다리'를 건너 서쪽 거리로 간 후, 레로의 돌이 있는 곳으로 갔다. 꽤 많은 사람이 조용히 차례를 기다리거나 내가 하려던 것과 같은 행동을 하고 있었다. 돌을 만지고, 균형의 지배자인 레로에게 축복을 올리는 것이다.

우리는 다시 서쪽 거리로 올라가기 시작했다. 나는 무슨 말을 하는지도 모르면서 말했다. "두 분 사이에 아이는 없었어요, 그라이?"

"있었어. 딸이 하나 있었지." 그라이는 차분한 목소리로 대답했다. "메순에서 열병으로 죽었단다. 반년을 살았지."

아무 말도 할 수 없었다.

"살아 있으면 열일곱이겠네. 몇 살이지, 메메르?"

"열일곱." 말하기가 힘들었다.

"그럴 줄 알았어." 그라이가 나를 보고 미소 지었다. 나는 높은 다리에서 떨어지는 희미한 가로등 불빛 속에서 그녀의 미소를 보았다. "딸 이름은 멜이었지." 그라이가 말했다.

그 이름을 말하자 작은 그림자의 손길이 느껴졌다.

그라이는 줄을 잡지 않은 손을 뻗었고, 우리는 손을 잡고 걸어갔다.

나는 갈바 거리로 들어서면서 말했다. "오늘은 에누의 날이에요. 내일은 레로의 날이죠. 균형이 바뀔 거예요."

아침에는 벌써 균형이 바뀐 것 같았다. 우리는 아침 일찍 엄청난 인파가 의회당 광장에 모였다는 소식을 들었다. 아직 폭력을 행사하지는 않지만, 시끄럽고 단호하게 알드는 오늘 당장 도시를 떠나라고 요구하고 있다는 것이다. 수장 어른은 오렉과 잠시 상의를 했고, 둘이 함께 회랑으로 들어갔다. 오렉은 긴장한 얼굴이었다. 그는 그라이와 잠시 이야기했고, 그라이가 셰타르를 상방에 가두는 사이 구딧은 두 마리 말을 데리고 나왔다. 오렉은 브랜티를 탔다. 그라이는 별이에 올라탔고, 나는 그녀와 같이 오렉을 따라서 갈바 거리에 모인 군중을 뚫고 달렸다. 그들은 기꺼이 앞을 비켜주며 오렉의 이름을 연호했다.

오렉은 아직도 병사들의 열 앞을 단단히 지키고 있는 시민들의 경계선으로 달려갔다. 그리고 시민과 병사 양쪽에 간드 이오라스와 이야기할 수 있겠느냐고 물었다. 그들은 즉시 오렉을 들여보내주었다. 오렉은 말에서 내려서 알드 막사 쪽으로 계단을 달려 내려갔다.

나는 이제 진짜 마부처럼 군중 사이에서 브랜티의 마구를 잡고 있었다. 브랜티는 별로 잡아줄 필요가 없는 말이었다. 단단히 버텨 섰고, 사방의 소란을 경계하기는 했지만 힘들어하지는 않았다. 나는 브랜티를 닮으려 했다. 별이는 자주 머리를 흔들었고, 사람들이 바싹 다가오면 투레질을 하면서 발을 끌었다. 나는 별이를 닮지 않으려 했다. 그래도 두 마리 말이 주위에 공간을 만들어주어 다행이었다. 그토록 많은 사람이란, 존재만으로도 압도적이었다. 또렷하게 생각할 수가 없었고, 의기양양함, 두려움, 흥분이 흘렀다. 이런 감정들이 폭풍 전에 나뭇잎을 흔드는 바람처럼 우리 모두를 타고 흘렀다. 나는 브랜티의 고삐를 잡고, 차분하고 고요한 그라이의 얼굴을 바라보았다.

의회당 계단 근처에서 장중한 함성이 올랐다. 다들 그쪽을 돌아보았지만, 나는 머리와 어깨들밖에 볼 수 없었다. 그라이가 내 팔을 건드리더니 브랜티에 오르라는 시늉을 했다. "못 해요!" 말은 했지만 나도 내 목소리를 들을 수 없었고, 그라이는 나를 위해 손으로 등자를 만들어주었다. 근처에 있던 남자 하나가 말했다. "얼른 올라타라고!" 그래서 나는 엉겁결에 브랜티의 안장에 앉았다. 바로 옆에서 그라이가 훌쩍 말등에 올랐다. "봐!" 그라이가 말했고, 나는 그쪽을 보았다.

연설 테라스에 사람들이 서 있었다. 갈색과 회색 줄무늬 가운을 입은 여자, 그리고 검은색 외투와 킬트를 입은 오렉. 내 눈에 비친 그들은 환영처럼 작고 밝았다. 군중은 고함을 지르고 구호를 외쳤다. 어떤 이들은 "티리오! 티리오!"라고 외치기도 했다. 우리 근처에 있던 남자는 분노에 차서 "알드의 창녀! 간드의 창녀!"라고 외쳤는데, 그러자마자 사람들이 돌아보고 똑같이 분노에 차서 고함을 지르기 시작했고, 다른 사람들이 그들을 조용히 시키고 갈라놓으려 애썼다. 나는 등자에 발이 닿지 않아서 안장 위가 위태롭게만 느껴졌지만, 브랜티는 바위처럼 단단히 서 있었고 나는 최소한 사람들에게 밀리고 밟힐 염려는 없었다. 서서히 소음이 잦아들었다. 오렉이 오른손을 올리고 있었다. "시인이 말하게 하자." 사람들이 외쳤고, 분수의 물이 넓은 수반에 퍼져나가듯 서서히 침묵이 퍼졌다. 마침내 입을 연 오렉의 목소리는 쩌렁쩌렁했다. 멀지만 또렷하게 울려퍼졌다.

"오늘은 레로의 날입니다." 오렉이 말했다. 그리고 한참 동안 더 말하지 못했다. 모든 인파가 장중하고 느리게 "레로, 레로, 레로!"를 연호한 탓이었다. 나도 목이 메이고 눈물이 고인 채 그들과 함께 연호했다. 레로, 레로, 레로……. 마침내 오렉이 다시 손을 들어 올렸고, 연호하는 소리는 광장에서 이어지는 거리를 따라 잦아들어갔다.

"저는 안술 사람도, 아수다르 사람도 아닙니다. 제가 다시 이야기하도록 해주시겠습니까?"

"네!" 군중이 함성을 질렀다. "말해요! 시인의 말을 들읍시다!"

"안술의 딸이자 알드 간드의 아내인 티리오 악타모가 이 자리에 함께 서 있습니다. 이분과 이분 남편은 제게 이 말을 전해 달라고 했습니다. 아수다르의 병사들은 여러분을 공격하지 않을 것이며, 여러분을 방해하지도 않을 것이고, 막사를 떠나지도 않을 것입니다. 간드 이오라스가 그렇게 명했고, 병사들은 명령에 따를 것입니다. 그러나 간드도 메드론에 있는 왕의 동의 없이 병사들에게 안술을 떠나라고 명할 수는 없습니다. 그래서 지금 메드론에서 소식이 오길 기다리는 중입니다. 그러니 간드 이오라스와 티리오 악타모, 그리고 저는 여러분에게 인내심을 갖고, 피가 아니라 평화로 도시를 되찾고 자유를 주장하시길 간절히 부탁드립니다. 배신당하고 감옥에 갇힌 통치자가 자유를 찾는 모습을 본 제가…… 여러분과 함께 2백 년간 메말랐던 분수에서 물이 솟는 것을 보고, 여러분과 함께 침묵으로부터 울려 퍼지는 목소리를 들은 제가…… 여러분에게 초대받은 제가…… 레로께서 균형이 어떻게 떨어지는지, 우리가 파괴할 것인지 재건할 것인지, 전쟁으로 떨어질 것인지 평화를 걸을 것인지 알려주시길 기다리는 동안 여러분의 호의와 안술 신들의 우아함에 대한 보답으로 이야기를 하나 해도 되겠습니까? 전쟁과 평화, 노예와 자유에 대한 이야기를요. 〈샴한〉을 들으시겠습니까? 암비온에서 노예로 지냈던 시절 함네다의 이야기를 들으시겠습니까?"

"네." 군중이 대답했고, 그 소리는 풀밭을 휩쓰는 부드럽고 거대한 바람 같았다. 우리는 모두 내면의 긴장이 잦아드는 것을 느낄 수 있었고, 그 점에 감사했다. 잠시 동안이라 해도, 이야기를 하나 하는 데 걸리는 시간뿐이라 해도 우리를 두려움과 열정과 무분별함에서 풀어주는 그 목소리에 감사했다.

서부 해안 어디에서나 아는 이야기였다. 책이 파괴된 이 도시에서도 많은 사람이 그 이야기를 알거나, 최소한 이야기 속 영웅의 이름이라도 알았다. 그러나 한 번도 그 이야기를 읽어보거나 들어보지 못한 사람도 많았다. 그리고 그토록 많은 사람들 속에서 공개적으로 울려퍼지는 그 이야기를 듣는 것, 우리 유산을 우리 권리로 주장하고 우리 영웅을 우리 것이라 내놓는 경험은 엄청났다. 그것은 오렉이 우리에게 준 크나큰 선물이었다. 그는 본인도 알지 못하던 이야기를 말하면서 알게 된 것처럼, 함네다에 대한 엘록의 배신에 자기도 놀란 것처럼, 자신이 함네다와 같이 사슬에 묶이고 얻어맞은 것처럼 이야기했고 늙은 아페르의 고문과 죽음 앞에서 함네다와 같이 울었으며, 함네다의 탈출을 돕는 데 목숨을 건 노예들을 걱정했다. 오렉은 더 이상 내가 읽었던 〈샴한〉을 이야기하고 있지 않았다. 자기 언어로 자기 이야기를 하고 있었다. 암비온 궁전에서의 대결에 이르렀을 때, 함네다가 압제자 우라의 사슬을 풀어주고 암비온에서 사라지라고 명했을 때, 그리고 도시의 저항군에게 이렇게 말했을 때. "자유란 풀려난 사자요, 떠오르는 태양입니다. 여기나 저기에서 멈출 수는 없소. 해방이 해방되도록 하시오! 자유가 자유롭게 하시오!"

그 후로 나는 갈바만드 계단에서 신탁의 목소리가 한 말이 그것이었다고 주장하는 사람들을 많이 보았다. '자유가 자유롭게 하라.' 그랬는지도 모른다.

어쨌든 그 말을 들었을 때 의회당 광장에 모인 군중은 거대한 인파가 듣고 싶었던 말을 들었을 때 낼 법한 소리를 냈다. 오렉이 이야기를 끝내자 사람들은 조용히 하지 않고 찬양을 외쳤고, 자신들도 속박이나 두려움에서 해방된 듯이 환희에 들떴다. 사람들은 의회당 테라스에 선 오렉 주위로 몰려 올라갔고 그라이와 나는 그에게 가까이 갈 기회조차 없었다.

그러나 말 등에 앉아 있었던 덕에 오렉과 티리오를 볼 수는 있었다. 우리는 인파가 두 사람 주위로 소용돌이치며 서서히 그들을 갈바 거리로 나르기 시작하는 것을 보았다. 그라이는 훌쩍 뛰어내려 내 등자 길이를 줄이고 다시 안장 위에 올랐다.

"무릎을 딱 붙이고 고삐는 신경 쓰지 마." 그라이가 외쳤고, 우리는 우리 나름의 찬양과 농담과 고함 소리의 소용돌이에 에워싸인 채 움직이기 시작했다. 나는 처음으로 말 등에 올라서 광장을 벗어나, 다리 세 개를 건너 갈바 거리로 들어가서, 갈바만드로 갔다.

사람들이 갈라져서 길을 터준 덕분에 우리는 곧 오렉과 티리오를 따라잡을 수 있었다. 마구간 문 앞에서 말을 내려 집 안으로 달려간 나는 딱 티리오가 회랑에서 수장 어른과 만나는 순간을 볼 수 있었다. 수장 어른은 그녀를 보고 일어섰고, 그녀는 양팔을 벌리고 그의 이름을 부르며 뛰어갔다. "술터!" 그들은 눈물을 흘리며 서로를 포옹했다. 그들은 젊었을 때 친구 사이였다. 어쩌면 연인 사이였는지도 모른다. 그들은 젊고 부유하고 행복하던 시절에 서로를 알았고, 오랜 세월 수치심과 고통 속에서 서로 떨어져 지냈다. 그는 불구의 몸이었다. 그녀는 얻어맞고 머리털이 뽑힌 몰골이었다. 나는 오래전에 수장 어른이 나에게 했던 부드러운 말을 기억했다. "울 만한 일이야 많이 있지, 메메르야." 나는 그때도 울었다. 두 사람 때문에, 세상의 비탄 때문에 울었다.

내가 문간에 서서 눈물을 삼키려 하고 있을 때 오렉이 들어와서 내 곁에 섰다. 그의 얼굴에는 아직도 환호를 받고 인파의 힘에 휩쓸린 사람 특유의 놀라움과 광채가 어려 있었다. 그러나 그는 내 어깨를 안으며 부드럽게 말했다. "안녕, 말 도둑 아가씨."

오렉과 레로가 균형을 기울여놓은 것 같았다. 그날이나 그 후 여러 날 동안 도시에는 거대한 불안이 존재했지만, 분노와 위협은 덜했다. 험악한 대화는 많이 오갔어도 무기는 덜 휘둘렀다. 의회당이 열려서 투표 계획에 대한 논의가 이루어졌다.

사람들은 계속 갈바만드에 찾아왔다. 회랑에서 대화를 나누고, 미로에서 춤을 추었다. 나는 이제야 겨우 미로에서 춤추는 여자들을 보게 되었다. 하루인가 이틀이 지나자 이스타가 손에 행주를 든 채 찌푸린 얼굴로 여자들 사이에 나가 말했다. "완전히 잘못하고 있어. 여기에서 '에호!'라고 하면서 몸을 틀고 저기에서 몸을 틀어야지." 그리고 그녀는 축복의 춤을 제대로 추는 방법을 보여주었다. 그러고는 다시 부엌으로 돌아갔다.

이스타는 맹렬히 일했고, 보미와 나는 물론이고 소스타까지도 일이 많았다. 사람들은 계속 선물을 가져왔다. 끝없이 손님이 몰려드니 우리 접대가 얼마나 힘겨울지 뻔히 아는 사람들이 음식을 들고 왔다. 이스타는 정신을 차리고 그런 선물을 받아들였지만, 선물이나 영예나 증정물이라기보다는 수장 어른과 그 집안이 지고 갚아야 할 빚으로 받아들였다. 이스타의 머리는 그런 식으로 움직였다. 안술의 많은 사람이 그러했다. 우리 뼛속에 평화가 깃들어 있다면, 상업성도 뼛속에 깃들어 있을 것이다.

이알바는 이오라스를 돌보는 티리오를 도우러 돌아갔다. 이오라스의 화상은 심각했고, 회복이 느렸다. 그다음 날 티리오는 집 안 건사를 도우라며 막사에서 여자 셋을 보냈다. 티리오처럼 병사들이 잡아가 노예로 부린 도시 여자들이었다. 티리오는 간드의 호의를 얻자 그 여자들을 끔찍한 예속 상태에서 빼내어 그보다 나은 노동직으로 옮겨 주었다. 그중 하나는 열 살인가 열한 살에 잡혀가서 병사들에게 시달린 나머지 불구가 된 데다가 살짝 미쳤지만, 혼자 일할 수 있는 곳을 청소시키면 만족스럽게 일을 해냈다. 나머지 둘은 훌륭한 집안 출신으로 집을 건사할 줄 알았고, 우리에게 큰 도움이 되었다.

처음에 이스타는 그들을 쌀쌀맞게 대했고 소스타와 나에게 말을 걸지 못하게 하려고 했다. 그들이 있던 곳을 봐라, 물론 그게 그 애들 잘못은 아니지만 양가집 처녀랑 교류하기에는 적절치 않다는 등등의 이유였다. 그 애들과 나는 신경 쓰지 않았다. 여자들 중 하나에게는 노예 시절에 사귄 남자 친구가 있었다. 그는 바로 우리 집에 들어와서 힘든 일에 손을 보탰다. 구딧은 그 남자와 썩 잘 지냈다. 그 남자는 예전에 달구지 목수였고, 구딧이 오랫동안 간직해둔 수레와 달구지 조각들로 마차를 짤 계획을 세울 수 있었다.

그렇게 며칠 만에 집 안에 사람과 삶이 확 늘어났고, 나는 그게 마음에 들었다. 목소리는 늘고 그림자는 줄어들었다. 질서가 늘고 먼지는 줄어들었다. 이제는 내 손만이 아니라 많은 손이 지나가면서 신소를 건드렸다.

그러나 이 시기에 나는 수장 어른을 거의 보지 못했다. 오직 공식적인 자리에서, 다른 사람과 같이 있는 모습만 보았다.

그리고 나는 신탁이 나를 통해 말한 밤부터 한 번도 비밀방에 가지 않았다.

내 삶은 갑작스럽게, 그리고 완전히 달라졌다. 나는 책 속이 아니라 거리에 살았고, 저녁 시간에 한 남자하고만 이야기하는 대신 온종일 많은 사람과 이야기했으며, 마음은 오렉과 그라이로 가득 차서 가끔은 수장 어른을 생각하지 않을 정도였다. 부끄럽기도 하지만, 변명할 말은 있었다. 수장 어른에게 가까운 사람이 나뿐이었을 때는 내가 중요했겠지만, 이제 수장 어른에게는 내가 필요하지 않았다. 그는 다시 진짜 수장이 되었다. 온 도시가 그의 벗이었다. 나에게 할애할 시간은 없었다.

그리고 나도 비밀방에 갈 시간이 없었다. 그토록 오랜 세월 밤마다 찾았던 방이지만, 지금은 하루 종일 바빴고 밤이면 피곤했다. 나는 작은 에누에게 입을 맞추고 곯아떨어졌다. 그 방의 책들은 도시가 죽어 있는 동안 나를 살렸지만, 이제 도시는 삶을 되찾았고 나에게도 책이 필요하지 않았다. 그럴 시간도 필요도 없었다.

그 방에 가는 것이, 그 방 자체가, 그 책들이 두려웠다 해도 나는 스스로 그 사실을 인정하지 않았다.

15

 그 초여름의 나날에 우리는 마치 알드를 잊은 것 같았고, 그들이 아직 도시 안에 있다는 것이 문제가 되지 않는 듯했다. 무장한 시민 지원자들이 민병대를 조직하여 교대로 보초를 서서 낮이고 밤이고 막사와 의회당 마구간을 감시했지만, 의회당에서는 알드가 아니라 안술에 대해서만 이야기했다. 매일 회의가 열렸다. 규모가 크고 혼란스러운 회의였지만 정부에서 일해본 경험이 있고, 안술의 정치와 권력을 재건할 의지가 있는 사람들이 이끌었다.
 이런 계획과 회의의 중심에 페르 악타모가 있었다. 아직 서른이 안 된 나이였지만 지도력을 타고난 인물이었다. 그의 활력과 지성은 연장자들이 너무 빨리 '늘 했던 방식'으로 돌아가는 것을 막아주었다. 그는 우리가 늘 했던 방식을 묻고, 더 나은 방식은 없는지 물었다. 그리고 의회는 쓸모없는 관습적인 지배와 특권을 많이 떨쳐낸 모양새로 구성되기 시작했다. 나는 자주 페르와 다른 사람들이 공개회의에서 내놓는 발언을 들으러 갔다. 그들은 희망에 가득 차서 약동했다. 페르는 매일같이 갈바만드에 와서 수장 어른의 조언을 구했다. 술셈 캄도 아들인 술터 캄을 데리고 왔는데, 모든 것이 우리가 늘 했던 방식대로 이루어져야 한다고 주장하기 일쑤였다. 그러나 술셈의 아내인 에눌로는 페르의 제안을 지지했다. 수장 어른도 그랬다. 간접적이었고, 언제나 그냥 논쟁에 갇히지 않고 합의를 끌어내려고 애쓰기는 했지만 말이다.

이미 투표일에 대한 계획을 세우던 어느 화창한 아침, 한 시간 만에 도시 전역에 말이 퍼졌다. 알드 군대가 이스마 언덕을 통과해 오고 있다는 소식이었다.

처음에는 무시할 수 있는 소문일 뿐이었다. 알드 병사를 봤다는 양치기의 이야기쯤으로 여겨졌다. 그러나 순디스 강을 따라 내려온 뱃사람이 소문을 확인해주었다. 이스마 구릉 지대 동쪽을 행진하는 일군의 병사를 보았다는 것이다. 이미 강의 발원지 위 고갯길에 들어섰을 터였다. 이 소식에 공황 상태가 벌어졌다. 사람들은 "놈들이 온다! 알드가 온다!"라고 소리치며 집 앞을 달려갔다. 의회당 광장과 거리에는 인파가 끝없이 늘어났다. 무기들이 다시 나왔다. 남자들은 동쪽 운하 바깥을 따라 이어지는 옛 도시 벽과 언덕 땅에서 들어오는 길에 자리한 성문으로 달려갔다. 성벽은 알드가 도시를 점령했을 때 반쯤 무너졌지만, 시민들은 그 길과 이스마 다리에 방책을 쳤다.

그날 갈바만드에 찾아온 사람들은 겁에 질려서 길잡이를 찾았다. 너무 많은 사람이 17년 전 함락을 기억했다. 그들에게 연설을 할 수 있을 법한 페르나 다른 사람들은 의회당에 있었다. 수장 어른은 계속 사람들을 달랬고, 사람들은 그 말에 귀를 기울였다. 그러나 그는 곧 나를 복도로 따로 불러내어 말했다.

"메메르야, 네가 필요하다. 사람들이 붙잡고 어떻게 해야 할지 물으려 할 테니 오렉이 인파를 뚫고 올 수는 없어. 네가 경계선을 뚫고 티리오와 이오라스에게 가서 이 부대에 대해 무엇을 아는지, 그리고 간드가 부대에 내린 명령이 바뀌었는지 알아볼 수 있겠느냐? 그리고 나에게 말을 전할 수 있겠어?"

"네. 그쪽에 전하실 말씀은요?" 내가 물었다.

수장 어른은 내가 아리탄 번역을 정확하게 해냈을 때 보여주던 것 같은 눈빛으로 나를 보았다. 놀라지는 않았으나 마음 깊이 기뻐하고 감탄하는 눈빛. "무슨 말을 해야 할지는 네가 알 게다." 그는 말했다.

　나는 남자 옷으로 갈아입고 머리를 뒤로 묶었다. 이젠 사람들이 나를 알고 있는 데다 지금 눈에 띄어 멈춰 서서 질문 공세를 받고 싶지는 않았다. 그래서 나는 혼혈아 맴으로 변했다.

　한동안은 몸을 피하기도 하고 밀기도 하면서 갈바 거리를 잘 헤쳐나갔지만, 금세공인 다리를 건넌 후부터는 희망이 없었다. 인파가 빽빽했다. 나는 말발굽 소리와 고함 소리와 연기 냄새를 떠올리며 그날 저녁에 갔던 것처럼 계단을 달려 내려갔다. 운하를 따라 제방까지 달려가서 제방을 건너고, 다시 동쪽 둑으로 내려가서 지름길로 운동장과 경기장을 가로질렀다. 운동장도 경기장도 비어 있었지만, 마구간 뒤로 길고 낮게 솟아오른 의회당 언덕에 줄지어 선 알드 경비병들이 보였다. 나는 그저 그쪽을 향해 언덕을 오를 수밖에 없었다. 심장이 점점 세게 뛰었다.

　병사들은 서서 아무 말도 하지 않았다. 그들은 나를 지켜보고 있었다. 석궁 몇 대가 나를 겨냥했다.

　나는 3미터 거리에 멈춰 서서 숨을 골랐다.

　그 남자들은 어느 때보다 더 이질적으로 보였다. 평생 알드 병사를 보고 살았는데도 지금처럼 낯설어 보인 적이 없었다. 얼굴은 누르스름했고, 투구 아래로 짧고 색이 엷은 양털 머리가 삐져나왔고, 눈 색깔도 옅었다. 그들은 표정 없이, 아무 말도 없이 나를 응시했다.

"간드의 마구간에 시미라는 아이가 있나요?" 내가 말했다. 목소리가 가늘게 나왔다.

제일 가까이 선 일고여덟 명 중에 아무도 움직이거나 말하지 않았다. 아예 대꾸하지 않으려나 보다 싶을 만큼 오랜 시간이 지나고서야 바로 오른쪽 앞에 서 있던, 석궁 없이 허리띠에 찬 검에만 손을 올리고 있던 남자가 말했다. "있다면?"

"시미는 날 알아요."

그는 표정으로 물었다. 그래서?

"우리 주인인 수장 어른으로부터 간드 이오라스에게 전할 말이 있어요. 인파를 뚫고 들어갈 수가 없어요. 경계선을 뚫고 들어갈 수가 없어요. 급해요. 내가 누군지 시미가 보증해줄 수 있어요. 멤이라고 말해줘요."

병사들은 서로를 쳐다보았다. 그들은 잠시 의논했다. "애를 들여보내지." 누군가가 말했지만, 다른 사람들이 안 된다고 했고, 결국 가까이 서 있던 검을 찬 남자가 말했다. "내가 데리고 들어가겠어."

그래서 나는 그 남자를 따라 길게 늘어선 마구간 뒤편을 돌았다. 모든 순간이 또렷이 기억나지는 않는다. 목표에만 마음이 쏠린 나머지 거기까지 가는 방법은 중요하지 않아 보였고, 세세한 부분은 화급함에 삼켜졌다. 몇 가지는 분명히 기억한다. 검을 찬 군인이 나를 상관에게 데려가고, 그 방에 시미가 들어온 것은 기억한다. 시미는 장교에게 경례를 붙이고 딱딱하게 섰다. "이 소년을 아나?" 장교가 물었다. 시미의 눈이 내게 옮겨왔다. 고개는 돌리지 않았다. 얼굴이 확 변했다. 마치 소스타가 오렉을 볼 때처럼 부드러워졌다. 입술이 떨렸다. "네, 압니다."

"흠?"

"멤이라고, 마부입니다."

"누구의?"

"시인과 사자 여인의 마부입니다. 그들과 같이 여기에 왔습니다. 악마의 집에 삽니다."

"좋다." 장교가 말했다.

시미는 가만히 서 있었다. 그의 눈길이 탄원하듯 나에게로 돌아왔다. 안색이 창백했고, 여드름도 별로 없었다. 피곤해 보였다. 내 평생 너무나 많은 안술 사람에서 본 얼굴이었다. 굶주린 얼굴.

"시인 카스프로가 간드 이오라스께 보내는 전갈을 가져왔다고?" 장교가 나에게 말했다.

나는 고개를 끄덕였다. 시인 카스프로라는 이름이 수장 갈바라는 이름보다 더 안전한 통행증일지도 몰랐다.

"나에게 말해라."

"그럴 순 없어요. 간드, 아니면 티리오 악타모에게 말해야 해요."

"오바스!" 장교가 말했다. 나는 잠시 후에야 그가 욕을 했다는 사실을 깨달았다. 장교는 다시 나를 쳐다보았다. "넌 알드로군."

나는 아무 말도 하지 않았다.

"그쪽에선 고갯길을 넘어오는 알드 병력에 대해 뭐라고 말하나?"

"부대가 하나라고요."

"얼마나 큰 병력이지?"

나는 어깨를 으쓱였다.

"오바스!" 장교는 다시 말했다. 그는 키가 작고 얼굴이 수척했으며 젊지 않았고, 시미와 마찬가지로 굶주려 보였다. "들어라. 난 막사까지 뚫고 갈 수 없다. 도시민들이 막사와 여기 사이에 진을 치고 있다. 네가 거길 지나갈 수 있다면, 가봐라. 내 전갈도 가져가라. 간드께 여기에 병사 아흔 명과 모든 말이 있다고 전해. 먹이는 충분하지만 음식은 부족하다는 것도. 너희 둘 다 가라. 들었나, 훈련병?"

"네." 시미가 말했다. 심호흡으로 시미의 가슴이 부풀어오르는 것을 볼 수 있었다. 그는 다시 경례를 하고, 빙글 몸을 돌려서 걸어나갔다. 나는 그 뒤를 따랐고, 장교가 내 뒤를 따랐다.

장교는 병사들의 경계선을 넘어가게 해주었고, 그다음에는 내 힘으로 그들과 마주한 시민들의 선을 넘어야 했다. 나는 아는 얼굴을 찾았다. 마리드는 없었지만 자매인 레미가 있었고 그녀에게 통과시켜달라고 이야기하기는 어렵지 않았다. "수장 어른께서 티리오님에게 보내는 전갈이 있어요."로 충분했다.

일단 광장에 모인 시민들 속으로 나가자, 우리끼리 알아서 해야 했다. 다행히 시미는 어깨에 파란 매듭을 맸을 뿐, 군복을 입지 않았다. 한 번은 누군가가 우리 머리를 보고 "쟤들 알드야?"라고 말하기도 했지만, 우리는 요리조리 군중 속을 헤쳐나갔다. 사람들을 밀고 욕을 먹어가면서 마구간 동쪽 끝을 돌아 광장 아래 계단을 지났고, 그 자리에서 다시 막사 가까이에 선 시민들과 마주해야 했다. 다시 한 번 아는 얼굴을 찾았다. 구딧의 오랜 친구인 샤머였다. 그러나 어떻게 말해서 통과했는지는 기억이 나지 않는다. 샤머가 마주 보고 선 알드 경비병과 격론을 벌인 것은 분명히 기억한다. 그 후에 우리는 양쪽 경계선을 통과했고, 경비병 하나가 연병장을 지나 막사로 데려가면서 큰 소리로 시미의 아버지를 찾았다.

시미의 아버지가 달려오는 모습이 보였다. 시미는 멈춰 서서 자세를 바로 하고 경례하려 했지만, 아버지는 아들을 끌어안았다.

"승리는 괜찮아요, 아버지." 시미가 말했다. 울고 있었다. "최대한 운동시켰어요."

"잘했다." 그는 아들을 끌어안은 채 말했다. "잘했어."

막사에서 다른 병사와 장교들이 쏟아져 나왔고, 우리는 상당한 호위병을 거느리고 긴 건물과 바깥채들을 지났다. 장교가 멈춰 세울 때마다 시미와 그 아버지는 내가 악마의 집에서 왔으며, 오렉 카스프로의 전갈을 가져왔다고 말해주었다. 곧 우리는 그 열의 마지막 건물에 들어갔고, 병사와 장교들은 뒤에 남았다. 시미는 혼자 들어가는 나를 지켜보고 있었다. 나는 문을 지키는 보초병을 지나서 긴 창문들로 동쪽 운하의 곡선이 내려다보이는 길쭉한 방에 들어갔다. 티리오 악타모가 맞이하러 나왔다.

티리오도 처음에는 나를 알아보지 못해서, 이름을 말해야 했다. 그녀는 내 손을 잡았고, 그다음에는 나를 끌어안았다. 안도감에 눈물이 터질 뻔했다. 그러나 나에겐 전할 말이 있었다.

"수장께서 보내셨어요. 아수다르에서 오는 군대에 대해 간드가 아는 바를 아셔야겠대요."

"네가 직접 이오라스와 이야기하는 게 좋겠다, 메메르." 티리오가 말했다. 아직 얼굴이 부었고 핏기가 없었으며 머리에는 붕대를 맸지만, 붕대가 작은 모자처럼 잘 어울렸다. 그녀를 추하게 만들 수 있는 것은 없었다. 그리고 그녀에겐 쾌적하고 여유로운 분위기가 있어서, 말하는 것만으로 사람의 마음을 편하게 만들어주었다. 덕분에 나도 조금은 겁을 덜어내고 간드 이오라스가 누운 침대로 갔는지도 모른다. 그는 자수를 놓은 베개 더미에 몸을 기대고 있었다. 침대 머리 위로 천장에서부터 붉은 천이 늘어져서, 가까이 다가가려니 꼭 천막에 들어가는 기분이었다. 간드의 다리와 발은 이불 아래로 나와 있었는데, 화상으로 살이 벗겨지고 검은 딱지가 뒤덮어 보기 괴로웠다. 간드는 끈에 묶인 매처럼 나를 노려보았다.

"이건 누구지? 꼬마, 넌 알드냐, 안술이냐?"

"메메르 갈바예요. 수장 술터 갈바의 심부름으로 왔습니다."

"하!" 시선이 송곳 같았다. "널 본 적이 있다."

"오렉 카스프로가 낭송을 하러 왔을 때 따라왔죠."

"넌 알드로군."

"제가 아이를 낳아드렸다면 그 아이도 알드로 받아들이셨겠군요." 티리오가 온화하고 여성스럽게 말했다.

간드는 이 말을 이해하고 얼굴을 찌푸렸다.

"그래, 시인이 보냈다면 전할 말이 뭐냐?"

"수장 어른이 보내셨어요."

"이오라스, 안술에 지도자가 있다면 바로 수장 갈바예요." 티리오가 거들었다. "오렉 카스프로는 그 집의 손님이죠. 당신과 그가 서로 이해할 수 있다면 제일 좋을 거예요."

그는 으르렁거리며 나에게 물었다. "왜 널 보냈지?"

"왜 아수다르에서 군인들이 오는지, 그리고 얼마나 많은 수인지 묻고, 그들이 오면 부대에 내린 명령을 바꿀 건지 묻기 위해서요."

"그게 다인가." 간드가 말하며 티리오를 보았다. "맙소사, 냉정한 젊은이로군! 분명 자네 집안 사람일 테지."

"아니에요. 메메르는 갈바만드의 딸입니다."

"딸이라고!" 간드가 말했다. 송곳 같은 시선이 섬광으로 변하는가 싶더니 눈이 가늘어졌다. "과연 그렇군." 그는 체념하듯 말했다. 그는 불편하게 몸을 움직이더니 얼굴을 찡그리고 머리털이 반쯤 타버린 머리를 문질렀다. "그리고 자네는 내가 이 아이에게 내 전략과 의도를 다 알려줘서 갈바로 돌려보내야 한다고 생각한단 말이지?"

"메메르, 시민들이 막사를 공격할까?" 티리오가 물었다.

"군대가 동쪽 길로 내려오는 걸 보면 그럴 거예요." 나는 말했다. 그날 아침에만도 이 증원군이 오기 전에 여기 병사들을 쓸어버려야 한다는 충동질을 몇 번이나 들었는지 모른다. 놈들이 다시 빼앗기 전에 도시를 되찾는다는 말을!

이오라스가 역정을 내며 말했다. "군대가 아니다. 간드 중의 간드에게서 온 사자일 뿐이야. 2주 전에 사자를 보냈으니까."

"도시 사람들도 아는 게 좋겠어요." 티리오가 변함없이 온화한 투로 말했고, 내가 덧붙였다. "빨리요!"

"왜, 내 양 떼가 반항기에 불탄다 이거냐?" 이오라스의 말투는 신랄하고 냉소적이었다. 아마 자신을 향한 냉소였을 것이다.

"네. 그래요." 내가 말했다.

"양이 사자로 변했다?" 이오라스는 똑같은 투로 말하며 나를 한 번 더 보았다. 그리고 잠시 생각하더니 말했다. "그렇게 나쁘다면 차라리 군대가 왔으면 좋겠군······. 그럴 수도 있어. 가능성이 높진 않지만."

"알 수 있으면 좋을 텐데요." 티리오가 말했다.

"알 도리가 있나! 우린 여기 갇혀 있어. 분명히 저 아래 다리를 지키는 머저리들이 정찰병을 몇 명 말에 태워서 이 군대의 규모를 알아볼 수도 있었을 텐데?"

나는 자존심이 상해서 말했다. "분명 보냈을 거예요. 병사들이 죽였을지도 모르죠."

"흠, 알게 될 때까진 도박을 하는 수밖에. 난 군대가 아니라 위병을 열다섯에서 스무 명 거느린 사자라는 데 걸겠다. 너희 수장에게 그렇게 전해라. 할 수 있다면 너희 사자-양 떼가 함부로 움직이지 못하게 하라고 전해. 이리로 오라고 해라. 광장으로. 시인 카스프로와 같이 와도 좋겠지. 그럼 나도 광장으로 나갈 테니까, 같이 사람들에게 말할 수 있을 게다. 진정시키는 거야. 지난번에 카스프로가 어떻게 했는지 들었다. 우라와 함네다 이야기로 사람들을 진정시켰다지. 실로 영리한 사람이야!"

나는 간드가 사람들 앞에서 오렉이나 장교들에게 얼마나 정중하고 현란하게 말했는지 기억했다. 지금 그는 퉁명스럽고 거칠었다. 분명 고통에 시달리고 있어서겠지만, 한낱 여자에게 하는 말이라서인지도 몰랐다. 나는 딱딱하고 예의 바르게 대답하려 노력했지만, 말하면서 불이 붙고 말았다. "수장 어른은 당신 분부대로 움직이는 사람이 아니에요. 그분은 집에 계십니다. 그분의 도움을 받아서 평화를 지키고 싶다면 당신이 직접 가세요."

"술터 갈바도 당신처럼 다리가 불편해요, 이오라스." 티리오가 말했다.

"그런가? 그래?"

"고문 때문이에요. 당신 아들의 죄수였을 때 받았지요."

늙은 간드는 내 무례한 태도에 화가 나 있었지만, 이 말에는 나를 가만히 바라보다가 눈을 돌렸다. 그리고 잠시 후에 말했다. "그렇다면 좋다. 내가 가지. 들것이나 의자를 마련하라고 해. 뭐냐, 그, 너희가 갈바만드라고 부르는 곳에서 공개 회담을 열자고 전해라. 다 내던져서 좋을 건 없지…… 이제까지도 충분히……." 이오라스는 하던 말을 마무리하지 않았다. 창백하고 음울한 얼굴로 베개에 등을 기댔다.

도시 안의 불안한 혼란을 생각할 때, 회담을 준비하자면 다른 협상이 선행되어야 했다. 이오라스가 장교들과 이야기를 나누며 지시를 내리는 사이 멀리, 운하 건너 동쪽에서 높고 달콤한 트럼펫 소리가 울렸다. 곧 이쪽 막사에서 트럼펫 소리가 응답했다.

몇 분 안에 알드 병력이 보인다는 보고가 들어왔다. 간드의 희망대로 스무 명가량의 부대가 깃발을 들고 언덕 지대에서 달려나오고 있었다. 의회당 언덕과 동쪽 운하로 이어지는 거리들에서 군중의 소리가 커지는 것을 들을 수 있었다. 그러나 기병 부대에 뒤따르는 군대가 없자 소리는 더 커지지 않았다.

막사 남서쪽 창으로 강의 성문과 이스마 다리가 보였다. 티리오와 나는 부대가 도착하여, 반쯤 무너진 성벽 밖에 서서 다리를 지키던 시민들과 말을 나누는 것을 지켜보았다. 시간이 꽤 걸렸다. 마침내 알드 한 명이 걸어서 문을 통과할 수 있게 되었다. 그는 삼사십 명의 시민들에게 호위받으며 다리를 건너 동쪽 길을 따라서 곧장 막사를 지키는 경계선으로 왔다. 나는 그가 하얀 나무 지팡이를 든 것을 보았다. 역사책에서 그것이 외교 사절의 증거라고 읽은 적이 있었다.

"사자가 왔습니다." 티리오가 간드에게 말했다.

오래지 않아서 푸른 외투를 입고 지팡이를 든 장교가 병사들의 호위를 받으며 걸어들어와서 간드에게 절을 했다. "간드 중의 간드요, 태양의 아들이며 최고 사제이자 아수다르의 왕이신 아크레이 공께서 안술의 간드 이오라스 공에게 전합니다." 그는 알드가 공식적인 담화에 사용하는 절제되고 울림 있는 목소리로 말했다.

이오라스는 이를 악물고 베개 위로 몸을 끌어올려 앉아서 절 비슷하게 허리를 구부린 후 말했다. "가장 존귀하신 태양의 아들 아크레이 공의 사자를 환영하오. 물러나라, 폴리." 그는 호위 부대의 대장에게 말했다. 그리고 그 자리에 있던 티리오와 나와 이알바를 돌아보고 말했다. "나가라."

나는 세타르처럼 으르렁거리고 싶어졌지만, 조용히 티리오를 따라 나갔다.

"사자가 나가면 바로 무슨 말을 했는지 전해줄 거야." 티리오가 말했다. "잠시 시간이 난 김에 뭘 좀 먹자, 배고프니?"

도시를 뚫고 오는 힘든 여정 덕분에 배도 고프고 목도 말랐다. 티리오는 그나마 가진 음식을 내왔다. 물, 딱딱하게 마른 검은 빵 한 조각, 까맣게 마른 무화과 몇 개. "농성 식량이란다." 이알바가 웃으며 말했다. 나는 빈곤한 처지에 나눈 선물에 걸맞은 주의를 기울여 부스러기 하나 흘리지 않고 먹어 치웠다.

사자가 떠나는 소리가 들렸고, 곧 이오라스가 외쳤다. "들어와라!"

우리가 개야? 나는 그렇게 생각했지만, 티리오와 이알바와 같이 들어갔다.

이오라스는 꼿꼿이 앉아 있었고, 주름지고 누르끼리한 얼굴은 열병에라도 걸린 사람 같았다. "신이시여, 신이시여. 티리오, 이제 겨우 올가미에서 놓여난 것 같네." 그는 말했다. "신을 찬양하라! 둘 다 궁전인지 악마의 집인지 하는 곳으로 가줘야겠네. 족장인지 뭔지 하는 폭도들의 책임자가 있는 곳에 가서 이렇게 전하게. 아수다르에서 군대는 오지 않는다. 도시가 평화를 지키는 한 아수다르에서 군대는 오지 않을 것이다. 그들에게 간드 중의 간드께서 안술의 신민에게 모든 조공을 면해주고, 대신 아수다르의 보호령으로서 메드론에 세금을 내는 것으로 대신케 하신다고 전해라. 태양의 아들께서는 나를 이 보호령의 영주이자 특사로 임명하셨다. 적당한 때에 안술의 지도자를 초대하여 도시 정부에 대한 관여와, 아수다르와 안술의 교역 조건을 상의하고 우리의 지시 사항을 듣도록 하겠다. 일부 병력은 남아서 내 개인 경호병으로 봉사하고, 도시를 내부의 혼란 요소와 순드라만이나 다른 곳으로부터의 침략에서 보호할 것이다. 다수 병력은 안술이 우리 지시에 응하는 것이 확인되는 대로 메드론에 돌아갈 것이다. 자, 이 망할 도시에 이 내용에 답하고 그대로 행동할 만한 사람이 있나?"

"수장 어른께 전해드리죠." 내가 말했다.

"그리해라. 나를 수레에 실어 끌고 가는 것보다 낫겠지. 가서 전하고, 응답을 갖고 돌아오너라. 이야기할 만한 남자들도 데리고 돌아와. 대체 왜 어린애들을, 그것도 계집애들을 보내는 건가!"

"이곳에서는 여자들이 개나 노예가 아니라 시민이기 때문이죠. 그리고 글만 안다면 당신이 직접 수장 어른에게 그 지시 사항이라는 걸 써보내고 답장을 읽을 수 있을 텐데요!" 분노로 몸이 떨렸다.

간드는 나에게 날카로운 시선을 던지고 물러가라는 손짓을 했다. "티리오, 자네가 가주겠나?" 그가 물었다.

"제가 메메르와 같이 가지요. 그게 제일 낫겠네요."

실제로 그랬다. 내가 들은 간드의 전갈은 오직 우리가 아수다르에게 세금을 내야 하며, 자유로운 땅이 아니라 보호령이 되어 알드가 하라는 대로 하라는 지시뿐이었다.

나는 갈바만드에 돌아가서 티리오가 수장 어른에게 하는 말을 듣고, 수장 어른이 사람들에게 하는 말을 듣고, 하루 종일 사람들이 그 문제에 대해 하는 말을 듣고 나서야 사실상 아수다르가 우리에게 자유를 제안했음을 이해했다. 알드는 값을 치르고 자유를 사라고 제안한 것이고, 내 동포들은 그것을 분명하고 확실한 승리로 보았다.

어쩌면 돈과 교역 협정으로 값을 치러야 했기에 더 분명하게 볼 수 있었는지도 모른다. 그건 내 동포들이 잘 이해하는 분야였다.

내가 그걸 이해하는 데 그토록 애를 먹은 것은, 용감하게 죽은 사람이 없었기 때문인지도 몰랐다. 술 산에서 싸우는 영웅도 없고 광장에서의 열정적인 웅변도 없었다. 오직 신중하게 전언을 주고받으며 합의안을 만들어가는 불구의 중년 남자 둘,

그리고 의회당의 논쟁, 그리고 시장에서 벌어지는 대화와 언쟁과 불평만 있었다.

그리고 신탁의 집 앞뜰에서 흐르는 분수가 있었다.

그리고 안술의 사원, 신과 정령이 사는 작은 집, 사당들이 다리마다 거리 모퉁이마다 다시 세워졌다. 사람들은 숨겨두었던 사당을 꺼내어 청소하고 새로 조각하고 꽃으로 장식해서 내놓았다. 레로의 돌은 공물에 뒤덮여서, 가끔은 돌이 보이지 않을 지경이었다. 이에네의 축일인 하지(夏至)에는 남자 어른과 소년들이 참나무와 버드나무로 만든 화환을 들고 거리를 돌면서 문마다 화환을 걸었고, 여자들은 시장과 광장에서 춤을 추며 이에네의 노래를 불렀다. 나이 든 여자들이 나처럼 춤이나 노래를 모르는 처녀들을 가르쳤다.

그 여름 내내 온 안술 지방에서 이 도시로 사람들이 찾아왔다. 어떤 사람들은 북쪽 마을로부터 철수하여 언덕지대 너머 동쪽에 있는 아수다르로 철군하기 전에 이 도시로 모이는 알드 부대를 따라오기도 했다. 수도에서 무슨 일이 벌어지는지 알아보고 선거에 참여하려고 시민들이 왔다. 상인과 무역인들이 그 뒤를 따랐다. 초가을에는 토머의 수장이 안술의 수장과 지내기 위해 찾아왔다. 이스타는 2주 동안 모든 면에서 갈바 집안의 명예에 걸맞은 대접을 하느라 안절부절못하고 지냈다.

그 무렵에는 의회도 정기적으로 열렸고, 갈바만드는 더 이상 정치적인 계획과 결정의 중심지가 아니었다. 그저 수장의 집에 지나지 않았다. 무역과 건초 수송과 소 시장에 대한 이야기가 많이 오가고, 메드론이나 두르에서 말린 살구나 절인 올리브 대신 무엇을 얻을 수 있는지 알 수 있는 곳일 뿐이었다. 새로 뽑힌 의회에서 열린 첫 선거는 만장일치로 술터 갈바를 안술의 수장으로 뽑았다. 그 지위와 함께 집안 유지와 접대를 위한 예산도 할당했다. 넉넉한 예산은 아니어도 가사를 꾸리는 우리에게는 막대한 재산이었고, 아수다르의 속령으로 조공을 바치는 것과 보호령으로 세금을 내는 것 사이의 차이를 확실히 알려주는 신호였다.

나는 간드의 전갈에 대해 완전히 잘못 생각했었다. 그 전갈도, 간드도 잘못 판단했다. 나는 절충, 타협, 조작을 거부하고 싶었다. 정치를 거부하고 싶었다. 모든 굴레를 벗어던지고 압제자에게 도전하고 싶었다. 알드를 미워하고, 그들을 몰아내고 파멸시키고 싶었……. 여덟 살 때 했던 약속. 모든 신과 내 어머니의 영혼에 걸고 맹세했던 그 약속.

나는 그 약속을 깼다. 부술 수밖에 없었다. '부서진 것이 부서진 것을 고치리라.'

최고 간드의 사자는 내가 이오라스에게 전언을 가져갔던 날에서 며칠이 지난 후에 메드론으로 돌아갔다. 이번에는 백 명의 호위병이 붙었고, 지휘자는 시미의 아버지였다. 시미는 아버지와 함께 집으로 돌아갔다. 이알바와 티리오에게 두 사람에 대해 알 수 있을지 물어보아서 들은 이야기였다. 나는 함께 경계선을 통과했던 날 이후로 다시는 시미를 보지 못했다.

사자를 호위하여 메드론으로 돌아간 부대는 식량 수레 하나에 죄수를 싣고 갔다. 이오라스의 아들 이도르였다. 우리는 이도르가 노예의 옷을 입고 사슬에 매여, 머리와 수염을 길게 기르고 실려갔다고 들었다. 이는 알드에게 수치와 불명예를 의미했다.

티리오는 우리에게 이오라스가 배신당한 후에 한 번도 아들과 눈을 마주치지 않았으며, 아무도 그를 어떻게 할지 묻지 못하게 했고, 아들의 이름조차 언급하지 못하게 했다고 말해주었다. 그러나 사제들은 감옥에서 풀어주었다. 아들과 같이 잡힌 사제들까지도. 이를 자비로 여긴 사제들은 이도르와 이오라스 사이를 중재하려 들면서 자기들과 이도르가 이오라스를 고문실에 숨긴 것은 오직 폭도들의 복수로부터 구하려 했기 때문이라고 이야기했다. 이오라스는 입 다물고 꺼지라고 대꾸했다.

화상을 입기는 했지만 불 속에서 살아나왔기 때문에, 병사들은 이오라스를 불타는 신에게 은총을 입은 인물로 여겼다. 어지간한 사제보다 성스럽게 보기도 했다. 불리함을 깨달은 사제들은 대부분 첫 파견대와 함께 아수다르로 돌아가는 쪽을 택했다. 그래서 알아서 판단하게 된 이오라스의 대장들은 간드의 아들이라는 난감한 죄수를 그들과 함께 보내어, 최고 간드가 그 운명을 결정하게 하는 것이 최선이라고 판단했다.

나는 이 굴욕적이지만 불확실한 결과에 실망했다. 나는 이도르가 받아 마땅한 벌을 받을지 알고 싶었다. 알드가 배신을 혐오하며, 아들이 아버지를 배신한 사태에 충격받았음은 나도 알았다. 이도르가 술터 갈바를 고문했듯이 그도 고문을 받을까? 안술의 수많은 사람들이 당했던 것처럼 생매장당할까? 도시 남쪽의 진흙탕에 끌려가서 소금기 있는 젖은 진흙 속에서 질식할까?

나는 그가 고문당하고 생매장당하길 원했나?

나는 무엇을 원했을까? 왜 이토록 화창한 여름에, 자유를 찾은 첫 여름 내내 나는 그토록 불행했을까? 왜 아무것도 해결되지 않았고, 아무것도 얻지 못했다고 느꼈을까?

오렉은 항구 시장에서 이야기를 하고 있었다. 바람 없는 황금빛 가을 오후였다. 시퍼런 해협 너머에 하얀 술 산이 서 있었다. 도시 안 모두가 시인의 이야기를 들으러 가 있었다. 오렉은 〈샴한〉 일부를 낭송했고, 사람들은 더 해달라며 그를 놓아주지 않았다. 나는 너무 멀리 있어서 소리가 잘 들리지 않았고, 침착하지 못한 상태였다. 나는 인파를 떠났다. 혼자 서쪽 거리를 걸어 올라갔다. 거리에는 아무도 없었다. 모두가 내 뒤에, 시장통에 한데 모여서 귀를 기울이고 있었다. 나는 문지방 돌을 건드리고 우리 집으로 들어갔고, 집 안으로 들어가서 수장 어른의 방을 거쳐 뒤에 있는 어두운 복도로 들어섰다. 벽 앞 허공에 글자를 쓰자 문이 열렸고 나는 책과 그림자들이 자리한 방으로 들어갔다.

몇 달 만이었다. 언제나와 다름없었다. 높은 천창에서 쏟아지는 고른 빛, 고요한 공기, 끈기 있고 강인하게 열 지어 앉은 책들, 그리고 귀를 기울이면 들릴, 그림자 쪽 저편 동굴 속에서 웅얼거리는 희미한 물소리. 탁자 위에는 책이 펼쳐져 있지 않았다. 누가 있다는 흔적도 없었다. 그러나 나는 이 방 안 가득 존재하는 것들을 알았다.

원래는 오렉의 책을 읽을 생각이었지만, 서가 앞에 서자 내 손은 지난봄 그라이와 오렉이 오기 전날 밤에 공부하던 아리탄 책 《애가(哀歌)》로 향했다. 천년 전에 죽은 사람들에 대한 비탄과 찬양을 노래한 짧은 시들을 묶은 책이었다. 작가의 이름은 대개 적혀 있지 않았고, 시 속에 나온 사람들에 대해 아는 것이라곤 시에서 말하는 내용뿐이었다.

그중에 이런 시가 있었다. '집을 잘 돌보아 문양 들어간 포장돌이 반짝이게 하던 술라스가 이제는 침묵의 집을 돌보네. 나 그녀의 발소리에 귀를 기울이노라.'

내가 읽기를 멈췄을 때 이해하려고 애쓰던 시는 어느 말 조련사에 대한 애가였다. 첫 줄은 이러했다. '필시 그가 있는 곳에서는 긴 갈기 늘어뜨린 그림자들이 그를 둘러싸고 있겠지.'

나는 그 책과 더불어 수백 년 동안 많은 손이 여백에 주석을 달아놓은 아리탄 단어집을 들고, 늘 앉던 독서대 앞에 앉아서 다음 줄이 무슨 의미인지 해석하려 했다.

시를 가능한 만큼 이해하고 기억했을 무렵에는 천창으로 들어오던 빛이 스러지고 있었다. 레로의 날인 추분(秋分)이 지났기에 낮이 짧아져갔다. 나는 책을 덮고 앉았다. 등불을 켜지 않고 그냥 앉아서, 오랜만에 평화를 느꼈다. 제자리에 왔다는 느낌이었다. 나는 그 느낌이 온몸으로 퍼져 나를 꿰뚫고 내 안에 자리 잡도록 했다. 그러고 나자 서서히, 그리고 또렷하게 생각할 수 있었다. 언어로 하는 생각이 아니라, 무엇이 중요한지 알고 어떤 일을 행해야 하는지 보는 방식의 생각이었다. 그것이 내가 생각하는 방식이건만, 몇 달 동안 그런 식으로 생각할 수가 없었다.

그래서 일어나서 방을 나설 때 책을 한 권 가지고 나갔다. 해본 적 없는 행동이었다. 나는 《로스탄》을 가지고 나갔다. 책으로 벽을 쌓고 곰 굴을 만들던 어린 시절에 '반짝이는 빨강'이라고 불렀던 그 책.

오렉이 간절한 말투로 그 책을 레갈리의 잃어버린 작품이라고 말하는 것을 들은 것이 그리 오래전도 아니었다. 수장 어른은 그 말에 대꾸하지 않았었다.

수장 어른은 오렉에게 비밀방에 있는 책들에 대해 말하지 않았다. 내가 아는 한, 이 방의 존재를 아는 사람은 그와 나 둘뿐이었다.

신탁이 책을 통해 말한다는 사실을 사람들은 막연히 알고 있었고, 이제는 실제로 그 목소리를 들었다. 그러나 그들은 그 수수께끼에 대해 더 묻지 않았다. 캐보고 싶어 하지 않았다. 그대로 둘뿐이었다. 무어라 해도 책은 몇 년 동안 저주받고 금지되고, 아는 것조차 위험한 물건으로 취급받았다. 그리고 안술의 우리가 죽은 이들의 그림자 속에서 편안하게 산다고는 해도, 기괴함을 좋아하는 것은 아니다. 읽는 자 술터 갈바는 나와 마찬가지로 경외받는 존재였다. 그러나 사람들은 수장인 술터 갈바 쪽을 훨씬 좋아했다. 신탁은 할 일을 마쳤으니, 우리는 자유로워졌고 이제 각자의 일로 돌아갈 수 있었다.

그러나 내가 할 일은 조금 달랐다. 나는 책을 손에 쥐고 독서대 앞에 앉아서 겨우 그 사실을 알았다.

16

 오렉, 그라이, 셰타르는 오후 늦게 항구 시장에서 돌아와 있었다. 오렉은 대중 앞에서 공연하고 나면 늘 그랬듯 쓰러져 잤는데, 내가 상방에 들어갔을 때는 되살아나서 부스스한 머리에 맨발로 돌아다니고 있었다. 오렉은 "안녕, 말 도둑."이라고 말했고 그라이는 "있었구나! 너무 어두워지기 전에 옛 공원으로 산책을 가자고 하던 참이었어."라고 말했다.
 셰타르는 개처럼 '산책' 같은 단어를 이해하지는 못했다. 그 대신 사람 의도를 먼저 눈치 채는 편이었다. 셰타르는 벌써 몸을 일으키고 있었고, 우아하게 몸을 수그리고 문 쪽으로 걸어가 앉아서 우리를 기다렸다. 꼬리 끝이 앞뒤로 움직였다. 내가 귀 주위를 긁어주자 셰타르는 내 손에 머리를 대고 가르랑거렸다.

"이걸 드리려고 왔어요, 오렉." 나는 말하고 금색 글자가 찍힌 붉은 표지의 길쭉한 책을 내밀었다. 오렉은 하품을 하며 구부정한 자세로 다가왔다. 내 손에 들린 물건이 책이라는 것을 본 순간 입이 닫히고 얼굴에 긴장감이 돌았다. 그리고 그게 무슨 책인지 보자 그는 꼼짝도 하지 않고 서 있다가 한참 만에 겨우 숨을 내쉬었다.

"아, 메메르, 이런 걸 내게 주다니!"

나는 말했다. "드려야 할 걸 드리는 거예요."

오렉은 책에서 내 얼굴로 시선을 올렸다. 눈이 번쩍이고 있었다. 그가 기뻐하는 모습을 보니 나도 기뻤다.

그라이가 옆에 와서 책을 보았다. 오렉은 그라이에게 무슨 책인지 보여주고, 연인을 대하는 듯한 손길로 책을 펼쳐 첫 줄을 반쯤 소리 내어 읽었다. "그럴 줄 알았어. 여기 있을 줄 알았다고. 위대한 도서관에 있던 책들이 있을 줄. 하지만 이건……!" 그는 다시 나를 보았다. "이게 집 안에…… 집 안에 책이 있는 거니, 메메르?"

나는 머뭇거렸다. 셰타르 못지않게 사람의 의도와 감정을 빨리 알아차리는 그라이가 오렉의 팔을 잡고 말했다. "기다려

봐, 오렉."

나는 내 의도가 무엇이었는지, 나에게 어떤 권리와 어떤 책임이 있는지 생각해야 했다. 그것도 빨리. 이 책을 내가 줄 수 있는 것이었나? 그리고 내게 그럴 권리가 있다면, 다른 책들은? 그리고 다른 독서가들은?

적어도 오렉에게 거짓말을 할 수 없다는 것만은 알 수 있었다. 그 점이 책임에 대한 답이 되었다. 권리에 대해서는, 내 권리는 내가 요구해야 했다.

나는 말했다. "네. 이 집엔 책이 있어요. 하지만 책이 있는 곳에 데려갈 수는 없을 것 같아요. 수장 어른께 여쭤보겠지만 우리 빼고는 못 들어가는 것 같아요. 우리 집의 수호자들, 이 집의 정령과 조상들, 우리보다 앞서 여기 왔던 이들이 그 장소를 숨겨두는 것 같아요…… 우리에게 여기 머물라고 말했던 수호자들이오."

오렉과 그라이는 어려움 없이 내 말을 이해했다. 두 사람에게도 핏줄을 따라 이어지는 선물이 있었다. 두 사람은 우리의 피와 뼈에 드리운 그림자들과 우리가 사는 장소의 정령들이 우리에게 지운 짐과 가능성을 잘 알았다.

"오렉, 그 책을 드렸다는 얘긴 제가 할게요. 수장 어른께 드려도 될지 묻지 않았어요." 오렉은 걱정스러운 표정이었고, 나는 말했다. "괜찮을 거예요. 수장 어른과 이야기해야 하는 것뿐이에요."

"당연히 그렇겠지."

"수장 어른께서는 한 번도 책에 대해 말씀하지 않으셨죠. 알면 위험한 거였어요." 내가 수장 어른의 침묵을 변호해야 할 것 같았다. "너무나 오랫동안 책을 숨기셔야 했어요. 모두에게서요. 알드는 절대 이곳에서 책을 찾을 수 없었죠. 그래서 책이 안전할 수 있었고, 책을 가졌다는 이유로 사람들이 위험에 빠지지도 않았어요. 그래도 사람들은 알고 있었어요. 밤에 몰래 책을 가져왔어요. 양초나 헌옷 꾸러미에, 장작 더미 속에, 건초 속에 숨겨서⋯⋯ 목숨을 걸고 여기로 책을 가져왔어요. 우리가 안전하게 보관해줄 수 있다는 걸 알았으니까요. 캄이나 겔브처럼 자기네 책을 숨기고 있던 집안들, 그리고 우리가 알지 못하는, 그저 우연히 책을 발견했거나 알드에게서 건져낸 사람들. 그 사람들은 책을 여기 갈바만드로 가져오면 된다는 걸 알았어요. 하지만 이젠, 이젠 더 이상 책을 숨길 필요가 없지 않나요? 아닌가요? 혹시, 혹시 사람들에게 책을 읽어줄 수 있을까요, 오렉? 그냥 이야기하지 말고요. 사람들에게 책이 악마가 아니라는 걸, 책 안에 우리 역사와 우리 마음과 우리 자유가 적혀 있다는 걸 알려줄 수 있을까요?"

오렉은 나를 보고 슬그머니 미소 짓더니 웃음을 터뜨릴 듯한 표정이 되었다. "사람들에게 책을 읽어줘야 할 건 내가 아니라 너 같구나, 메메르."

"크르릉!" 마침내 인내심을 잃은 셰타르가 말했다.

그라이와 나는 오렉을 보물 곁에 놓아두고 떠났다. 우리는 해거름 속에서 셰타르를 앞세우고 데니오스의 분수로 올라갔다. 셰타르가 낙엽을 헤치고 관목을 흔들고 쥐를 쫓으며 돌아다니는 동안 우리는 분수대 옆에 있는 오래된 대리석 벤치에 앉아서 이야기를 나눴다. 아래쪽 도시에서 집집마다 불이 들어오고 있었다. 멀리 해협에는 어두운 자줏빛 석양 아래 밤낚시 배 불빛들이 흩어져 있었다. 스러져가는 햇빛 속에서 술은 새까만 원뿔 같았다. 올빼미 한 마리가 가까이 날아갔고, 나는 말했다. "좋은 징조네요."

"너에게도." 그라이가 말했다. "트런들디에서는 올빼미가 불길하다고 하는 거 알아? 우울한 사람들이야. 숲도 너무 많고, 비도 너무 많이 내리거든."

"두 분은 온 세계를 여행했네요." 나는 꿈꾸듯 말했다.

"아니, 아니야. 아직은 아니지. 순드라만도 못 가봤는걸. 만바 곶이나 멜루네도 못 가봤고. 또 도시국가 중에서도 센타스와 파가디밖에 못 봤고, 바달바는 구석지를 통과했을 뿐이야……. 그리고 어느 나라를 잘 안다 해도, 언제나 가보지 못한 마을이나 산은 있어. 세상을 다 볼 수는 없을 거야."

"언제 다시 길을 떠날 것 같아요?"

"글쎄다, 이제까지는 오렉이 겨울이나 봄 전에 순드라만으로 갈 생각이라고 봤는데 말이지. 메순에 돌아가기 전에 순드라만에서는 어떤 시를 쓰는지 보고 싶어 하거든. 하지만 이젠…… 네가 보여줄 수 있는 책이란 책은 다 봐야 떠날걸."

"마음에 안 들어요?"

"마음에 안 들어? 왜? 넌 오렉에게 엄청난 행복을 줬고, 난 오렉이 행복해하는 걸 보는 게 좋아. 쉽지 않은 일이거든. 오렉의 마음은 순탄치가 않아……. 너도 오렉이 군중에게 어떤 일을 할 수 있는지, 얼마나 쉽게 사람 마음을 가져오고 사람들이 얼마나 그 사람을 사랑하는지 알지. 그럴 땐 오렉도 열중해. 하지만 그 후에는 의기소침하고 어색한 기분이 되어버려. 그건 자기가 아니라고, 신성한 바람이 자기를 통과해서 불면서 자기를 비워버리고 마른 풀잎처럼 만들어버린다고 말하지……. 하지만 쓰고, 읽고, 침묵 속에서 마음 가는 대로 할 수 있다면 오렉도 행복해."

"그래서 오렉이 좋아요. 나도 비슷하거든요." 내가 말했다.

"알아." 그라이는 내게 팔을 둘렀다.

"하지만 그라이는 계속 길을 가고 싶을지도 모르잖아요. 1년 내내 책과 정치에 파묻혀서 여기 앉아 있기보다는."

그라이는 웃었다. "나도 여기가 좋아. 안술이 좋아. 하지만 겨울 내내 머물게 된다면 말을 훈련시킬 사람이 필요한 곳을 찾는 게 좋겠지."

"필시 그가 있는 곳에서는 긴 갈기 늘어뜨린 그림자들이 그를 둘러싸고 있겠지." 나는 시구를 읊고, 그라이가 묻자 시 전문을 말해주었다.

"그래. 그 시인이 제대로 말했네. 마음에 들어." 그라이가 말했다.

"구딧은 수장님이 쓰실 말을 구해올 생각이에요."

"내가 망아지를 훈련시킬 수도 있어. 그게 도리에도 맞고……. 하지만 어쨌든 결국에는 길을 떠날 거야. 그리고 늦든 빠르든 우린 우르딜로 돌아갈 거야. 오렉이 배운 것들을 메순에 있는 학자들에게 전해줘야 하거든. 이제부터 네가 준 책을 베끼느라 바쁘겠다."

"필사라면 나도 도울 수 있어요."

"돕겠다고 했다간 죽도록 부려먹을걸."

"난 필사가 좋아요. 베끼면서 책을 익히거든요."

그라이는 잠시 말이 없다가 말했다. "내년 봄이든 여름이든 언제가 됐든 우리가 우르딜에 돌아가면…… 우리와 같이 가면 어떨까?"

"두 분과 같이." 나는 그라이의 말을 되뇌었다.

지난 초여름에 가끔은 지금 우리 마구간에 서 있는 포장마차에 대한 백일몽을 꿔보기도 했다. 별이와 브랜티가 마차를 끌고 포플러나무가 그림자를 드리운 긴 금색 들판을 건너거나 산속 길을 지나고, 오렉이 마차를 몰고, 그라이와 셰타르는 나와 함께 그 뒤에서 길을 걷는 꿈. 그것은 불과 군중과 두려움의 시기에서 불안을 떨치기 위해, 마음을 가볍게 하기 위해 하던 공상에 지나지 않았다.

그런데 이제 그라이가 그 꿈을 현실로 만들었다. 내 앞에 길이 놓였다.

"어디라도 같이 갈게요, 그라이."

그라이는 잠시 내게 머리를 대고 있다가 말했다. "그럼 가는 거야."

나는 무엇이 문제이고 내가 무슨 일을 해야 하는지 보려 했다. 그리고 마침내 말했다. "여기로 돌아올 거예요."

그라이는 귀를 기울이고 있었다.

"수장 어른을 떠나서 돌아오지 않을 수는 없어요."

그녀는 고개를 끄덕였다.

"하지만 그것만이 아니에요. 난 갈바만드에 속해요. 아마 읽는 자는 수장 어른이 아니라 나일 거라고 생각해요. 전해진 거죠." 나는 혼자 생각을 말하고 있었고, 그라이가 무슨 말인지 이해하기 어려우리라는 것을 깨닫고 설명하려 했다. "목소리가 있는데, 그 목소리는 질문할 수 있고, 읽을 수 있는 사람을 통해서 나와야 해요. 수장 어른이 날 가르쳤어요. 나에게 그 능력을 줬어요. 날 위해 간직했다가 전해줬어요. 이젠 수장 어른이 아니라 내가 지고 가야 해요. 여기로 돌아와야 해요. 여기 머물러야 해요."

다시 한 번 그라이는 고개를 끄덕였다. 엄숙하게. 전적으로 동의하는 몸짓이었다.

"하지만 오렉도 날 가르칠 수 있을 거예요." 나는 말하고 나서야 내가 너무 나갔고 너무 많은 걸 요구했다는 생각에 움츠러들었다.

"그러면야 오렉은 더할 나위 없이 행복할 테지." 그라이가 대꾸했다. 그녀는 평온하고 담담하게 말했다. "그토록 바라던 책들에, 같이 읽어줄 너까지⋯⋯. 아, 네가 갈바만드를 떠나는 걸 걱정할 필요도 없을지 몰라! 문제는 오렉이 떠날까 하는 거지⋯⋯. 하지만 넌 우리가 여행하는 방식을 좋아할 거야. 마을이나 작은 도시에 멈춰서 작가와 음악가를 찾아보고, 그 사람들이 우릴 위해 이야기하고 노래해주면 오렉도 그 사람들에게 이야기를 해주고. 사람들이 오렉에게 보여줘야 할 책들을 들고 나오고, 함네다의 맹세를 읊을 줄 아는 소년들, 옛 노래와 이야기들을 아는 할머니들…… 그리고 우린 언제나 메순으로 돌아가지. 언덕 위에 탑이 빽빽한 아름다운 도시야. 오렉은 널 메순으로 데려가고 싶어 해. 나에게 그렇게 말했거든. 그곳에서 오렉이 아는 학자들을 만나고, 그들과 같이 글을 읽고…… 너는 그들에게 안술의 학문을 전해주고, 그들의 학문을 갈바만드로 가져올 수 있겠지…… 하지만 그중에서도 최고는, 내가 늘 널 데리고 있게 된다는 거야."

나는 고개를 숙이고 그녀의 작지만 강인한 손에 입을 맞췄다. 그라이는 내 머리칼에 입을 맞췄다.

어두워져가는 가운데 셰타르가 우리 옆으로 뛰어갔다.

"저녁 시간 됐겠네." 그라이가 말하며 일어섰다. 셰타르는 즉시 그라이에게 돌아왔고, 우리는 집으로 내려갔다. 오렉은 물론 《로스탄》에 푹 빠져 있었고, 질질 끌고 식사를 하러 가야 했다. 우리 셋은 식탁에 늦게 앉았다. 이스타가 자리에 앉을 무렵이었다.

우리는 이제 저장고가 아니라 식당에서 먹었다. 식구도 늘었고, 소스타의 새 신랑도 있고, 손님까지 더하면 보통 열두 명이 넘는 인원이었기 때문이다. 참, 소스타의 혼인 이야기를 미처 못했다. 우리는 혼인식을 위해 큰 뜰을 청소하고, 집이 약탈당하고 불탄 이래 줄곧 남아 있던 깨진 돌과 쓰레기를 다 치우고, 대리석 화분을 놓고 벽에는 능소화 덩굴이 감기게 했으며 붉고 노란 돌이 모자이크를 이룬 바닥을 쓸었다. 의식은 늦여름의 어느 뜨거운 오후에 열렸다. 데오리의 날이었다. 양가 식구들과 그 친구들이 다 참석했다. 이스타는 화려한 잔칫상을 차렸고, 사람들은 달이 뜰 위 하늘을 가로지르는 내내 춤을 추었다. 이스타는 춤추는 사람들을 보며 말했다. "좋았던 시절 같구나! 거의 옛날 같아!"

이날 밤에는 손님이 페르 악타모밖에 없었다. 그는 우리 집을 자기 집처럼 자주 드나들었다. 그는 선거를 통해 의원이 되었고, 사촌인 티리오 악타모를 통해 지금은 영주이자 특사인 간드 이오라스와 연이 닿아 있음이 높이 평가받았다. 티리오 자신은 특히 어려운 역할을 맡았다. 한때는 압제자의 노예였다가 지금은 영주의 아내로, 적의 피해자에서 정복자로. 안술에도 아직까지 그녀를 부끄러움도 모르는 창녀라고 부르는 이들이 있었지만, 더 많은 사람이 그녀를 흠모했고 '자유의 레이디'라고 불렀다. 그녀는 쪼개진 충성심 같은 것은 있을 수 없다는 듯 흔들림 없이 온화하게 그 모든 것을 짊어졌다. 결국 대부분 사람들은 그녀가 그저 악용당했으나 기묘한 운명에 잘 대처한 엄전하고 성품 좋은 여자라고 믿기에 이르렀다. 실제로 티리오는 그런 여자였지만, 그 이상이기도 했다. 페르는 활기찬 지성과 야심이 있는 남자였고, 수장 어른만이 아니라 티리오에게도 자주 의견을 구했다.

이날 밤 페르는 티리오의 전갈을 가져왔고, 저녁 식사가 끝난 후 수장 어른의 방에서 그 말을 전했다. 에산간의 수장이 보내준 선물 덕분에 이 무렵에는 저녁 식사 후에 포도주를 마실 수 있었다. 에산간 포도밭에서 만든 불꽃과 꿀 같은 금색 브랜디를 몇 방울씩. 우리는 차례로 우리 잔을 신소에 바치고 축복을 마신 후에 자리에 앉았다.

"사촌누이께서 마침내 아수다르 특사-영주를 설득해서 안술의 수장에 대한 방문을 요청하게 했답니다." 페르가 말했다. "그러니까 전 알드의 평소와 다름없는 무례함에 몸을 굽히고 그 요청을 전달하는 거죠. 그래도 뜻은 정중했어요."

"나도 정중하게 받아들이지." 수장 어른은 살짝 웃으며 말했다.

"솔직히 술터, 그자를 보고 참으실 수 있겠습니까?"

"난 이오라스에게 아무 감정 없다네. 그 사람은 군인이고 명령에 따랐지. 종교적인 인물로서 사제들의 뜻에 복종했고······.

배신당하기 전까지만이지만. 이오라스 본인이 어떤 사람인지 난 전혀 몰라. 그 점에 흥미가 있네. 자네 사촌의 사랑을 받는다는 건 굉장한 강점이야."

"이오라스와는 언제든 시를 논할 수 있어요." 오렉이 말했다. "귀가 좋은 사람이니까."

"하지만 읽지는 못하죠." 내가 말했다.

수장 어른이 나를 쳐다보았다. 어른들 사이에 낀 젊은이로서 나는 여전히 말하지 않고 듣기만 해도 된다는 특권을 누렸고, 대개는 침묵을 선호했다. 그러나 최근 들어서는 내가 입을 열면 수장 어른이 주의 깊게 듣는다는 사실을 깨달았다.

페르 악타모 역시 총명한 검은 눈으로 나를 바라보았다. 페르는 나를 좋아했고, 잘 놀렸으며, 내 지식에 위압당하는 척했고, 자기가 서른 살이고 내가 열일곱 살이라는 것을 잊은 것처럼 동등한 상대로 말을 걸 때가 잦았으며, 때로는 자기도 모르게 나와 시시덕거렸다. 그는 상냥하고 잘생겨서, 나는 언제나 그에게 조금 빠져 있었다. 종종 언젠가 페르와 결혼하겠다는 생각을 했다. 원한다면 할 수 있다고 생각했다. 그러나 아직 그럴 준비가 되지는 않았다. 아직 여자가 되고 싶지 않았다. 나는 갈바의 딸이자 후계자로서 크나큰 사랑을 받았으나, 그라이와 오렉이 내민 것 같은 자유는 가져본 적이 없었다. 어린아이의 자유, 누이동생의 자유. 나는 그것을 열망했다.

페르가 나에게 물었다. "간드에게 읽기를 가르치고 싶은 거야, 메메르?"

페르의 농담과 수장 어른의 관심이 나를 격려해주었다. "알드가 여자에게 뭘 배우려고 하겠어요? 하지만 간드가 안술 사람들과 거래를 할 거라면, 책을 무서워하지 않는 방법을 익혀야 할 거예요."

페르가 말했다. "이 집에서 그걸 증명하기는 힘들어 보이는걸. 이곳에는 누구에게든 신들에 대한 두려움을 심어줄 책이 한 권 있잖아."

"사제들은 오늘 떠난 부대와 함께 다 돌아갔다던데." 그라이가 말했다. 모두 그라이가 무슨 생각을 하는지 알 수 있었다.

"이오라스는 집에 사제들을 뒀어요." 페르가 말했다. "서너 명 정도요. 기도를 하고 의식을 집전하도록, 그리고 필요하다면 악마를 쫓아내도록 말이죠. 그래도 여기에서 자기 아들처럼 악마를 많이 찾지는 않죠."

"뭔가를 품은 사람만이 그걸 찾는 법이니까요." 그라이가 말했다.

"가슴에 깃든 신이 돌에 깃든 신을 본다." 오렉이 중얼거렸다. 우리 말로 하기는 했지만 레갈리의 시 중 한 구절이었다.

수장 어른은 오렉의 말을 듣지 않았다. 그는 아직도 생각에 잠겨 있었고, 페르가 농담조로 말한 후 줄곧 그 생각을 좇고 있었던 것처럼 나에게 물었다. "만약 이오라스가 응한다면 읽기를 가르쳐줄 생각이냐, 메메르?"

"원하는 사람은 누구든 가르칠 거예요. 제가 수장님께 배운 대로요."

화제는 다른 일로 넘어갔다. 페르는 특사-영주와 그 동행자들의 갈바만드 방문을 나흘 안에 잡기로 한 후에 떠났다. 오렉은 입을 쩍 벌리고 하품을 했고, 곧 그라이와 함께 잠자리로 향했다. 나는 방으로 가기 전에 수장 어른에게 필요한 것이 있는지 보려고 일어섰다.

"잠시 있어라, 메메르."

기꺼운 마음으로 앉았다. 비밀방에 돌아가서 그곳에서 지낸 모든 과거의 연을 새로이 다졌기 때문에, 수장 어른과 나 사이도 전과 같아진 느낌이었다. 그간 약해졌다 싶던 우리 사이의 유대는 전보다 더 강하고 넉넉해졌다. 수장 어른은 이제 나 말고도 많은 사람과 연결되어 있었고, 나 역시 그 외에 다른 사람들과 연결되었다. 전처럼 절박하게 서로에게서 힘과 위안을 찾을 필요가 없었다. 그러나 그렇다고 달라질 게 무엇인가? 고독과 가난 속에 숨어 있든, 부유하고 바쁜 세상 속에서 사람들과 어울리든, 그와 나는 우리 조상들의 그림자와 우리가 공유한 힘, 그가 내게 준 지식, 그리고 사랑과 명예로 묶여 있었다.

"그 방에는 가보았느냐?" 수장 어른이 물었다.

우리는 정말로 가까이 묶여 있었다.

"오늘 처음으로요."

"잘했다. 매일 밤 가서 조금이라도 읽어야지 하면서도 몸을 끌고 갈 수가 없구나. 아, 이스타가 말하는 옛 시절에는 쉬웠지. 그때는 온종일 곡물 값을 이야기하고도 밤 시간 절반을 레갈리를 읽으며 보낼 수 있었어."

"《로스탄》을 오렉에게 줬어요."

수장 어른은 눈을 들었지만, 내 말을 바로 이해하지 못했다. 나는 말을 이었다. "방에서 들고 나왔어요. 때가 됐다고 생각했어요."

"때라." 그는 생각에 잠겨 시선을 돌리더니, 한참 만에 겨우 말했다. "그래."

"우리만 그 방에 들어갈 수 있는 게 맞나요?"

"그래." 그는 멍하니 대답했다.

"그럼 숨겨둔 책들을 꺼내와야 하지 않을까요? 보통 책들요. 숨겨뒀던 것과 같은 이유로요. 사람들이 가질 수 있게요."

"그리고 때가 왔지. 그래. 네 말이 옳은 것 같다. 다만……"

수장 어른은 잠시 더 생각에 잠겼다. "그 방으로 가자꾸나, 메메르." 그는 의자에서 몸을 일으켰다. 나는 작은 등잔을 들고 그를 따라 황폐한 복도를 통과하여 집 뒷벽처럼 보이는, 문이라곤 없는 벽으로 갔다. 그는 허공에 동틀 녘에서 온 조상들의 언어로 '열려라'를 뜻하는 글자를 썼다. 문이 열렸고, 우리는 안으로 들어갔다. 내가 몸을 돌려 문을 닫자 다시 벽만 남았다.

나는 독서대에 놓인 큰 등에 불을 붙였다. 방 안에 부드러운 불빛이 피어오르고, 여기저기에서 책등의 금박이 반짝였다.

수장 어른은 신소를 건드리고 축복의 말을 중얼거린 후, 가만히 서서 방 안을 둘러보았다. 그리고 뻣뻣한 무릎을 문지르며 독서대에 앉았다. "뭘 읽고 있었지?"

"《애가》요." 나는 서가에서 책을 가져와서 그 앞에 펼쳤다.

"어디까지 봤느냐?"

"〈말 조련사〉까지요."

그는 책을 펴고 그 시를 찾았다. "읊을 수 있겠니?"

나는 아리탄으로 열 줄을 암송했다.

"그리고?"

나는 그라이에게 했던 것처럼 그 해석을 말했다. 수장 어른은 고개를 끄덕였다. "만족스럽구나." 그는 억눌린 미소와 함께 말했다.

나는 맞은편에 앉았고, 수장 어른은 잠시 침묵이 흐른 후에 말했다. "메메르, 너도 알겠지만 오렉 카스프로는 딱 좋은 때에 왔다. 그는 널 가르칠 수 있어. 너도 네가 날 가르칠 수 있다는 걸 알 때가 됐고."

"아니에요! 《애가》는 거의 추측으로 읽는걸요. 아직 레갈리는 읽지도 못해요."

"하지만 이젠 읽을 수 있는 선생님이 생겼지."

"그러면 기분 상하지 않으셨…… 오렉에게 《로스탄》을 준 게 옳은 일이었나요?"

"그래." 그는 깊은 숨을 내쉬며 말했다. "그런 것 같구나. 우리가 가진 힘을 이해할 수 없을 때 무엇이 옳은지 어찌 알 수 있을까? 나는 신에게서 주어진 전언을 읽어야 할 눈먼 남자일 뿐이야."

그는 책장을 넘기다가 부드럽게 닫았다. 등불 빛이 잦아드는 방 끄트머리를 보았다. "난 이도르에게 내가 읽는 자라고 말했지. 언어를 모르는데 읽는다는 게 무엇이랴? 읽는 자는 너다, 메메르. 최소한 그것만큼은 의심의 여지가 없지. 네게는 의심이 남아 있느냐?"

갑작스러운 질문이었다. 나는 주저 없이 답했다. "아니요."

"잘됐구나. 잘됐어. 그러니 이곳은 너의 방, 너의 영역이야.

비록 눈은 멀었어도 나는 널 위해 믿음으로 이 방을 지켰다. 그리고 자기네 보물을, 책들을 여기 우리에게로 가져온 사람들을 위해……. 이제 그 책들을 어찌할까, 메메르?"

"도서관을 만들어요. 옛날 여기에 있던 것처럼."

그는 고개를 끄덕였다. "그건 이 집 자체의 의지인 것 같구나. 우리는 그저 복종할 뿐이지."

나에게도 그렇게 보였다. 그러나 나에겐 아직 의문이 남아 있었다.

"그날…… 분수가 흐르던 날요."

"분수 말이냐. 그래."

"기적이었죠."

그는 똑같은 미소의 흔적을 떠올리며 말했다. "아니."

내가 놀랐는지, 놀라지 않았는지 모르겠다.

그의 미소는 더 커지고 밝아졌다. "샘물의 지배자께서 오래전에 그 방법을 알려주셨지. 너만 좋다면 가르쳐주마."

나는 고개를 끄덕였다. 내 마음은 다른 곳에 있었다.

"기적을 우리 손으로 일으킬 수 있다는 게 슬프거나 충격적이냐, 메메르?"

"아니요. 그게 아니에요. 하지만 다른 기적은……."

수장 어른은 나를 바라보며 다음 말을 기다렸다.

"그날은 다리를 절지 않으셨어요."

수장 어른은 자기 손과 다리를 내려다보았다. 얼굴이 엄숙해졌다. "그렇게들 말하더구나."

"기억나지 않으세요?"

"두려움과 분노 속에 이 방으로 왔던 건 기억한다. 이 방에 들어오자마자 분수에 물을 흘려야 한다는 생각이 떠올랐고, 서둘러 그 일을 수행했지. 이유도 모르면서, 마치 명령에 따르는 것처럼. 그리고 다음 순간 서가에서 책을 한 권 가져가야 한다는 생각이 들었어. 그리고 그렇게 했지. 상황이 급했기에 난…… 내가 뭘 수 있었을까? 모르겠구나. 그건 분명 내가 침묵하길 원했고, 네 목소리를 깨우기 위해 날 필요로 했던 그분들이었을 거야."

나는 그림자 쪽을 바라보았다. 그도 똑같이 했다.

"그럼 질문을 던지신 게……."

"신탁을 청할 시간은 없었다. 그리고 질문했더라도 답이 오지는 않았을 거야. 신탁은 내가 아니라 너에게 말한단다."

내 입으로 내가 읽는 자라고 말하기는 했으나, 그에게서 그 말을 듣고 싶지는 않았다. 내 가슴은 두려움과 면목 없는 심정으로 저항했다. "제게 말하는 게 아니에요! 절 이용하는 거죠!"

수장 어른은 짧게 고개를 끄덕였다. "내가 이용당한 것처럼 말이지."

"제 목소리도 아니었어요. 그렇지 않나요? 전 몰라요! 이해가 안 가요. 부끄럽고 무서워요! 다시 저 어둠 속으로 들어가고 싶지도 않아요."

수장 어른은 오랫동안 말이 없다가 마침내 부드럽게 말했다. "그래, 그들은 우릴 이용하지. 그러나 악하게 이용하는 것은 아니야……. 메메르, 어둠 속에 들어가야 한다면, 저 어둠은 그저 우리가 아직 이해하지 못하는 것을 말해주려는 어머니이자 할머니라는 걸 생각하렴. 네가 아직 알지 못하는 언어를 쓰긴 하지만, 그건 배울 수 있어. 나도 저기 들어가야 했을 때 스스로에게 그렇게 말했지."

그 말을 잠시 동안 생각하자, 차츰 마음이 편안해졌다. 내 어머니의 영이 우리 집안의 다른 모든 어머니들과 함께 저 안에 있다고, 날 겁먹이려는 게 아니라고 생각하니 동굴의 어둠이 덜 끔찍해졌다.

그러나 아직 한 가지 더 남아 있었다.

"그 책…… 손에 쥐고 나오셨던 책요. 그게 신탁의 책장에 있나요?"

이번에 돌아온 침묵은 조금 달랐다. 그는 답을 하는 데 어려움을 겪고 있었다. 그는 한참 만에 대답했다. "아니다. 눈에 처음 들어온 책을 집었지."

　수장 어른은 일어서서 절룩이며 가까운 책장으로, 문에 제일 가까운 책장으로 가더니 눈높이에 있는 선반에서 작은 책을 뽑았다. 나는 그 갈색 장정과 글자가 찍히지 않은 책등을 알아보았다. 그는 말없이 책을 가져와서 나에게 내밀었다. 무서웠지만 나는 받았고, 잠시 후에 책을 펼쳤다.

　그제야 알았다. 그것은 아이들을 위한 초보 독본이었다. 동물 이야기 책이었다. 나도 이곳 비밀방에서 처음 읽기를 배울 때 이 책을 읽었다.

　책장을 넘기는 손가락이 뻣뻣하고 어색했다. 작은 토끼와 까마귀와 멧돼지 목판화가 보였다. 이야기 마지막 줄을 읽어보았다. "그래서 사자는 사막에 있는 집으로 돌아갔고, 사막에 있는 동물들에게 쥐가 세상에서 제일 용감한 동물이라고 말했답니다."

　나는 수장 어른을 쳐다보았고, 그는 내게 똑같은 시선을 돌려주었다. 그의 얼굴과 약한 몸짓이 이렇게 말하고 있었다. '나도 모른다'고.

　나는 우리를 자유롭게 만든 작은 책을 보았다. 데니오스의 말을 떠올리고 큰 소리로 말했다. "신은 모든 잎사귀에 깃들어 있다. 너는 빈 손 안에 성스러움을 쥐고 있다."

그리고 잠시 후에 덧붙였다. "그리고 악마는 없군요."

"그래. 우리뿐이지. 우리가 악마의 일을 하는 거야." 그리고 그는 다시 한 번 굽은 손을 내려다보았다.

우리는 말없이 앉아 있었다. 어둠 속을 흐르는 물 소리가 희미하게 들렸다.

"가자. 늦었다. 꿈의 전령들이 사방에 있구나. 그분들에게 길을 열어주자."

나는 왼손에 작은 등잔을 들고 오른손으로 허공에 빛나는 글자를 적었다. 우리는 문을 통과하고 어두운 복도를 걸었다. 그의 방을 지나면서 나는 안녕히 주무시라고 인사했고, 그는 허리를 굽혀 내 이마에 입을 맞췄다. 우리는 밤을 위한 축복을 나누며 헤어졌다.